韓国の皆さんにも
〝レモン〟を感じてもらえるとうれしいです.

くわがき あゆ

한국 독자분들도
'레몬'을 느낄 수 있었으면 좋겠습니다.

구와가키 아유

레몬과
살인귀

레몬과 살인귀

구와가키 아유 장편소설

문지원 옮김

차례

레몬과 살인귀

해설

옮긴이의 말

제1장

죽음의 격통으로

버둥거리는 몸을

찢고 짓누르다.

1

고바야시 히나의 집은 한겨울 감옥의 독방 같았다.

한 걸음 내딛자 턱이 덜덜 떨리며 이가 맞부딪쳤다.

춥다.

등골이 마치 얼음기둥이 된 느낌이었다.

최근 며칠 사이에 급격히 떨어진 기온 탓만은 아니었다. 두 달 정도 사람 없이 방치되어 집 벽과 바닥에 한기가 들었기 때문이겠지.

게다가 동생의 유품을 정리해야 하는 심리적인 문제도 컸다.

나는 빈 골판지 상자를 발밑에 놓았다. 부옇게 쌓여 있던 먼지가 날리더니 힘없이 바닥으로 내려앉았다.

주인 잃은 방은 사실 그전부터 뼈에 사무치는 외로움을 온 사방에 품고 있던 것 아닐까. 처음 찾은 히나의 집이지만 그런 생각이 들어 견딜 수 없었다. 내 방과 닮았기 때문이었다.

원룸을 다시 둘러봤다. 필요한 가구만 최소한으로 갖춘 데다 적은 생활용품. 그 생활용품도 하나같이 실용성을 중시한 색상과 디자인이었다. 특별한 사상이나 신조 때문이 아니라 단순히 가격이 저렴해서 산 물건이기 때문이다. 생활용품 판매점이나 백 엔 균일가 매장에서 구매하는 물건들은 대체로 이렇다.

　침대 앞에 무릎을 꿇고 앉았다. 침대 옆에 놓인 책 몇 권과 공책, 작은 인형 등이 히나라는 사람을 보여주는 유품일까. 침대 밑 수납함에는 옷이 들어 있었다.

　'이건 정리해서 재활용 가게에 가져가야겠지.'

　일단 모든 물건을 골판지 상자에 담았다.

　며칠 전, 히나의 부고를 들었다.

　경찰의 연락이었다.

　즉 평범한 죽음이 아니었다.

　산에서 유기된 시신이 발견되어 DNA 감정을 한 뒤 히나의 유일한 혈육인 내게 연락이 왔다. 경찰서로 달려갔지만 유류품 확인만 요청받았을 뿐 동생의 얼굴은 보여주지 않았다. 사망한 지 오래되어 부패가 심하다고 했다.

　경찰은 히나의 사인을 말하기를 꺼렸다. 나중에야 언론 보도로 칼에 찔려 사망했다는 사실을 알았다. 온몸에 남아 있던 자상이 십여 군데 이르렀다고 한다. 범인은 현재 수사 중이다.

　히나에게 무슨 일이 있었던 걸까?

짚이는 바가 없는 나는 어찌해야 할지 몰랐다.

침대 머리맡을 정리하고 수납함에 손을 뻗었다. 눈에 익은 어두운 붉은색 상의가 나왔다. 마지막으로 만났을 때 히나가 입고 나왔던 옷이었다. 넉 달 전 일이었다.

고등학교를 졸업한 후 나와 히나는 1년에 몇 번 만났다. 우리 모두 간토*의 지방 도시인 가이토시에 살았지만 각자 혼자 살면서 일하다 보니 좀처럼 시간을 맞출 수 없었다. 가끔 문자나 메시지로 연락을 주고받았고, 만날 때는 주로 역 앞에 있는 타르트라는 패밀리 레스토랑에서 저녁을 먹었다. 드링크 바가 저렴하고 오래 앉아 있을 수 있기 때문이었다.

넉 달 전에도 그 패밀리 레스토랑에서 만났다. 싸구려 맛이 나는 햄버그 스테이크와 케첩 섞은 파스타를 깨지락거리며 근황을 주고받았다. 히나가 말했다.

"이제는 정말로 일을 그만두고 싶어. 실적도 많이 채워야 하고 야근도 잦거든. 요즘은 외근 때문에 바빠서 점심 먹을 틈도 없어. 회사에 복귀하면 복귀한 대로 히스테릭한 여자 상사에게 들들 볶이고. 아이라인이 진하다느니 구두 힐이 가느다랗니, 매번 트집을 잡아대서 너무 짜증 나."

* 일본 혼슈 중심부의 도쿄가 속한 지역.

히나는 보험설계사다.

"예전에 내가 파견직으로 일하던 곳도 그랬어."

내가 대답했다.

"그래도 지금 직장은 편하잖아."

"전 직장과 비교하면, 뭐. 생활은 빠듯하지만."

"그래, 바로 그게 문제야."

히나가 포크를 쥔 손을 흔들었다

"죽도록 일하는데 돈은 쥐꼬리만큼 벌어. 도대체 어떻게 살라는 거야. 남들처럼 쇼핑도 못 하잖아. 오늘 저녁도 사실 푸딩 파르페까지 주문하고 싶은 걸 참고 이것만 시켰어."

포크로 콜라잔을 가리켰다. 드링크 바에서 따라온 음료였다.

그 심정은 충분히 이해했다. 나도 백 엔 비싸다는 이유로 먹고 싶었던 스테이크를 포기하고 햄버그 스테이크를 시켰으니까. 서로의 지갑을 본 적은 없지만 주머니 사정은 별반 다르지 않으리라.

히나도 내 마음을 읽은 듯 한숨 쉬며 말했다.

"이런 이야기, 미오한테 아니면 말 못 하지."

히나의 직장에는 또래 여직원도 있지만 다들 부모님과 함께 살면서 월급은 개인 용돈으로 쓰는 형편이라고 한다.

"팔자 좋은 애들이야. 나는 매달 생활비만 생각해도 스트레스받는데."

"이직 준비할 여유도 없잖아."

"그러니까 말이야. 직장에 불만을 늘어놓을 시간에 실력이나 키우고 스펙을 쌓으라는 말은 완전히 오만한 발상이라니까."

"맞아, 전에 일하던 데서도 그런 설교를 늘어놓던 아저씨가 있었어. 젊은 사람이 이런 불안정한 직장에서 일하면 어떡하냐면서."

"와, 진짜 짜증 난다."

우리는 탄산음료를 한 손에 들고 서로의 직장에 있는 밉상들 이야기로 한바탕 열을 올렸다.

"왜 이렇게 됐을까?"

한바탕 수다가 끝난 뒤 히나가 고개를 숙이고 커피를 홀짝이며 말했다. 그 색이 물든 듯 뺨에 그늘이 드리웠다.

"우리, 게으르지 않아. 열심히 살고 있다고. 뭘 잘못한 것도 아니고. 하지만 보상받지 못하잖아. 일은 힘들고 돈은 없지. 사랑하는 남자친구도 사라졌어. 세상은 불공평해."

히나는 문득 무언가에 매달리듯 시선을 들었다.

"옛날에는 그렇게나 행복했는데."

나는 말없이 고개를 끄덕였다.

서로 삶을 푸념하는, 여느 때와 다르지 않은 대화였다.

다만 마지막으로 히나는 내 가슴에 여느 때와는 다른 파동을 일으켰다.

계산하고 가게를 나온 뒤의 일이었다.

가로수 사이로 드문드문 가로등이 켜진 밤길을 역까지 나란히 걸었다. 그러는 사이 히나의 말수가 묘하게 줄어들었다.

그리고 역 개찰구 앞에서 헤어지려는 순간,

"사가미가 나왔대."

나직이 말했다.

동생의 말이 쇠구슬처럼 가슴에 박혀 걸음을 멈췄다. 한동안 숨조차 쉴 수 없었다. 그렇게 한참을 지나서야 간신히 입을 열었다.

"무슨 뜻이야?"

그렇게 묻는 목소리가 심하게 쉬어 있었다.

"말 그대로야."

"말도 안 돼……. 아직 10년 정도밖에 안 됐잖아."

"딱 10년 됐어."

히나의 눈빛이 몹시 어두웠다.

"고작 10년. 그걸로 끝이래."

말도 안 돼.

나는 그 말만 되풀이할 수밖에 없었다.

"놈은 이제부터 자기 마음대로 살 수 있어. 그런데 우리는 여전히 그대로야."

우리는 가로수처럼 그 자리에 못 박힌 듯 서서 말없이 서로의 눈을 바라봤다. 같은 생각을 하고 있다는 사실을 알았다. 밤공기가 삽시간에 무게를 머금으며 소름 끼치는 고요가 얼룩처럼 온몸에 스며들었다. 버티고 선 다리가 저릴 때까지 우리는 꼼짝하지 않았다.

마지막으로 히나가 혼잣말처럼 중얼거렸다.

"어째서……."

지금 나는 텅 빈 동생의 방에서 그 말을 덧그렸다.

'어째서 우리만 이런 일을 당하는 걸까.'

눈시울이 뜨거워졌다. 손에 든 어두운 붉은색 상의가 사정없이 구겨졌다.

2

대학에서 가장 가까운 역에서 완만한 언덕길을 약 15분 내려가면 석조 교문이 보인다.

정문에 새겨진 학교 이름은 풍화되어 읽을 수 없을 정도다. 가이토대학은 재학생이 2천 명이 채 되지 않는 소규모 사립대학이지만 이 지역에서는 명문으로 유명했다.

나는 정문을 들어서자마자 수위실 창문을 향해 인사했다.

"안녕하세요."

유리창 너머에서 같은 인사가 되돌아왔다.

"안녕하세요."

아버지뻘 수위가 미소 지었다. 사람들이 우리 옆을 스쳐 지나갔다. 수위에게는 눈길조차 주지 않는 그들은 쏟아지는 아침 햇살을 받아 반짝반짝 빛나 보였다. 나와 같은 세대지만 마치 다른 존재처럼 느껴졌다.

비단 그들보다 못생긴 외모와 촌스러운 옷차림 탓만은 아니다. 처지가 다르기 때문이다. 한쪽은 청춘을 즐기는 대학생, 한쪽은 먹고살기 위해 일하는 행정직원이다.

경제 사정으로 고등학교도 겨우 졸업한 내게 대학에 다닐 여유 따위 없었다. 직장도 정규직으로는 취직하지 못해서 파견회사에 소속된 파견직으로 일하게 됐다.

대개 반년에서 일 년마다 바뀌는 파견 직장을 선택할 수 없기에 지역 고등학생 대부분이 선호하는 대학으로 출퇴근하게 된 것은 순전히 우연이었다. 재학생 중에는 중학교 때 같은 반이었던 동창도 있었다. 저마다 패션과 헤어스타일을 한껏 꾸미고 친구들과 웃고 떠드는 아이들을 무시하며 매일 행정실의 낡은 컴퓨터를 마주했다.

그렇다고 직장에서 시종일관 풀 죽어 있지는 않았다.

신발장에서 실내화를 꺼낸 후 인사하며 행정실로 들어갔다. 인사로 화답하는 직원들 사이를 지나며 우선 행정실장 자리로 걸음을 옮겼다.

오늘은 상주로서 히나의 장례를 치르고 처음 출근한 날 아침이었다. 히나의 사망 소식을 들은 나는 급히 일주일 유급휴가를 신청했다. 내가 소속된 파견회사에는 경조휴가 제도가 없기 때문이다.

자리에서 커피를 마시던 행정실장에게 고개를 살짝 숙이며 말했다.

"자리를 오래 비워 죄송합니다."

내 사과에 행정실장이 고개를 크게 저으며 애도의 말을 건넸다. 갑자기 연차를 내서 기분이 상하지는 않은 눈치였다. 그리고 세상을 떠난 동생이 살인사건의 피해자라는 사실도 모르는 듯했다. 고바야시라는 성은 흔해서 설령 언론 보도를 접했다고 해도 나와 연결 지어 생각하지 않았으리라.

한숨 놓고 내 자리로 향했다. 그런데 예상과 달리 서류가 쌓여 있지 않았다.

"고바야시 씨, 큰일 치르느라 고생했어요."

옆에서 소리가 들려 고개를 돌리자 가누마 고이치가 의자를 돌려 나를 보고 있었다. 가누마 고이치는 나와 같은 파견직에 나이도 비슷하다. 내게 최근에 결혼한 아내와의 알콩달콩한 신혼 이야기를 늘어놓기도 하는 동료였다. 가누마가 사무장과 마찬가지로 애도의 말을 전했다.

"당분간 무리하지 않는 게 좋겠어. 일하다가 도움이 필요하면 언제든 말해."

어느 때보다 진지한 얼굴이었다.

"고마워요."

대답하다가 깨달았다. 경조휴가를 간 동안 가누마가 나서서 내 업무를 많이 떠맡았으리라는 것을. 그래서 내 책상에 서류가 적은 것이다.

가슴에 따뜻한 기운이 서서히 퍼졌다. 고마웠다.

이 대학 행정실은 지금까지 파견 나온 직장 중 근무환경이 가장 좋은 곳이었다. 과거에 일했던 일반 중소기업처럼 사무실에서 욕설이 난무하지도, 수당 없는 시간 외 근무를 강요하지도 않는다. 함께 일하는 직원들의 말투는 대부분 친절했다.

원래 대학 행정은 일반 기업 사무직보다 업무가 편한 편이어서 인기 파견지였다. 어쩌다가 대단한 실적도 없는 내가 파견됐는지 잘 모르지만 언젠가는 떠나야 하니 아쉬웠다.

밀린 업무를 오전에 모두 해치우기로 했다. 모니터를 바라보며 키보드를 두드리다가 때때로 카운터 쪽으로 시선을 돌렸다. 내가 앉은 자리는 학생을 응대하는 업무도 함께 맡고 있기 때문이었다.

"고바야시 씨, 잠깐 시간 괜찮아?"

옆자리에서 서류를 손에 든 가누마가 상체를 쑥 내밀었다. 둘이서 서류에 적힌 데이터를 확인하는데 카운터 쪽에서 여자 목소리가 들렸다.

"저기 봐봐, 저기."

학생이 온 듯했다. 카운터에서는 성적증명서 발급과 아르바이트 소개, 취업 상담 접수를 담당한다. 나는 목소리가 들리는 쪽으로 시선을 돌렸다. 심장이 쿵 내려앉았다.

카운터에는 남녀 한 쌍이 서 있었는데 옷차림을 보아 학생이었다. 두 사람 중 여자는 낯이 익었다.

우미노 마린.

중학생 때 같은 반이었던 아이다. 지금은 이 대학 3학년 학생으로 행정 업무 처리 때문에 종종 행정실을 찾았다. 상대도 나를 기억하는 눈치였다.

마린과 함께 있는 갈색 머리 남자는 모르는 얼굴이었다. 얼굴을 맞댄 두 사람의 분위기로 보아 마린의 남자친구가 아닐까 추측했다.

마린이 나를 손가락으로 가리키며 남자에게 무어라 속닥거렸다.

"……잖아……거 봐…… 그치?"

자세한 내용은 들리지 않지만 주변 사람들이 대화 내용을 짐작할 수 있을 만한 목소리로 킥킥거렸다.

코끝에 불이 붙은 듯 얼굴이 확 뜨거워졌다.

나를 비웃고 있다.

결코 자의식과잉이 아니었다. 마린은 중학생 때도 똑같은 짓을 했기 때문이다.

학교폭력이라고 할 정도는 아닐지도 모른다. 그러나 당시 마린은 내 흉한 치열을 비웃었다.

중학교 3학년이던 그때, 나는 마린과 같은 반 여자 아이들 몇 명의 표적이 됐다. 그 아이들은 교실과 복도에 모여 나를 힐끗거리며 들으란 듯이 조롱했다.

그렇다고 마린 무리와 문제가 있었던 것은 아니다. 그들은 그저 다람쥐 쳇바퀴 도는 학교생활에 소소한 오락거리가 필요했을 뿐일 터다. 그리고 마침 내 얼굴은 괴롭힐 가치가 있었다.

학교에서 조롱당한 기간은 그리 길지 않았다. 중학교를 졸업하자마자 그 관계는 자연히 끝났으니까. 하지만 마음 여러 군데에 생채기가 남았다.

그리고 몇 달 전, 대학 행정실에서 우연히 나를 발견한 마린은 내 직장에 당시와 같은 관계를 몰고 왔다. 용무가 있어서 행정실을 방문할 때마다 늘 동성 친구들을 거느리고 와 나를 손가락질했다.

물론 중학생 시절처럼 잦지는 않은 데다 지금은 내 얼굴을 조롱할 구실도 없었다. 당시와 달리 지금은 나를 포함한 모두가 마스크를 쓰고 생활하기 때문이다. 몇 년 전부터 코로나 19가 유행하면서 우리는 일상에서 늘 마스크를 쓰는 것이 점점 습관화됐다.

나는 요즘 조성된 마스크 사회에 마음속 깊이 감사했다. 덕분에 창피한 치열을 세상 사람들에게 드러내지 않아도 됐다. 지금 직장에 마린 말고 내 온전한 얼굴을 아는 사람은 없다. 그러니 마린의 말에 부화뇌동하며 웃는 사람들 따위 전혀 신경 쓸 필요 없다.

그렇게 생각했지만 카운터 너머에 있는 마린 때문에 어쩔 수 없이 등이 경직됐다. 게다가 이번에는 처음으로 이성을 데리고 왔다.

둘 다 마스크를 쓰고 있어 정확한 표정은 확인할 수 없었다. 그래도 나를 쳐다보는 마린의 눈에 중학생 시절과 같은 빛이 반짝이는 모습은 보였다. 그 빛은 남자친구로 보이는 남자에게도 옮았다.

"아아."

마린의 말에 맞장구치는 남자의 눈빛도 차츰 반짝였다. 분명했다. 예쁘장한 마린의 말을 재미있어하며 내 쪽을 응시했다.

두 사람에게서 시선을 돌렸지만 이미 늦었다. 이성에게까지 비웃음을 샀다고 생각하니 순식간에 안색이 변하고 귀가 새빨개졌다. 그 모습을 보고 분명 더 비웃을 것이다.

"무슨 일로 오셨어요?"

보다 못했는지 내 옆에 있던 가누마가 일어나 두 사람에게 말을 걸었다.

"아뇨, 아무것도 아니에요."

마린은 웃음을 참으며 대답하더니 남자친구와 행정실을 떠났다. 남자친구가 걸어가면서 마린의 머리를 헝클어뜨리는 모습이 보였다. 그 커다란 손 밑에서 마린은 조금 전과는 다른 미소를 지었다.

두 사람의 모습이 완전히 사라지자 가누마는 자리로 돌아와 아무 일도 없었다는 듯 내게 말했다.

"어디까지 확인했지?"

금방 고개를 들 수 없었다. 동료에게 동정받는다. 아니, 그를 포함한 직원들 모두 마린의 말에 귀를 기울이고 그녀와 한패가 되어 나를 비웃는 것 아닐까.

그런 상상을 하자 당장 사라지고 싶었다.

이런 곳에서 비참해하며 일하고 싶지 않았다. 지금 당장 집으로 돌아가 틀어박힌 뒤 다시는 밖으로 나오고 싶지 않았다.

"고바야시 씨?"

"아, 네. 죄송합니다."

나는 아랫배에 단단히 힘을 주고 정신을 가다듬었다.

그런 나약해 빠진 생각을 할 군번인가. 직업을 선택할 수 없는 처지라는 사실을 스스로도 잘 안다. 충동적으로 퇴사했다가는 당장 그달부터 생계에 쪼들릴 것이다. 매일매일 생활비를 감당하기에도 벅차고, 저축할 여유도 없을 정도로 벌이가 적기 때문이다. 아무 능력도 없는 내가 일할 기회를 얻은 것 자체가 감지덕지다. 창피를 조금 당했다고 약한 소리를 하면 안 된다. 게다가 나만 괴로운 일을 당하는 것도 아니다.

평소처럼 마음을 다스리자 납득이 갔다. 나는 다시 서류에 집중했다.

"여기서부터 보면 돼요."

가누마에게 대답하자마자 다시 생각했다.

그래, 나만 그런 일을 당하는 것이 아니다.

3

경조휴가를 간 사이에 밀렸던 업무도 오후에는 어느 정도 정리가 돼서 평소처럼 정시에 업무를 마쳤다.

퇴근 준비를 하는데 가누마가 자리에서 손을 흔들었다.

"수고했어."

"오늘도 야근하세요?"

"응. 신혼여행 자금 모아야지."

같은 파견직이어도 가누마는 나와 계약조건이 달라 시간 외 근무를 할 수 있었다. 나도 가능하면 그와 같은 계약으로 전환하고 싶었지만 왜인지 파견회사에서 원하는 대로 해 주지 않았다. 예전 파견 근무지에서 그랬던 것처럼 시간 외 근무를 하려면 돈을 받지 말고 하라는 뜻일까.

"먼저 가보겠습니다."

인사하고 행정실을 나왔다.

교문을 나와 언덕길을 오른 후 대학 입구 역에서 전철을 타고 역을 열 개 정도 지나 신카이토역에 내렸다. 그곳에서 환승해 두 정거장을 더 지나면 집과 가장 가까운 역이 나온다. 하지만 교통비를 아끼려고 신카이토역에서 집까지 자주 걸어갔다. 도중에 마침 물건을 저렴하게 판매하는 슈퍼마켓이 있어서 식료품을 구매할 수도 있었다.

고기와 채소로 묵직해진 출근용 가방을 들고 집 근처에 돌아왔을 때는 오후 7시가 넘은 시간이었다.

드문드문 서 있는 가로등 불빛이 미덥지 못한 만큼 주택가의 밤길이 더욱 어둡게 느껴졌다. 내 발소리를 들으며 익숙한 길을 걷는데 머릿속에 히나가 떠올랐다.

근무 시간에도 동생의 얼굴이 어른거렸지만 업무에 집중하면서 잊으려고 애썼다. 그러니 퇴근한 지금은 더욱 선명하게 떠올랐다. 나를 믿고 내 앞에서만큼은 늘 직장과 삶에 불만을 터뜨리던 히나의 얼굴이.

늦가을 바람에 무거운 짐을 든 손의 감각이 점점 둔해졌다.

히나를 살해한 범인의 정체는 여전히 오리무중이었다.

언론 보도에 따르면 시신이 발견된 장소는 야마나카지만 다른 곳에서 살해된 후 그곳에 유기됐다고 한다. 그 증거로 히나의 시신에서 휴대폰 등 소지품이 전혀 발견되지 않았다.

어쩌면 이미 용의선상에 오른 인물이 있을지도 모른다. 하지만 경찰은 내게 수사 상황을 알려주지 않았다. 문의해도 분명 소용없을 것이다. 나는 수사에 협조해 동생에 대해 아는 사실을 전부 말했는데 경찰은 아직 수사 중이라며 아무것도 알려주지 않았다. 몇 번이나 전화를 걸어서 울고불며 사정해도 통하지 않았다. 나는 이미 포기했다.

하지만 종국에는 연락을 주리라는 것을 안다. 범인을 알아내고 체포한 그 날에는. 경찰은 분명히 성과를 낼 것이다. 그러니 연락이 오기만을 얌전히 기다릴 수밖에 없다.

내가 사는 아파트가 희미하게 보이기 시작했다. 그런데 그때, 내 앞에 사람이 나타났다.

"고바야시 미오 씨 맞죠?"

반사적으로 멈춰 서서 고개를 끄덕인 후 어둠에 익숙해진 눈으로 상대를 확인했다.

언뜻 보면 퇴근하고 집으로 돌아가는 회사원 같은 여자였다. 나이는 나보다 조금 많을까? 동그란 눈이 귀여운 사람이었다. 하지만 등줄기에 소름이 돋았다.

이 사람은 단순한 행인이 아니다.

경험이 경고를 보냈다.

뒷걸음질 칠 겨를도 없었다.

"저는 주간 리얼의 미토라고 해요."

여자가 명함을 내밀었다. 기세에 눌려 저도 모르게 명함을 받고 말았다.

"사망하신 히나 씨에 대해 여쭙고 싶은데요."

말하는 사이에 금세 거리를 좁혀 왔다. 언론인 특유의 기세에 질식할 것만 같았다. 나는 겨우겨우 입을 뗐다.

"죄송합니다. 제가 좀 바빠서요."

미토를 피해 빙 돌아 걸어갔다. 다행히도 외벽이 거무스름한 우리 집이 코앞에 있었다. 새된 목소리가 뒤를 쫓아왔다.

"동생분의 상황을 알게 된 지금 심경이 어떠십니까?"

못 들은 척하며 붉게 녹슨 외부 계단을 빠른 걸음으로 올라갔다. 역시 아파트 단지 안까지 따라오지는 않았다. 미토의 눈에 최대한 보이지 않도록 몸을 숙이며 집으로 들어갔다.

현관문을 잠그자 한숨이 새어 나왔다. 출근용 가방을 발밑에 툭 놓았다. 가방에서 나온 양파가 집 안 복도로 굴러갔다. 지금 당장은 요리할 기운도 없었다. 1분도 되지 않는 시간 동안 미토를 상대하느라 밤새워 일한 사람처럼 지쳤다.

게다가 뒤늦게 분노가 부글부글 끓어올랐다.

나는 왜 처음에 그 여자에게 '죄송하다'라고 사과했을까. 그리고 그 사람은 어째서 초면인 내게 무례하고 배려 없는 말을 던졌을까.

창문으로 다가가 조심스럽게 커튼을 들추고 빼꼼히 밖을 살폈다. 그러나 미토는 이미 보이지 않았다. 하다못해 노려보기라도 할 걸 하는 생각도 들었지만 한편으로는 내심 안심도 됐다. 오늘 밤은 취재를 포기하고 떠났다. 이 얇은 벽으로 둘러싸인 집이 오늘처럼 믿음직한 적이 없었다.

하지만 공세는 이것으로 끝나지 않겠지. 미토뿐만이 아니다. 이미 이 집을 파악했으니 분명 다른 취재진을 대동하고 다시 찾아올 것이다. 언론이 히나의 사건을 주목한다. 젊은 여성이 살해된 데다 아직 범인을 찾지 못했으니 세간의 호기심을 자극할 만했다. 이 사건이 돈이 되리라 내다본 미토는 쉽게 물러나지 않으리라. 안타까워하는 척 들러붙어서는 주간지와 영상으로 갈기갈기 찢어 놓겠지. 끔찍하다.

자신도 모르게 앞머리를 움켜쥐었다. 전혀 예상 못 한 상황은 아니었지만 기분이 가라앉았다. 그 일이 또다시 반복되는구나.

홀로 있는 집, 머리 위에서 형광등이 지잉 울렸다.

내가 살인사건 피해자의 유족이 된 것은 처음이 아니다. 10년 전, 초등학교 4학년이었던 나는 아버지인 고바야시 교지를 잃었다.

우리 집은 나미시라는 바닷가 마을에서 양식점을 운영했다. 솜씨 좋은 요리사인 아버지 덕분에 동네에서 조금 유명한 식당이었다.

그날 밤, 아버지는 식당 문을 닫은 뒤 매일 즐기는 산책을 하러 나갔다. 그리고 하룻밤이 지나도 돌아오지 않았다.

살해당한 아버지는 다음 날 낮에 시신으로 발견됐다.

그날부터 어머니 히로코와 나와 히나만 남겨진 집은 무시무시한 광란에 휩싸였다. 주인 잃은 식당이자 집으로 경찰에 보도진에 정체 모를 수상한 사람들까지 들이닥쳐 난장판이 됐다.

아버지는 근처 공원에서 누군가에게 칼부림을 당해 살해됐다. 주위 어른들은 우리에게 쉬쉬했지만 아버지의 시신에는 칼에 찔린 상처가 십여 군데나 남아 있었다고 한다. 그래서 처음에는 원한에 의한 범행을 의심했다. 어머니를 포함한 아버지의 가족과 친구, 지인까지 강도 높은 경찰 조사를 받은 것으로 알려졌다.

그런데 사건이 발생한 지 열흘 여 만에 엉뚱한 곳에서 한 사람이 체포됐다. 살해 혐의를 받은 사람은 당시 나와 나이가 비슷한 열네 살 소년이었다. 그는 체포 직후 범행을 자백했다.

소년 범죄는 가해자의 정보가 공개되지 않고 실명이 보도되지도 않는다. 하지만 인터넷에서 검색하면 얼마든지 알 수 있다.

사가미 쇼.

바로 아버지를 죽인 남자였다. 우리 가족 모두 난생처음 듣는 이름이었다. 아버지와의 접점도 확인되지 않았다.

사가미는 경찰 조사에서 사람을 죽여보고 싶었다는 식으로 진술했다고 한다. 이를 뒷받침하듯 가택수색 때 그의 방에서 공책 한 권이 발견됐다. 공책에는 아버지를 살해했을 때의 상황이 그림으로 상세히 기록되어 있었다. 그가 저지른 범행의 끔찍한 증거물은 일명 해체노트라고 불리며 세상을 떠들썩하게 했다.

게다가 나는 우연히 편의점에 진열된 주간지 헤드라인을 보고 사가미가 뱉은 날것의 진술을 알게 됐다. 사가미는 조사실에서 "쓰레기 같은 인간을 죽였다"라고 진술했다.

쓰레기.

나는 그 제목 앞에서 꼼짝도 할 수 없었다. 함께 편의점에 온 어머니와 히나도 주간지를 발견했다. 우리 세 사람은 모두 그 자리에 못 박힌 듯 서 있었다.

사가미는 사람을 죽일 수 있다면 누구라도 좋았던 것이다. 그는 퇴근 후 밤에 담배를 피우며 산책하던 우리 아버지를 가치 없는 인간으로 치부했다. 그렇게 어린아이가 지렁이를 돌로 짓이기며 노는 것처럼 즐거워하며 난도질해 죽였다.

아버지를 살해한 범인은 체포됐고 동기도 밝혀졌다. 재판까지 끝나 사가미의 형이 확정됐다. 히나와 마지막으로 만났을 때, 사가미가 이미 죗값을 치르고 출소했다는 소식을 들었다.

그러나 사건이 일어난 그 순간 우리 가족은 복구할 수 없을 정도로 심한 타격을 받았다.

아버지가 세상을 떠나자 우리는 양식점을 폐업할 수밖에 없었다. 수입원이 사라지니 살림이 눈에 띄게 궁핍해졌다.

또 주간지를 비롯한 언론은 일찍이 어머니를 여의고 홀아버지 손에 자란 사가미의 성장 과정뿐 아니라 우리 가족 이야기까지 쏟아냈다. 내용도 구체적이었다. 아버지의 요리 실력이 부족했다는 둥 어머니가 결혼 전에 변두리 스낵바*에서 호스티스로 일했다는 둥 떠들어댔다.

아직 어린 두 딸을 책임져야 하는 어머니에게는 정면에서 밀어닥치는 거센 파도를 홀로 견뎌내야 하는 날들이었다.

그러던 어느 날, 아버지를 살해한 범인이 체포된 지 약 2주쯤 지났을 무렵 어떤 사람이 집으로 찾아왔다.

변호사와 함께 현관 앞에 선 중년 남자는 자신을 사가미 쇼의 아버지라고 소개했다. 아버지를 죽인 아들을 대신해 사죄하러 온 것이다.

어머니는 인터폰으로만 응대하며 현관문조차 열어주지 않았다. 메마른 어투로 그만 돌아가라고 말하며 인터폰을 끊었다.

나는 그 모습을 우연히 계단 위에서 목격했다. 옆에는 히나도 있었다. 우리는 누가 먼저랄 것도 없이 발소리를 죽이고 살금살금 복도로 내려가 현관이 보이는 창문으로 다가갔다. 사건이 벌어진 후, 창문이란 창문에는 전부 커튼을 쳐놓았다. 그 틈으로 슬며시 현관을 훔쳐봤다. 양복을 입은 남자 두 명이 서 있었는데 한 사람은 고개를 들고 있었지만 나머지 한 사람은 계속

● 주인이 술을 따라주고 말 상대가 되어주는 바 형태 술집. 음식과 가라오케를 함께 즐길 수 있으며 이용자 연령대가 비교적 높은 편이다.

고개를 푹 숙이고 있었다. 고개를 숙인 사람이 사가미의 아버지리라 짐작했다. 사가미의 집안은 편부가정이라고 들었다.

사가미의 아버지는 족히 5분은 고개를 숙였고 우리 자매는 이유도 모른 채 그 모습을 계속 지켜봤다. 잠시 후 옆에 있던 변호사의 재촉에 남자가 천천히 고개를 들었다. 사색이 된 얼굴에 피로가 짙게 밴 아저씨가 보였다. 움푹 팬 눈이 우리가 있는 쪽을 향하기에 황급히 창문에서 떨어졌다. 그리고 아무것도 보지 못한 척 거실로 갔다.

거실에 있던 어머니의 얼굴은 사가미의 아버지보다 훨씬 더 초췌했다. 아무것도 없는 벽에 기대 고개를 수그린 채 가운뎃손가락에 생긴 거스러미를 벗기는 데만 온 신경을 집중했다. 그런 어머니에게 우리는 도저히 말을 걸 수 없었다.

그 후 사가미의 아버지는 단 한 번도 연락해 오지 않았다. 하지만 그 방문은 진이 빠질 대로 빠진 어머니를 가격한 마지막 일격 아니었을까. 범인의 부모가 직접 등장하면서 우리는 그동안 '소년'이라고만 보도되던 사가미의 존재를 현실로 생생하게 느꼈다.

그 남자의 아들이 소중한 가족을 죽였다.

어머니는 그 사실을 견딜 수 없었던 것 같다.

어느 날 아침에 나와 히나가 눈을 떴을 때 어머니는 집에서 모습을 감추고 없었다.

그날 이후로 어머니의 행방이 묘연했다. 경찰에게 연락이 오지도 않았으니 살아는 있으리라 추측할 뿐이다. 아버지 사건의 수사에 협조하기 위해 우리 가족은 지문과 DNA를 제공했다. 신원을 알 수 없는 시신이 발견됐다면 어머니인지 아닌지 밝힐 수 있었을 터다.

어머니가 실종된 후 나와 히나는 각각 다른 친척에게 맡겨졌다. 나는 가이토시에 사는 외할머니집으로 갔다. 할머니는 가난하고 인색한 사람이어서 나는 늘 눈칫밥 신세였다. 전학 간 학교도 그리 즐겁지 않았다. 스스로 노력한 덕에 사건 피해자의 유족이라는 사실은 알려지지 않았지만 나를 무시하는 우미노 마린 같은 아이들이 더러 있었다.

나는 장비 하나 없이 잠수한 사람이 산소를 찾아 물 위로 올라가는 것처럼 종종 히나에게 연락했다. 히나는 내게 남은 유일한 혈육이었다. 같은 마음을 나눌 수 있는 사람이었다.

히나는 산골짜기 지역인 지쿠야시에 사는 숙부의 집에서 지내게 됐다. 그곳에서의 고달픈 생활은 나와 크게 다르지 않았던 것 같다. 거리가 멀어서 우리는 만나기 어려웠기에 서로 할머니와 숙부의 눈을 피해 몰래 전화 통화를 했다.

고등학교를 졸업하자 우리는 도망치듯 집을 나왔다. 나도 히나도 일을 찾아 현청 소재지인 가이토시에 거처를 마련했다. 하지만 우리 모두 정규직 자리를 얻지 못해 나는 파견사원으로,

히나는 업무 위탁형으로 계약해 보험설계사로 일하게 됐다.

누구의 도움도 받지 않고 열심히 일하며 살았다.

그리고 히나는 누군가에게 살해됐다.

온갖 상념이 머릿속에서 소용돌이치는 가운데 나는 창가에 멍하니 서 있었다. 오랜만에 주간지 기자와 마주치면서 인생의 분기점을 생각했다.

10년 전, 아버지가 살해됐다.

그 사건으로 모든 것이 바뀌었다.

●

방과 후 하굣길. 걸음이 점점 빨라졌다.

내가 다니는 초등학교는 나미시의 중심가와 가까웠다. 그곳을 벗어나 국도의 완만한 오르막길을 올라가면 건물이 점점 뜸해진다. 그렇게 오른쪽은 산, 왼쪽은 바다가 지키는 길이 이어진다.

바다의 잔물결이 햇빛을 반사하며 금가루를 뿌려놓은 듯 반짝반짝 빛났다. 동해는 태평양과 달리 탁하다고들 하지만 나는 나미시의 바다가 어느 바다보다 깨끗하고 맑다고 생각했다. 그래서 바다가 보이기 시작하면 기분이 좋아서 걸음이 저절로 경쾌해졌다.

오르막길 중간쯤 오르자 오른쪽에 갈색 삼각 지붕이 빼꼼히 고개를 내밀었다. 가까워질수록 점점 통나무집이 모습을 드러냈다. 통나무를 엮어 만든 벽은 오랫동안 비바람을 맞아 몇 시간이나 볶은 양파 같은 색이었다.

건물 입구에는 나무 간판이 세워져 있었다. 마침 간판 앞에 학생으로 보이는 남자가 '그릴 나미'라고 새겨진 글자를 보고 있었다. 요즘에는 간판 사진을 찍는 사람도 많아서 특별히 신경 쓰지 않고 그 학생 옆을 지나 통나무집으로 걸어갔다.

이곳이 내 집이다. 1층은 부모님이 운영하는 양식점이고 2층은 우리 가족이 사는 공간이다. 가게서든 집에서든 통나무집에서는 창문으로 바다를 볼 수 있었다.

통나무집에서 평소처럼 좋은 냄새가 풍겼다. 고소하면서 상큼하고 식욕을 자극하는 냄새. 나도 모르게 걸음을 재촉해 건물을 빙 돌았다. 정면에 있는 문은 가게 입구였고, 집 현관과 주방은 뒤쪽에 있었기 때문이다.

슬그머니 주방 문을 열었다. 여느 때처럼 넓은 등이 보였다. 두툼한 손이 쉴 새 없이 잘게 움직였다. 저녁 영업을 준비하려고 닭고기에 밑간을 하고 있으리라. 나는 주방 입구에 기대 말없이 그 모습을 바라봤다. 섬세하게 움직이는 커다란 몸을 지켜보는 이 순간이 좋았다.

상대가 인기척을 느낀 듯 빙글 돌아봤다.

"놀랐네. 다녀왔어?"

두 눈을 부릅뜨고 닭고기를 떨어뜨릴 뻔한 그 모습을 보고 나는 깔깔 웃었다.

"다녀왔습니다, 아빠."

주방은 아버지의 성이었다. 그릴 나미에서 내놓는 요리는 전부 아버지의 작품이었다. 참고로 어머니는 가게에서 손님을 상대하고 계산을 담당했다.

"아빠, 내가 도울까?"

나는 란도셀*을 발밑에 내려놓고 물었다.

"숙제는 안 해도 돼?"

"조금밖에 없어서 괜찮아."

"그럼 그러렴……."

아버지는 닭고기를 놓고 원래 흰색이었던 앞치마에 손을 닦았다. 앞치마는 선대 주인이었던 할아버지에게 물려받은 것이어서 세월의 흐름이 느껴졌다.

"이것 좀 짜거라."

아버지는 냉장고 옆에 있던 골판지 상자를 들어 조리대 옆에 내려 놓았다. 상자에는 거래 농가에서 받은 레몬이 가득 들어 있었다.

◉ 일본 초등학생이 메는 책가방.

"알았어."

아버지가 부엌칼로 레몬을 반으로 잘랐다. 나는 그 옆에 서서 반으로 자른 레몬을 집어 들고 착즙기로 즙을 짜냈다.

"다행이야. 마침 손이 부족했는데."

아버지의 말에 레몬을 짜는 손에 힘이 들어갔다. 어쨌든 나는 가게 대표 메뉴를 만드는 데 힘을 보태고 있다.

그릴 나미는 아버지의 부모님, 그러니까 내 조부모가 창업한 식당이다. 조부모는 내가 태어나기 전에 세상을 떠났고 아버지가 식당을 물려받았다.

물려받았다고 해도 조부모가 운영하던 시절부터 장사가 잘되던 가게는 아니었던 것 같다. 그런데 그렇지 않아도 근근이 꾸려가던 가게 사정이 아버지 대로 넘어오면서 더욱 악화됐다.

나는 아버지가 만드는 양식이 세상에서 가장 맛있다고 생각했다. 햄버그 스테이크에 새우튀김에 오므라이스. 어떤 메뉴든 입에서 살살 녹을 정도로 맛있다. 그러나 입지가 나쁜 탓에 손님이 적었다. 어머니의 계산기 두드리는 소리만 울려 퍼지는 텅 빈 가게의 풍경이 어릴 적 기억에 어렴풋이 남아 있다. 내가 초등학교에 입학했을 무렵에는 부모님도 폐업을 진지하게 고민했던 것 같다. 그때는 몇 가지 보험을 해지해서 위기를 넘겼다고 한다.

그런 그릴 나미에 손님이 급속하게 늘어나기 시작한 것은 딱

반년 전부터였다. 아버지가 개발한 신메뉴가 좋은 반응을 얻었다.

치킨 레몬 소테.

새롭거나 특별하지는 않지만 아버지의 노하우가 담겨 있는 메뉴였다.

가장 큰 특징은 가게에서 직접 잡아 손질한 닭고기로 만든다는 점이었다. 통나무집 뒤쪽 지대가 높은 곳에 오래된 닭장이 있었다. 할아버지는 과거 그곳에서 닭을 키웠다고 한다. 보건소에서 도축 허가를 받았기 때문에 단골손님이 왔을 때만 그 자리에서 닭을 잡아 요리해 줬다고 한다. 그 시절을 참고한 아버지는 닭장에 다시 닭을 기르기 시작했다.

직접 길러 신선한 닭고기를 그날 짜낸 엄선한 레몬즙과 버터로 소테를 만든다. 아버지는 이 소박한 요리에 승부를 걸었다.

신메뉴는 처음에는 아무런 반응도 얻지 못했다. 그런데 반년쯤 지났을까. 처음 보는 손님들이 속속 가게를 찾았다. 개중에는 제법 먼 곳에서 오는 사람도 있었다. 그들은 하나같이 치킨 레몬 소테를 주문했다. 입소문을 탔다고 했다. 김이 모락모락 피어나는 치킨을 한입 가득 넣은 손님들은 모두 만족스러운 얼굴로 웃었다. 그렇게 또 호평받으며 더욱 많은 손님이 몰려왔다.

그릴 나미는 순식간에 인기 식당이 됐다. 언론에서 취재 의뢰도 여러 번 들어왔지만 이를 모두 거절한 것이 가게의 가치를 한층 더 높였다. 휴일이면 TV와 인터넷에 공식 정보가 알려지지 않은 요리를 맛보려는 사람들로 장사진을 이뤘다.

부모님은 눈코 뜰 새 없이 바쁜 탓에 우리 자매의 학교 수업 참관에도 못 올 지경이었다. 특히 힘든 사람은 요리를 도맡은 아버지였다. 아버지는 주방을 이리저리 돌아다니며 정신이 하나도 없다고 입버릇처럼 중얼거렸다. 하지만 땀에 젖은 이마 밑의 눈은 같은 반 잘생긴 남자아이처럼 반짝반짝 빛났다. 그 모습을 보면 나는 숙제도 미루고 아버지부터 돕고 싶어졌다.

반으로 토막 낸 레몬의 단면을 착즙기에 밀어 넣으니 투명한 과즙이 뚝뚝 떨어졌다. 조금 더 짜내고 싶은 마음에 손에 쥔 레몬을 꽉 잡아 비틀다가 과즙이 눈에 튀었다.

"앗 따가워!"

그만 소리를 높이고 말았다.

"괜찮니?"

아버지가 달려왔다.

"아무렇지도 않아. 레몬즙이 눈에 튀어서 그래."

"얼른 눈을 씻어내자."

눈을 조금 비비면 괜찮아질 것 같았지만 아버지의 말에 따랐다. 싱크대에 가니 닭 다리 살이 한 조각 떨어져 있었다. 아버지는 손질하던 닭고기를 내팽개치고 나를 살피러 온 듯했다. 아무리 맛에 깐깐한 아버지라도 역시 내 일이라면 만사 제쳐두고 달려왔다.

"병원 갈까?"

물에 씻어낸 뒤 내 눈을 이리저리 살피는 아버지를 보고 웃음
이 터졌다.

"아빠도 참, 호들갑은. 그 정도는 아니야."

하염없이 눈을 살피는 모습에 민망해져서 고개를 돌리고 조
리대에 놓인 레몬을 다시 집어 들었다. 아버지는 여전히 마음이
놓이지 않는지 뒤따라왔다.

"호들갑은 무슨 호들갑이야. 아프면 이제 그만 해도 돼."

"괜찮다니까."

"그러면 계속 부탁할게. 네가 짠 레몬즙을 쓰면 소테 맛이 깊
어지거든."

아버지의 말에 가슴이 뿌듯했다. 그릴 나미가 번창하는 데
나도 한몫 보태는 셈이었다. 아버지를 위해 평생 레몬을 짜도
괜찮다고 생각했다.

당시 아버지가 나를 배려했다는 사실을 시간이 한참 지나서
야 깨달았다.

나는 아버지를 돕고 싶은 마음이 굴뚝같았지만 안타깝게도
손이 야무지지 못했다. 심지어 그 사실을 자각하지 못했다. 우
유팩을 깔끔하게 뜯지 못해서 우유를 따르는 부분을 너덜너덜
하게 만들거나 식기 선반에서 접시를 꺼내다가 몇 개나 깨뜨려

도 그런가 보다 했다.

손님에게 내놓을 음식을 요리하는 일은 도저히 맡길 수 없겠
다고 아버지는 판단하셨으리라. 하지만 내 앞에서는 결코 내색
하지 않으셨다. 그 대신에 레몬즙을 짜는, 누구나 할 수 있는 작
업을 매우 특별한 일인 것처럼 내게 맡기셨다. 내게 요리 울렁
증이 생기지 않은 이유는 아버지 덕분이었다.

묵묵히 레몬을 짜는데 아버지가 뒤에서 다가왔다. 커다란 손
과 밀크 젤라토가 담긴 유리그릇이 시야 한구석에 들어왔다. 무
척 좋아하는 젤라토를 상으로 받고는 저도 모르게 뒤돌아보며
미소 지었다.

나는 자상한 아버지를 누구보다 사랑했다.

통나무집에서 보내던 나날은 진심으로 무척이나 행복했다.

4

　대학 입구 역에서 언덕길을 절반쯤 내려왔는데 저 멀리 교문에 사람 네댓 명이 모여 있었다.

　나는 날붙이라도 삼킨 사람처럼 움찔했다.

　눈에 띄지 않도록 이른 아침에 집을 나서는 작전이 효과가 있었다고 생각했는데 안 이했다.

　아직 이른 시간이라 등교하는 학생은 적었지만 그 얼마 없는 학생들이 교문을 향해 의아한 시선을 던졌다. 교문에 진을 친 사람들은 나이대도 다양해서 학생들과는 명백히 다른 독특한 분위기를 풍겼다.

　나는 학생인 척 고개를 숙이고 그 앞을 지나가려고 했지만 허사였다.

　"고바야시 미오 씨 맞으시죠?"

　프로의 눈을 속일 수는 없었다. 그들은 도망칠 틈도 주지 않고 나를 에워싸고는 휴대폰과 녹음기를 들이밀었다. 휴대폰 카메라로 촬영하는 일반인 같은 남자도 있었다.

"이야기 좀 해 주시죠."

"이번 보도에 대해 어떻게 생각합니까?"

"새로운 증언이 또 나왔던데요."

화살 비처럼 쏟아지는 취재진의 말에 숨이 막힐 지경이었다.

"저, 저기……."

인터뷰 따위 하기 싫었다. 지금 이 자리에서 부주의한 발언을 하면 나중에 난처해진다. 그 사실을 알면서도 침묵을 일관하지 못하고 의미 없는 말을 흘렸다.

"미오 씨, 심정이 어떻습니까?"

비수처럼 휴대폰을 찔러오는 이는 이제 완전히 낯익은 주간 리얼의 미토였다. 그녀에게서 떨어져 물러서려고 했지만 저마다 소속이 다른 취재진이 물 샐 틈 없이 포위하고 있어 도망갈 수 없었다. 심지어 거리를 점점 좁혀 오기까지 했다. 마치 내 몸을 직접 짜내 이야기를 끄집어내려는 사람들처럼.

이대로 너덜너덜한 걸레짝처럼 되는 걸까.

그때였다.

"잠시만요."

흰 장갑을 낀 손이 포위망을 가르며 끼어들었다.

"이러지 마세요. 학교 앞에서 이러시면 곤란합니다."

요즘 매일 인사를 나누는 수위였다. 교문 앞에서 벌어진 소란을 알아차리고 수위실에서 나온 듯했다. 수위는 내 앞에 서서 취재진을 나무랐다. 단지 학교 경비라는 자신의 업무를 수행할 뿐이지만 덕분에 살았다. 나는 남색 수위 제복을 방패 삼아 허둥지둥 교문 안으로 들어갔다. 학교 안으로 몸을 피하면 당장은 안전했다. 주위에 있는 학생들이 나를 흘끔거렸다. 나 같아도 무슨 일인가 싶었으리라.

땅만 쳐다보며 교무동으로 향한 뒤 행정실로 들어가며 인사했다.

"안녕하세요."

동료들이 인사로 화답했지만 평소와 달리 어딘가 서먹서먹했다. 내 피해망상 때문은 아닐 터다.

점점 무거워지는 마음을 안고 사람들 사이를 지나는데 내 책상에 놓여 있는 작은 갈색 봉투가 보였다. 가슴이 철렁 내려앉아 걸음을 멈췄다. 그 순간 뒤에서 누군가가 말을 걸어 화들짝 놀랐다.

"좋은 아침. 왜 이렇게 긴장해."

뒤돌아보니 가누마의 웃는 얼굴이 있었다.

"아, 안녕하세요."

"저거, 휘낭시에야."

가누마가 손가락으로 내 어깨 너머를 가리켰다.

"우리 와이프가 만든 거야. 파티셰도 아닌데 대단하지? 회사 사람들에게도 나눠주라고 챙겨주더라고."

아무래도 책상 위에 놓인 종이봉투는 가누마가 올려놓은 모양이다.

"고맙습니다."

나는 쓴웃음을 지었다. 봉투 안에 면도날이나 음식물쓰레기가 들어 있는 장면을 상상했는데 생각해 보니 이곳은 직장이었다. 집 우편함과는 달리 아무나 들어와서 물건을 놓고 갈 수 없는 곳이었다.

"간식으로 먹어. 진짜 맛있어. 우리 와이프가 최고라니까."

사람들 앞에서 당당하게 팔불출 노릇을 하는 것만은 여전했다. 그래도 사실은 나를 어떻게 생각하는지 알 수 없었다. 나는 관심 있는 척 종이봉투 속을 들여다보며 시선을 돌렸다. 어떤 상황에서든 내 마음은 어둠 쪽으로 기울었다.

처음 미토가 모습을 드러냈을 때 눈치챘어야 했다.

―동생분의 상황을 알게 된 지금 심경이 어떠십니까?

여자는 그렇게 물었다.

그런데 그때는 주간지 기자의 급습에 당황한 상태였다. 동생 히나가 살인사건의 피해자가 됐다지만 따로 사는 내게까지 취재의 손길이 뻗칠 줄 몰랐기 때문이었다. 게다가 나는 아버지 사건으로 취재진이 어떤 족속인지 알고 있다고 생각했다. 과거에 피해자 유족으로서 그 고초를 겪었으니.

하지만 나는 아무것도 몰랐다.

사람에게는 사정이 있고 그에 따라 처지가 달라진다는 사실을. 그리고 그 사정은 일관되지 않으며 쉽게 뒤집힐 수도 있다는 사실을.

아버지 사건 때와 달랐다. 이번 사건에서 나는 세상의 지지를 받아야 할 피해자 유족이 아니었다.

계기는 주간 리얼의 보도였다.

기사 제목은 '난도질로 살해당한 미녀의 숨겨진 얼굴'.

주간 리얼 기자는 아직 범인이 밝혀지지 않은 살인사건의 피해자 고바야시 히나의 신상을 파헤쳤다. 그러다가 히나의 전 남자친구 A 씨의 존재를 알게 됐다.

30대 후반인 A 씨는 고인이었다. 1년여 전 등산 중에 실족사했다.

A 씨에게는 가까운 가족이 없어서 기자가 겨우 찾아낸 친인척은 그의 고모할머니였다. 아흔이 넘었지만 여전히 정정한 고모할머니는 또렷한 어조로 취재에 응했다. 그녀는 A 씨의 죽음에 어떤 의문을 제기했다.

고모할머니는 A 씨가 사망한 후 그가 생명보험에 가입했던 사실을 알게 됐다고 한다. 게다가 보험금 3천만 엔의 수령인은 친인척이 아니라 고바야시 히나라는 인물이었다. 일면식도 없는 사람이라 누구인가 싶어 확인해 봤더니 당시 A 씨의 여자친구였다고 한다.

A 씨는 사고로 사망하기 약 반년 전부터 히나와 교제했으며 보험설계사였던 히나의 권유로 생명보험에 가입했다고 한다.

고모할머니는 A 씨가 친인척이 아닌 상대를 수령인으로 지정해 생명보험에 가입한 사실 자체가 이상하다고 주장했다. 분명 그 보험설계사 여자가 영업 실적을 올리려고 순진한 A 씨를 구워삶은 것이다. 여차하면 가입 후에 사고사로 위장해 A 씨를 죽이고 보험금을 차지하려고 계획한 것 아니냐는 말까지 했다.

주간 리얼의 보도는 세간의 이목을 끌었다.

그 뒤를 쫓듯 여러 언론이 일제히 보도하기 시작하면서 진위가 불분명한 정보가 인터넷에 나돌았다. 심지어 얼굴을 모자이크한 A 씨의 고모할머니 영상이 여러 동영상 사이트에 업로드됐다. 동영상 게시자의 인터뷰에 응한 그녀는 카메라 앞에서 여러 번 의혹을 제기했다. 인터넷상에서 히나의 보험 살인 의혹이 번졌고 히나의 고등학생 시절 얼굴 사진이 여기저기 퍼졌다.

내게 쏟아진 취재 요청도 그 때문이었다.

미토가 집을 찾아온 이후, 동영상 게시자를 포함한 취재진이 매일같이 집을 찾아와 히나에 대해 물었다. 나는 처음부터 취재에 일절 응하지 않기로 마음먹었다. 얼마나 성의껏 대답하든 한 번 그들과 마주하기 시작하면 악의적인 편집을 당하기 때문이다. 아버지를 잃었을 때 배운 사실이다.

하지만 그들은 내 기억보다 더 집요하고 공격적이었다. 취재를 거절하고 집에 들어가도 묻고 싶은 것이 있다며 현관 앞에서 소리쳤다. 직장까지 찾아와 동료들에게 나에 대해 물었다고도 했다. 급기야 오늘 아침에는 학교 앞에서 진을 치고 있다가 사람들 앞에서 질문 공세를 퍼부으며 나를 몰아세웠다.

어느새 히나는 살인사건의 피해자가 아닌 보험 살인의 용의자 취급을 받았다. 그리고 나는 용의자의 언니가 됐다. 그래서 주간 리얼의 미토는 처음부터 히나의 진실을 알게 되어 어떻게 생각하느냐고 물은 것이다.

히나의 의혹을 강조하는 인터넷 보도 탓에 세간의 태세도 바뀌었다. 도리어 살인범보다 히나를 의심하고 비난하는 여론이 형성됐다.

고바야시 히나가 보험금을 노리고 A 씨를 살해한 것이 틀림없다.

그렇게 뒤가 구린 인간이니 살해당하지 않았을까.

천벌을 받은 거야, 자업자득이지.

이러한 분위기가 조성되다 보니 내가 히나의 언니라는 사실을 알게 된 주위의 시선도 싸늘해졌다.

이웃은 물론 직장 동료들과 서먹해졌다. 발신인이 누군지 모르는 섬뜩한 우편물이 집에 오기도 했다. 협박성 문서나 면

도날 따위가 들어 있었다. 무서웠지만 경찰에 신고할 엄두가 나지 않았다. 히나의 사건을 수사하는 경찰도 언론 보도를 주시할 테니.

"냄새만 맡아도 맛있겠다는 걸 딱 알겠지?"

가누마의 목소리에 나는 현실로 돌아왔다.

책상 위에 놓인 종이봉투에서 확실히 구운 과자의 달콤한 향기가 풍겼다. 그래서 조금 정신이 들었다. 마침내 나는 가누마를 향해 고개를 돌릴 수 있었다.

"그러게요, 맛있겠네요. 집에 가져가서 먹을게요."

종이봉투를 닫고 컴퓨터를 부팅한 뒤 머리를 업무 모드로 바꿨다. 이번 소동 때문에 근로계약이 해지되지 않도록 정신을 바싹 차리고 일해야 한다. 이른 아침부터 기습한 취재진 때문에 일일이 당황할 수만은 없었다. 그들은 앞으로도 히나의 의혹을 뒷받침할 증거를 찾기 위해 내게 들러붙어 정보를 끄집어내려 할 테니까.

하지만.

업무 메일을 훑어보면서 다시 생각했다. 나는 히나에게 아무이야기도 듣지 못했다. 나도 언론에 보도된 내용을 보고 처음 알았다.

히나에게 1년 정도 사귄 연인이 있었다는 사실은 알고 있었다. 언젠가 패밀리 레스토랑에서 만났을 때 새 남자친구가 생겼

다고 본인이 밝혔기 때문이다. "이번에는 좋은 사람이야"라고
도 했다. 그러나 그 이상은 거의 모른다.

우리는 삶의 불만은 쏟아냈지만 연애 이야기는 그다지 주고
받지 않았다. 나는 남자친구를 사귄 적이 없다. 히나는 종종 있
는 듯했지만 많은 이야기를 하지는 않았다.

A 씨로 추정되는 교제 상대도 그랬다. 그 존재에 대해 들은
지 몇 달 후에 연애는 순조로운지 물은 적이 있다.

―없어졌어.

그때 히나는 그저 그렇게만 대답했다. 생각해 보니 마지막으
로 동생과 만났을 때도 그런 말을 들었다.

―사랑하는 남자친구도 없어지고.

나는 히나가 남자친구와 헤어진 줄로만 알았지, 설마 그 A 씨
가 사고로 사망했고 그로 인해 히나가 많은 보험금을 타냈으리
라고는 상상도 못 했다. 동생은 내 앞에서 오로지 가난과 불운
만 한탄했으니.

그러나 세상은 히나를 돈에 미쳐 사람을 멋대로 조종하다 못
해 죽음으로 내몬 악녀로 취급했다. 자기애적 성격장애라고 단
언하는 자칭 전문가도 있었다.

인터넷에서 우연히 본 대중들의 반응이 머릿속을 맴돌았다.
미간을 손가락으로 꾹 눌렀지만 머릿속을 부유하는 잡음은 심
해지기만 했다.

모두가 말했다. 그렇게 떠들어댔다.

히나는 정말로 그런 사람이었을까?

5

점심시간을 알리는 벨이 울리자 나는 재빨리 자리에서 일어
났다.

그리고 행정실이 있는 교무동을 돌아 건물 뒤로 갔다. 그곳
에는 관목 한 그루와 녹슨 벤치가 있었다.

교무동 뒤에는 데이터 사이언스 학부의 학부동이 등을 맞대
듯 서 있었고 그 간격은 몇 미터밖에 되지 않았다. 좁고 볕이 잘
들지 않아서 벤치가 있어도 앉아서 쉬는 사람은 드물었다. 지
나다니는 사람도 없었다. 나는 익숙한 걸음으로 벤치에 다가갔
다. 점심을 먹기 위해서였다.

보도 내용을 알게 된 동료들의 시선을 견딜 수 없어서가 아니
라 이곳에 근무하면서부터 생긴 습관이었다. 휴식 시간은 반드
시 홀로 보냈다.

물론 내 자리에서 밥을 먹어도 상관없지만 나는 사람들 앞에

서 마스크를 벗는 데 거부감이 있었다. 그래서 아무도 내 얼굴을 볼 수 없는 곳에서 혼자 식사하고 싶었다. 이곳에 파견되자마자 캠퍼스를 둘러본 뒤 이곳을 점심 식사 장소로 고른 이유였다. 인적이 없는 장소는 여러 군데 있었지만 앉을 자리가 있는 장소는 이곳뿐이었다. 그 점이 기꺼웠다.

그리고 옆에 키가 낮은 나무가 있는 점도 마음에 들었다. 그 나무가 벤치 위로 가지를 드리워 준 덕분에 비바람을 조금 피할 수 있기 때문이었다. 그래도 역시 비가 쏟아질 때는 큰 도움이 되지 않았다. 그럴 때는 나무 밑에서 우산을 쓰고 서서 주먹밥을 먹었다. 아무리 궂은 날씨라도 못난 치열을 남들에게 보이고 싶지 않은 마음은 여전했기 때문이다.

나는 벤치에 앉아 집에서 싸 온 주먹밥을 꺼냈다. 주먹밥을 싼 랩을 벗기는데 머리 위에서 나뭇잎이 바스락거리는 소리가 났다. 가지가 묵직해진 탓이리라. 마스크를 벗고서 나무를 올려다봤다.

이 나무가 레몬 나무라는 사실을 최근에 알았다.

여름 무렵에 이미 작은 열매가 맺혔지만 짙은 녹색에 모양도 둥글어서 유자나 영귤인 줄 알았다. 그 열매들이 점점 자라 지금은 럭비공 모양을 갖추고 주렁주렁 달려 있었다.

하지만 아직 푸른색으로, 완전히 레몬 빛으로 물든 열매는 없었다. 여름 과일이라는 이미지가 있지만 레몬의 수확 시기는 겨울철인 듯했다. 기온이 낮아서인지 열매가 이렇게나 많이 달렸는데도 시큼한 향은 나지 않았다.

미약하게 흔들리는 나뭇가지 너머로 무언가가 움직였다.

나는 턱에 걸치고 있던 마스크를 황급히 코 위로 끌어올렸다. 역시 내 시력이 정확했다. 저 멀리서 사람이 걸어왔다.

점심시간에 가끔 이곳을 지나가는 학생으로 보이는 남자였다. 이 남자가 지나갈 때마다 나는 식사하던 손을 멈추고 마스크로 얼굴을 가렸다.

이 사람 말고는 아무도 지나다니지 않으니 이 남자만 아니면 더 편하게 점심시간을 보낼 수 있을 텐데.

게다가 벤치 앞을 지날 때마다 반드시 인사를 보냈다. 그 인사를 무시할 수 없어서 어쩌다 보니 안면을 트게 됐다.

나는 먼저 인사한 뒤 그가 지나가기를 기다렸다. 먹다 만 주먹밥을 손에 들고 있는 모습이 창피했지만 버리는 것도 이상했다. 시선을 내리깔고 그런 생각을 하는데 그림자와 함께 목소리가 머리로 내려앉았다.

"가져가실래요?"

눈을 들었다. 남자가 벤치 근처에 멈춰 서서 레몬 나무를 손가락으로 가리켰다. 나뭇잎 사이로 비치는 볕뉘를 약하게 반사하는 안경 뒤의 눈이 나를 응시했다.

"아직 푸른색이지만 그린 레몬도 꽤 맛있어요."

혼잣말이 아니었나 보다. 나무에 열린 레몬을 따 가라는 뜻 같았다. 뜬금없이 무슨 생각인 걸까.

"괜찮아요. 저 농학부거든요."

남자가 덧붙였지만 점점 더 의미를 알 수 없었다.

말없이 가만히 있자 그제야 내가 난감해한다는 사실을 깨달은 듯했다. 그러고는 혼자서 살풋이 웃었다.

"아, 설명이 부족했네요. 미안해요. 이 부근은 원래 농학부 구역이었거든요. 교무동 뒤는 농장이었고 저쪽은 연습림이었어요."

학부동의 서쪽 끝을 손으로 가리켰다. 그의 말대로 숲이 남아 있었고 연구실 같은 오래된 건물의 지붕도 보였다.

"몇 년 전에 조직이 개편되면서 농학부는 통째로 옆 동네 캠퍼스로 이전됐고, 그 자리에는 신설된 데이터 사이언스 학부동이 생겼죠. 이 레몬 나무와 벤치는 농학부가 있던 시절의 흔적이고요. 이유는 모르겠지만 철거되지 않고 방치됐더라고요."

인적이 드문 건물과 건물 사이에 벤치가 놓여 있던 이유가 바로 그 때문이었구나.

"왜 그런지는 모르겠지만 농학부 시절부터 있던 나무나 시설은 우리 학부가 관리하게끔 정해져 있어요. 그래서 일단 이 나무도 내가 돌보고 있죠. 매년 다 수확하지 못할 정도로 많은 레몬이 달리니까 원하면 가져가세요. 개량된 품종이라 가시가 없어서 맨손으로도 편하게 잡을 수 있어요."

남자가 레몬 나무의 줄기를 가볍게 두드렸다. 마치 키우는 개를 다루는 듯한 손놀림이었다.

나쁜 사람은 아니겠지?

"감사합니다. 하지만 괜찮아요."

그러나 거절했다. 그리고 작은 소리로 부연했다.

"레몬 안 좋아하거든요."

사실은 좋아하지 않는 정도가 아니었다.

레몬과 닭고기.

이 두 가지 음식을 먹지 못했다. 도저히 목구멍으로 넘길 수 없었다. 어렸을 적에는 그렇게나 좋아했는데.

"아, 그래요? 미안해요, 식사하는 데 방해해서."

내 딱딱한 대답에도 남자는 개의치 않는 모습으로 말했다. 그렇게 그대로 떠날 줄 알았는데 여전히 내 앞에 서 있었다. 그리고 내게 물었다.

"행정실에서 일하는 고바야시 씨 맞으시죠?"

나는 고개를 끄덕이면서 내 소속과 이름을 알고 있다는 사실에 놀랐다.

"갑작스럽지만 저는 기리미야라고 해요."

남자는 자신을 기리미야 쇼헤이라고 소개했고 농학 연구과 소속 대학원생이라고 했다.

"'그 후 클럽'이라는 자원봉사 동아리를 운영하고 있어요."

그렇게 덧붙였다. 레몬을 권했을 때나 지금이나 붙임성이 좋은 사람이었다.

"맞벌이 부부의 자녀들을 방과 후에 돌보는 활동이죠. 초등학생은 아직 부모의 보살핌이 필요한 나이인데 늦은 밤까지 혼자서 집을 지키면 안전과 교육 모두 문제가 되잖아요. 그래서학교 수업이 끝난 후에 돌봄교실이 있지만 그것도 대부분 오후 5시면 끝나죠. 하지만 모든 부모가 그 시간에 퇴근하고 올 수는 없으니까요. 그래서 보호자가 퇴근하고 올 때까지 우리가 아이를 맡아 주는 활동을 해요. 아이들이 방과 후 돌봄교실이 끝난 뒤에 오니까 '그 후 클럽'이라고 이름 지었어요."

"그래요?"

나는 그저 맞장구만 쳤다.

"저쪽에 낡은 건물 보이죠?"

기리미야가 연습림 쪽을 가리켰다. 조금 전 내가 연구실이겠거니 추측한 곳이었다.

"그곳을 빌려서 장소는 확보했는데 지금 일손이 부족해요. 고바야시 씨가 도와준다면 고마울 거예요."

"네?"

나는 다시 남자를 올려다봤다. 난데없이 공이 날아왔다.

"고바야시 씨가 그 후 클럽에서 아이들의 놀이 상대와 말벗

이 되어주면 좋겠어요. 일주일에 두세 번이면 되거든요. 학교 근무가 끝나고서 하면 되는데, 도와줄 수 없을까요?"

레몬 나무에 손을 대고 온화한 말투로 부탁했다. 하지만 나는 이해가 가지 않았다.

왜 건물 뒤에서 홀로 점심을 먹는 대학 직원에게 동아리를 권하는 거지? 학교에 학생이 많은데.

"요즘 봉사활동 하는 학생을 모으기가 정말 힘들어요. 그 후 클럽은 활동이 끝나면 귀가 시간이 늦고 취업 활동할 때 어필할 자기소개 소재치고는 임팩트가 없으니까요."

내 의문을 눈치챈 듯 설명을 이었다.

"게다가 도와준다고 누구나 환영할 수도 없는 노릇이잖아요. 아이들을 돌보는 일인 만큼 역시 차분하고 상냥한 분위기를 풍기는 사람이 좋죠. 그래서 적임자를 찾는 중인데 행정실의 고바야시 씨가 눈에 들어왔어요. 고바야시 씨는 접수처에서 정말 친절하게 학생을 응대하시잖아요. 학생들은 사회 경험이 부족하다며 무례하게 구는 직원들도 드물지 않은데."

나는 그저 마음이 약할 뿐이다. 일부러 남의 직장까지 찾아와 조롱하는 동창을 당당하게 마주 쳐다볼 용기도 없을 정도로.

나는 어설픈 아부에 귀가 솔깃할 정도로 어수룩하고 낙천적인 성격이 아니지만 이어진 기리미야의 말에 마음이 동했다.

"아아, 이 말을 깜빡했네요. 사회인 자원봉사자에게는 소정의 참가비를 지급하려고 해요."

많은 금액은 아니지만, 이라며 운을 띄운 기리미야는 시급 9백 엔을 제시했다.

"근무 시간이 오후 5시까지죠? 그럼 대략 6시부터 9시까지 세 시간, 일주일에 두세 번 정도 참가해 주면 도움이 될 것 같아요."

구미가 당겼다. 그런 조건이라면 자원봉사라기보다 제법 조건 좋은 부업 아닌가.

파견직 근무로는 생활이 빠듯하다. 이직도 어렵기 때문에 평소 부업을 할까 고민했지만 실행에 옮기지는 못했다. 퇴근하고 나면 내내 서서 일하는 아르바이트를 하기에 체력이 부쳤고, 재택 부업은 임금이 낮아 수지가 맞지 않기 때문이었다. 그러나 특별한 자격증도 없어서 달리 선택할 수 있는 일이 없었다.

그러한 현실을 생각하면 그후 클럽의 유료 봉사는 매력적이었다. 대학에서 교내 활동을 허용하니 수상한 단체는 아닐 터다. 연습림에 있는 그 건물이 활동 장소라면 근무가 끝난 후 몇 분 만에 갈 수 있어 이동 시간도 교통비도 들지 않았다. 시급도 선술집 홀 서빙 아르바이트 수준이었다. 아니, 오히려 더 효율적이지 않나.

보수 이야기를 듣자마자 솔깃한 티가 나지 않도록 평정을 유지하는 척하며 유료 봉사의 구체적인 내용을 물었다.

"아이들을 돌보는 동안 딱히 무슨 활동을 해야 하는 건 아니에요. 우리 클럽은 어린이집이 아니고 오는 아이들도 아주 어리지 않아서 스스로 잘하거든요. 그저 보호자가 데리러 올 때까지 함께 시간을 보내주면 돼요. 같이 카드놀이를 하거나 숙제를 봐주거나. 그리고 저녁을 먹을 때 도와주세요. 클럽 활동에 제가 만드는 저녁 식사가 포함되어 있거든요."

그리 어려워 보이지 않았다. 내가 활동 내용에 관심을 보이며 질문하자 기리미야가 기뻐했다.

"물론 지금 당장 결정하지 않아도 되니까 천천히 생각하고 말씀해 주세요."

"참여할게요."

마음 써서 제안해 줬는데 잿밥에 관심이 있는 나는 그 자리에서 대답했다.

"기리미야 씨만 괜찮다면 이번 주부터라도 참여할 수 있어요."

"정말요? 고마워요, 덕분에 살았네요. 이번 주는 특히 바빠서 걱정이었거든요."

눈에 보이게 울상을 짓던 기리미야가 주머니에서 휴대폰을 꺼냈다. 연락처를 주고받은 뒤 봉사활동 합류 일정을 정했다. 그리고 클럽에 대해 소소한 이야기를 했다. 기리미야는 자신이 만든 동아리에 애착이 강한 듯했다. 이야기를 듣다 보니 어느덧 점심시간이 끝나가고 있었다.

"미안해요, 시간이 다 돼서. 그럼 모레 뵐게요, 잘 부탁드려요."

기리미야가 부랴부랴 자리를 정리하고 떠났다. 오후 강의가 있나 보다.

정적을 되찾은 벤치에서 다시 주먹밥을 먹었다. 딱딱하고 차가웠다.

기리미야는 아직 히나에 대해 모르는 것이 분명하다. 아니면 내가 히나의 언니라는 사실을. 만약 알았다면 보험 살인 의혹을 받는 사람의 가족에게 어린이를 돌보는 봉사를 권하지 않았을 테니까. 하지만 굳이 내가 나서서 밝힐 의무도 없다.

그가 사실을 알기 전까지 봉사에 최대한 많이 참여해 적은 돈이라도 벌어 놓아야겠다. 머지않아 직장을 잃을 테니. 직장에서 히나의 존재를 더는 숨길 수 없었다. 직원들뿐 아니라 곧 대학 전체에 소문이 날 것이다. 그렇게 되면 내가 아무리 성실하게 근무했다고 해도 대학은 나와의 고용 계약을 유지하고 싶어 하지 않으리라. 파견회사가 나를 소속 직원에서 말소할 수도 있다. 그러면 당연한 수순으로 빈곤이 들이닥칠 것이다. 지금 당장 조금이라도 돈을 모아두어야 한다.

주먹밥을 꼭꼭 씹어 삼키면서 식사를 마친 후 휴대폰을 집어 들었다. 그리고 스케줄 기능에 새로 정해진 봉사 일정을 입력했다. 퇴근 후에 세 시간을 투자하면 3천 엔 정도 되는 수입이 생긴다. 계속할 수 없다는 사실이 아쉬웠다.

거기까지 생각했을 때 깜짝 놀랐다. 나는 언젠가 히나가 세상의 비난을 받으리라는 전제를 두고 생각하고 있었다.

그럴 리가 없는데.

오금이 굳었다.

세간에 떠도는 이야기는 오보다. 히나는 절대로 보험 살인 따위 저지르지 않았다.

유품을 정리하려고 히나의 집에 갔을 때 본 살림살이는 한겨울 아침처럼 살풍경했다. 보험금 3천만 엔이 생기면 설령 그 돈을 전부 저금하려고 해도 어딘가에서 티가 나기 마련이다. 그러나 히나의 언동과 집에 그런 허술한 틈 같은 것은 보이지 않았다. 만성적으로 돈에 굶주린 나는 안다. 통장은 발견하지 못해서 은행 거래 내역은 못 봤지만 한번에 입금된 3천만 엔을 짧은 기간에 다 사용했다고 생각하기 어려웠다.

무엇보다 내 추측은 그런 논리적 근거에 기반한 것이 아니다.

내 동생은 누군가를 학대하고 고통 주는 사람이 아니다.

나는 안다.

내 목을 걸 수도 있다.

세상 사람들이 아무리 의심해도 나는 히나를 믿는다.

손에 쥐고 있던 휴대폰이 부르르 진동했다. 뉴스 사이트의 속보 알림이었다.

속보라고 해봤자 연예인이 어땠다는 둥 시답지 않은 가십 제목이겠지.

습관처럼 알림을 훑던 나는 숨을 삼켰다.

고바야시 히나, 새로운 의혹 제기

6

—글쎄요……. 요즘 보험사기가 화제죠?

최근 눈여겨본 뉴스가 있냐는 질문에 소파에 앉아 있던 얼굴이 갸름한 남자가 대답했다.

—정확하게는 연애 보험사기라고 해야 하나요? 애인이 생명보험의 보험금 수령인으로 되어 있었다고 하던데요.

—아, 네. 그 사건 말씀이시군요.

인터뷰어가 맞장구쳤다. 요즘이라면 하나의 의혹을 가리키는 말이라는 사실은 누구라도 알 수 있었다.

—실은 저도 비슷한 일을 당했습니다.

남자는 긴 눈초리에 미소를 띠며 고백했다.

—네? 도모리 씨가요?

인터뷰어가 몸을 살짝 뒤로 젖혔다.

—네. 사업이 궤도에 오르기 전에 있던 일이죠. 보험설계사

로 일하던 여성과 사귄 적 있습니다. 여자친구와는 성격 차이로 헤어졌는데 나중에 제 방에서 처음 보는 보험증권이 나왔어요.

—설마, 생명보험인가요?

—네, 맞습니다. 저도 모르는 사이에 제 이름으로 생명보험에 가입되어 있더군요. 여자친구가 근무하던 보험회사 상품이었는데 사망 시 보험금은 2억 엔이었고 수령인은 여자친구로 되어 있었습니다.

—2억 엔이요?

—네. 서둘러 해지했어요.

—그건 보험사기였을 가능성이 크네요. 여자친구분과 교제 중일 때 신변에 위험을 느낀 적이 있나요?

—아뇨, 전혀요. 다만 집착이 좀 심하다고 느꼈습니다. 저에 대해 뭐든지 알고 싶어 했죠. 어쩌면 순수한 애정에서 비롯된 행동이 아니었을 수도 있겠다 싶더군요. 저를 봉으로 여겨 개인정보를 수집했던 것뿐일지도 모르죠. 하지만 당시에는 미처 거기까지 생각하지 못했습니다. 보통은 사귀는 사이에 그런 의심은 안 하잖아요. 연인을 사랑하니까요.

—확실히 그렇죠. 하지만 도모리 씨 같은 분이 교제 상대에게 속을 뻔했다니 의외네요. 인기가 정말 많으실 것 같은데요.

—뜻밖이라니요, 전혀 그렇지 않습니다.

몸에 딱 맞는 정장을 입은 남자가 꼬고 있던 다리를 바꾸었다.

—정말로 인기 없거든요. 그리고 이런 건 인기가 많고 적고
의 문제가 아닙니다. 연애사기나 보험사기는 누구라도 당할 수
있어요. 누구든 좋아하는 사람이 생길 수 있고 그러면 자연스레
상대를 믿게 되니까요. 그런데 연애 관련 사기에 대해서는 유독
속는 사람이 바보라고 비웃는 풍조가 있죠? 그건 잘못됐다고 생
각합니다. 비난받아야 할 사람은 사랑이라는 순수한 감정을 이
용하는 사기꾼입니다. 속았다고 부끄러워할 필요 없어요. 당당
하게 피해를 주장할 권리가 있습니다. 이 말을 드리고 싶어서
제 경험을 말씀드렸습니다.

남자의 눈에서 미소는 진작에 사라지고 평소 일할 때와 같은
빛을 뿜어냈다.

—……맞는 말씀입니다.

인터뷰어가 기세에 눌린 듯 한 박자 느리게 대답했다.

나는 그 부분까지 보고서 영상을 정지했다.

인터넷에 업로드된 인터뷰였다. 인터넷에서 유명한 인터뷰
어가 매회 신진 경영자를 초대해 경영방침부터 사생활까지 다
양한 내용을 묻는 채널이었다.

지난주 게스트는 도모리 잇세이. '지쿠야 바'라는 음식점을
창업한 젊은 경영인이었다. 지쿠야 바는 이름 그대로 그의 고향
인 지쿠야시에서 나는 식자재로 음식을 만드는 서양식 선술집
이었다. 2년 전에는 도시인 가이토시까지 진출해 현재는 두 지

역에 총 다섯 점포를 운영하는 인기 음식점으로 성장했다.

아무런 연고도 없는 상태에서 지역 농가를 돌며 식자재를 조달해 지쿠야 바 1호점을 창업한 과정 등을 설명한 내용은 제법 재미있었다. 그러나 전체 약 20분인 동영상에서 편집되어 퍼지고 있는 부분은 지금 내가 재생한 장면이었다. 영상에서 도모리는 사기 피해를 부끄러워해서는 안 된다고 주장했다. '감동받았다', '용기를 얻었다'라며 공감하는 시청자들의 목소리가 쏟아졌다.

그러나 반향은 거기서 끝나지 않았다.

나는 이번에는 휴대폰으로 어떤 사진을 열었다. 얼굴을 맞댄 남녀가 찍힌 사진이었다.

카메라를 보고 웃는 사람은 히나였다. 얼굴이 지금보다 앳됐다. 앞머리도 가지런히 자른 모습을 보아 고등학교를 졸업하고 갓 취업했을 무렵에 찍은 사진이라는 사실을 알았다.

그리고 히나의 옆에 있는 사람은 방금 동영상에서 본 도모리였다. 그도 지금보다 조금 앳된 미소를 지으며 히나 옆에 바짝 붙어 있었다.

이 사진을 인터넷에서 처음 발견했을 때 혹시나 하는 마음에 휴대폰에 저장해 놓았다. 하지만 얼마 지나지 않아 그럴 필요가 없었다는 사실을 깨달았다. 이제는 사진이 여기저기 퍼져서 나돌았기 때문이다.

미남 경영인으로도 유명한 도모리가 보험사기를 당할 뻔했다는 증언에 동영상 시청자들은 깜짝 놀랐다. 그리고 사건을 상세히 파헤치다가 사진 한 장이 유출된 것이다.

사진은 히나와 도모리가 과거 연인 관계였다는 사실을 분명히 드러냈다. 애초에 도모리의 고백은 최근 눈여겨본 뉴스가 있느냐는 질문에서 시작됐다. 그는 넌지시 A 씨의 사고사와 관련된 히나의 의혹을 들먹이면서 자신도 비슷한 일을 당할 뻔했다는 이야기를 꺼냈다.

도모리를 속이려던 사람이 고바야시 히나 아니었을까?

그렇다면 피해자가 A 씨 한 명이 아니니 상습범이지 않았을까?

히나를 향한 의혹은 깊어졌고 보도는 점점 과열됐다.

나는 사진을 닫고 화면이 꺼진 휴대폰을 내려놓았다.

무언가 잘못됐다.

사람들이 히나를 오해하고 있다. 그 아이는 욕심 때문에 사람들을 속이고 이용하는 희대의 악녀가 아니다. 피가 흐르는 내 동생이다.

히나를 믿으면서도 내 마음이 미약하게 흔들리는 것도 사실이었다.

히나와 도모리의 교제 시기와 그가 사기를 당할 뻔했다고 주장하는 시기가 일치한다는 사실을 나는 안다. 보험설계사로 일하기 시작한 지 얼마 지나지 않아 히나는 내게 남자친구가 생겼다고 고백했다. 그 사람이 아마 도모리였겠지. 두 사람은 열 살 정도 차이 나지만 지연으로 알게 되었을 가능성이 컸다. 도모리의 고향인 지쿠야는 히나가 초등학교부터 고등학교 시절까지 보낸 지역이기도 했다. 학교에 다닌 시기는 서로 다르지만 둘은 고등학교 동문이었다.

도모리로 추정되는 연인에 대해 히나는 A 씨와 사귀었을 때처럼 자세한 사정은 말하지 않았지만 나중에 헤어졌다는 소식만 전했다. 교제 기간은 1년 정도인 셈이다. 참고로 A 씨로 추정되는 사람과 사귀기 시작한 시기는 도모리와 헤어지고 1년이 더 지난 후였다. 내가 아는 히나의 남자친구는 그 두 사람뿐이었다.

도모리와 A 씨.

두 사람 모두 히나와 사귀던 시기에 생명보험에 가입했고 수령인을 여자친구로 지정했다. 도모리는 보험에 가입한 기억이 없다고 했다. A 씨의 의사는 어땠는지 모르지만 그는 히나와 사권 지 몇 달 만에 사망했다. 상식적으로 판단하면 부자연스러웠다.

게다가 현시점에는 두 사람만 밝혀졌지만 또 다른 남자친구가 있었을지도 모른다. 그중 몇 명에게나 자신을 수령인으로 지정한 생명보험을 가입하게 했을까.

히나는 도대체⋯⋯.

그렇게 생각하는 자신이 싫었다. 히나를 믿어야 하는데.

전철이 쿵, 하고 앞뒤로 기울더니 역에서 멈췄다. 나는 인파에 휩쓸리듯 플랫폼에 내려섰다.

역 안은 혼잡했다. 뒤에서 걷던 사람의 혀 차는 소리에 "죄송합니다" 사과하면서 개찰구를 빠져나왔다. 그러고서야 내 걸음 속도가 다른 사람과 별반 다르지 않았다는 사실을 깨달았다. 교통카드를 늦게 꺼내지도 않았다. 무의식중에 튀어나온 사과에 쓴웃음이 나왔다.

퇴근 후에 찾아왔기 때문에 해는 이미 저물고 있었다. 그러나 밤하늘을 향해 우뚝 솟은 빌딩숲은 드넓은 하늘을 수놓은 별들보다도 빛났다. 창문마다 밝힌 불빛이 기업들의 치열한 경쟁을 대변하는 듯했다.

작년, 도모리도 가이토시의 이 오피스 타운에 지쿠야 바의 본사를 세웠다고 한다.

나는 휴대폰 지도 애플리케이션에 의지해 걸음을 옮겼다.

히나는 생전에 무엇을 했을까.

그것을 확실히 밝혀야 직성이 풀릴 것 같다.

겁낼 것 없어. 히나는 분명 결백하니까.

히나가 보험금을 노리고 A 씨에게 생명보험을 가입하게 했고 그가 사망한 후 3천만 엔을 챙겼을 리 없다. 마찬가지로 도모리에게도 보험사기를 계획하지 않았을 것이다. 분명 다른 사정이 있는데 오해받았을 뿐이다. 그렇다면 내가 진실을 파악하고 의혹을 풀면 된다.

하지만 A 씨라고 불리는 히나의 전 남자친구에 대해서는 자세한 사정도 모르는 데다 그는 이미 사망했다. 사정을 들을 수 있을 만한 인물은 지쿠야 바의 경영자 도모리뿐이었다.

많은 취재 요청을 받았을 텐데 도모리는 인터뷰 동영상에서 밝힌 내용 외에는 입을 굳게 다물었다. 대중이 주목하는 의혹에 도모리가 긍정도 부정도 못 하는 이유는 짐작이 갔다. 보험사기를 당했다는 주장은 어디까지나 본인의 막연한 심증일 뿐 객관적인 증거는 없기 때문이다. 그런 의미에서 법적으로 무고한 전 여자친구의 정체를 밝혀서는 안 된다. 도모리는 사기 피해자를 격려하려고 자신의 경험담을 꺼내놓았을 뿐 특정 인물을 지목할 마음은 없었던 셈이다.

그런데 인터뷰가 공개된 후 주로 인터넷상에서 도모리의 전 여자친구가 누구인지 파헤치려는 움직임이 확산되면서 실제로 히나와 찍은 사진이 유출되고 말았다. 그렇게 이어진 결과가 이번 소동이었다.

도모리가 의혹을 분명히 부인하면 히나의 명예는 회복된다. 그러나 세상은 도모리의 전 여자친구를 향한 추궁을 멈추지 않으리라. 히나가 아니면 누구였을까? 분명 답이 나올 때까지 여러 사람의 이름을 무책임하게 들먹이며 범인을 색출하려 할 것이다.

즉 도모리가 뭐라고 대답하든 누군가는 마녀사냥의 희생자가 되고 말 터다. 경영자로서 인도적으로 바람직하지 않은 행위는 삼가야 하므로 도모리는 절대로 입을 열 수 없다.

그렇지만 히나의 유족에게는 진실을 말해주지 않을까 기대를 품었다.

도모리에게 당신과 당신 사업에 피해를 끼칠 생각이 추호도 없음을 설명하고 알게 된 사실을 결코 누설하지 않겠다고 약속해도 좋았다. 세상 사람들이 뭐라고 떠들든 적어도 나만은 스스로 납득할 수 있으면 좋겠다는 마음이었다.

도모리가 '자신에게 사기 치려던 사람은 히나가 아니다'라고 말한다면.

히나 외에도 다른 보험설계사와 사귀었고 그 사람이 사기꾼이었을 가능성도 있다. 그래서 사람들이 히나와 그 여자를 혼동한 것이다.

혹은 도모리가 '히나는 자신을 속이려던 것이 아니다'라고 말한다면.

그가 히나에게 무언가 오해한 것은 아닐까. 전 여자친구의 권유에 생명보험에 가입한 사실은 있어도 서류에 적힌 보험금 수령인과 담당자 란을 잘못 보지 않았을까.

도모리가 두 가지 중 하나라도 대답해 준다면 나는 구원받으리라.

그러려면 단둘이 만나야 한다.

내가 도착한 곳은 이 일대에서도 유난히 높은 빌딩이었다. 이 건물 4층에 지쿠야 바의 본사가 있다고 한다.

물론 지금 이대로 방문해서 곧바로 도모리를 만날 수 있으리라 생각하지는 않는다. 오늘 밤 목적은 면담 약속을 받아내는 것이다. 지쿠야 바를 통해 도모리에게 연락하는 것보다 직접 얼굴을 보고 말하는 편이 진심을 전하기 쉽겠다고 판단했다. 건강보험증을 챙겨왔으니 내 신분과 히나와의 가족관계를 증명할 수 있었다.

자동으로 열렸다 닫히는 유리문 입구 근처까지 다다랐지만 나는 좀처럼 안으로 들어갈 수 없었다. 빠른 걸음으로 빌딩을 드나드는 사람들은 하나같이 빈틈없는 차림새였다. 이 건물에는 지쿠야 바 말고도 쟁쟁한 기업 사무실이 입주해 있었다. 가벼운 출근용 복장으로 찾아온 나는 이 공간에 어울리지 않았다. 일단 집으로 돌아가서 취업 활동을 할 때 입던 정장으로 갈아입고 올 걸, 후회했다.

그래도 발길을 돌릴 수는 없었다. 마침 삭발한 남자가 빌딩으로 들어가기에 그 뒤를 얼른 따라 들어갔다. 번듯하게 차려입은 사람들과 함께 엘리베이터를 탈 용기는 차마 나지 않아서 비상계단을 이용했다.

4층에 도착하자마자 지쿠야 바의 사무실 입구가 보였다. 안

내 데스크로 보이는 작은 공간에는 아무도 없었는데 내가 다가 가자 예쁜 여직원이 응대하러 나왔다.

나는 여직원에게 히나의 언니라고 소개하며 도모리를 만나고 싶다는 뜻을 전했다. 여직원은 확인해 보겠다며 사무실로 들어간 뒤 5분 후 돌아왔다.

"죄송하지만 어렵겠습니다."

예상한 대답이었다. 지금 사무실에 도모리가 있는지 없는지는 모르지만 갑자기 찾아온 나를 덥석 믿어 줄 리 없었다. 일단 그에 대한 대처 방안은 생각해 왔다.

"도모리 씨에게 이걸 전해주시겠어요?"

준비해 온 봉투를 내밀었다. 사정을 설명한 편지와 신분증명서 사본을 넣은 봉투였다. 도모리가 이 편지를 읽고 찬찬히 판단해 주길 바랐다.

"죄송하지만 받을 수 없습니다. 규정상 대표님의 지인이 아닌 분께는 물건을 받을 수 없습니다."

"그럼 도모리 씨에게 제가 왔다고 전해주시겠어요? 다음에 또 찾아뵙겠습니다."

"아뇨, 그 말도 전할 수 없습니다."

"네?"

놀랐다. 말도 전해주지 않는다면 어떻게 도모리와 연락할 수 있다는 말인가.

"사장님 지인의 소개가 없으면 곤란합니다."

여직원은 같은 말만 반복했다.

하지만 도모리와 직접 관계가 있는 히나는 세상을 떠났다. 그 건으로 이야기를 듣고 싶은 것인데.

항의하려던 그때 내 말을 지우듯 여직원이 말했다.

"이만 돌아가 주시겠어요?"

꼼꼼하게 화장한 눈매는 여전히 아름다웠지만 마스크 너머에서 들려오는 목소리는 매몰찼다.

"계속 고집을 부리시면 이후 회사 차원에서 법적 조치를 하겠습니다."

여직원의 말에 다시 한번 어처구니가 없었다. 나를 질 나쁜 블랙 컨슈머나 경영자 도모리에게 개인적인 감정을 품고 그를 따라다니는 성가신 팬쯤으로 여기는 것일까.

게다가 그녀가 사무실 안에서 얼굴을 비춘 직원에게 "아니, 아직 경비는 필요 없어"라고 속삭이는 소리가 들렸다. 진심 같았다. 상황이 이렇게 되니 역시 겁이 났다.

나는 내밀었던 봉투를 다시 집어넣고 떠날 수밖에 없었다.

7

건물을 나서자마자 북풍에 실린 목소리가 등을 때렸다.

"미오 씨."

귀에 익은 목소리에 어깨가 움찔했다. 주간 리얼의 미토가 검은색 트렌치코트를 펄럭이며 종종걸음으로 다가왔다. 순식간에 거리가 가까워졌다. 바람에 안감이 휘날리면서 그 트렌치코트가 명품이라는 사실을 알게 되었다.

왜 이런 곳에까지 나타나는 거야.

부들부들 떠는 사이에 미토가 나를 따라잡았다.

"저기는 지쿠야 바의 본사가 있는 빌딩이죠?"

미토가 과장된 몸짓으로 내가 나온 빌딩을 가리켰다. 정보를 노리며 반짝이는 동그란 눈은 언뜻 순수해 보이기도 했다.

"히나 씨의 의혹이 사실인가요?"

"아, 아니요."

나도 모르게 대답하고 말았다.

"그럼 어떻게 된 일이죠?"

미토가 더 가까이 다가왔다. 애초에 상대를 말았어야 했다. 나는 입을 다물고 떨어지려고 했다.

"피하지 말아요."

미토가 선수를 치고 말았다.

"매번 도망가기만 하잖아요. 제대로 해명하세요. 역시 뒤가 켕겨서 그런 건가요? 침묵은 긍정이라고 생각해도 됩니까?"

총알처럼 쏟아지는 질문 세례에 어찌해야 할지 막막했다. 어떤 질문이든 긍정한 뒤 해방되고 싶은 충동이 일었다. 조금 전 보여준 지쿠야 바 직원의 완강한 태도도 이 때문일지도 모른다는 생각이 들었다. 이번 소동으로 쇄도하는 취재 요청에 학을 떼는 바람에 필요 이상으로 경계해 강경한 태도를 취한 건 아닐까. 나는 언론인이 아닌데.

그때 갑자기 눈앞에 보이던 미토의 그림자가 커졌다.

"언니분, 괜찮아요?"

낮은 목소리.

미토 뒤에 갈색 머리 남자가 서 있다는 사실을 깨달았다.

"여기 뭐가 묻었는데요. 피 아닙니까?"

남자가 미토가 입은 트렌치코트의 허리 부근을 가리켰다. 그러고 보니 그쪽에 끈적끈적한 얼룩이 묻어 있었다. 트렌치코트

가 검은색이라 얼룩이 무슨 색인지 분간할 수 없지만 듣고 보니
피 같기도 했다.

"네?!"

몸을 돌려 얼룩을 확인한 미토의 눈이 당황으로 물들었다.

"몸 괜찮아요? 이 정도 출혈이면 위험할 텐데. 구급차 부를까
요?"

"아뇨."

"어디 아픈 거 아니에요? 아니면 다쳤거나. 그렇다면 우선 경
찰을 부르는 게 좋겠네요. 당신을 공격한 범인이 아직 이 근방
을 돌아다니고 있을지도 모르니."

남자가 휴대폰을 꺼냈다.

나는 말없이 남자를 올려다봤다.

아는 얼굴이었다.

당황한 미토가 휴대폰으로 무언가 하기 시작한 남자를 만류
했다.

"아뇨, 그게 아니라."

"움직이지 않는 게 좋아요. 자, 여기 쭈그리고 앉아요."

"아니라고요."

미토가 나를 다그칠 때와는 다른 사람처럼 움츠러든 목소리
로 고개를 저었다.

지금이 빠져나갈 기회라는 사실을 깨달았다. 이제 나는 미토

의 관심권에서 벗어나 있었다. 서둘러 방향을 바꾸기 위해 다리에 힘을 줬다.

그때, 미토를 살피던 남자와 눈이 마주쳤다.

남자가 아무렇지 않게 손에 들고 있던 휴대폰 화면을 내게로 돌렸다. 화면에는 '역 앞 타르트에서'라고 적혀 있었다.

그 의미를 파악하기도 전에 나는 이미 달려가고 있었다.

약 30분 후, 고심 끝에 역 앞 타르트로 들어갔다. 공교롭게도 히나와 즐겨 찾던 패밀리 레스토랑 체인점이었다.

레스토랑 안을 둘러봤지만 남자는 아직 오지 않았다. 오래 앉아 있을 생각은 없었기 때문에 드링크 바가 아니라 그보다 20엔 저렴한 아이스티를 주문했다. 따뜻한 커피로 차갑게 식은 몸을 덥히고 싶었지만 외식할 때는 반드시 차가운 음료를 선택했다. 빨대가 딸려 나오기 때문이다. 빨대 끝을 마스크 안쪽으로 넣어서 조금씩 빨아 마시면 얼굴을 드러내지 않아도 됐다.

주문한 아이스티가 나왔을 때 남자가 나타났다. 그러고는 당연하다는 듯 내 맞은편 자리에 앉았다.

예의상 내가 먼저 입을 열었다.

"……아까는 감사했습니다."

고개를 살짝 숙였다.

"그 사람은 잡지 기자인가 뭔가 하는 사람인가?"

남자가 별다른 서론 없이 물었다.

"네. 주간 리얼 소속 기자예요."

"내가 경찰을 부르기도 전에 먼저 내빼던데."

그가 쿡쿡대며 웃듯 스웨터 입은 어깨를 들썩였다. 그 모습에 그만 내 말투가 강해졌다.

"그 피 같은 얼룩, 당신이 묻혔죠?"

미토가 내게 달려들었을 때 검은색 트렌치코트의 안감이 보였다. 아이보리색 바탕의 체크무늬였는데 얼룩 하나 없이 깨끗했다. 미토의 몸에서 피가 났다면 안감이 붉게 물들었을 터다. 그가 발견한 얼룩은 겉에 묻어 있었다.

시간과 장소를 가리지 않고 취재 현장을 덮치면서도 옷차림에 신경을 쓰는 미토가 트렌치코트에 큰 얼룩을 묻힌 채 오랫동안 돌아다녔을 것 같지 않았다. 그러니 내게 말을 걸기 직전이나 말을 건 후에 묻었을 것이다. 그런데 내가 아는 한 미토의 뒤에 서 있던 사람은 이 남자뿐이었다. 설마 진짜 피는 아니겠지만 정체 모를 액체를 트렌치코트에 뿌리고는 자기가 발견한 척한 것이다.

"글쎄."

내 지적에 그는 긍정도 부정도 하지 않았다.

"하지만 내게 고마우니 여기 왔잖아."

맞는 말이었다. 그가 한바탕 연극을 벌인 덕분에 위기 상황에서 벗어난 것은 분명한 사실이었다. 그 의도를 알 수 없다고 해도.

"당신은……."

"경제학부 4학년, 나기사 조타로."

남자가 신분을 밝혔다.

때마침 커피가 나오자 남자가 마스크를 벗고 커피잔을 들어 입에 댔다.

나는 새삼 남자를 응시했다.

우미노 마린의 남자친구는 이렇게 생겼구나.

히나의 장례가 끝나고 처음 출근한 날 아침에 마린과 행정실에 찾아온 그 남자였다. 마린과 함께 나를 비웃은 남자. 왜 자신이 그런 인간과 학교 밖에서 차를 마시고 있는지 아직도 이해 가지 않았다.

커피가 썼는지 나기사는 입가를 일그러뜨리고는 크림과 설탕을 넣으며 말했다.

"그쪽은 자기소개 할 필요 없어. 유명인이니까."

남자의 말투는 어딘가 거슬렸다. 그가 마스크를 벗는 순간 드러난 이지적인 이목구비에 마음을 조금 빼앗기고 만 자신이 한심했다.

"당신이 왜 거기 있었는지도 대충 짐작은 가. 동생은 죄가 없다고 지쿠야 바 본사에 호소하러 갔겠지. 하지만 문전박대당했고. 그때 주간 리얼 기자가 따라붙은 거지."

정답이었다. 심지어 미토의 추측보다도 정확했다.

"당신은 동생의 의혹을 풀고 싶은 거잖아. 그런데 도모리나 아까 그 여기자나 둘 다 그걸 원치 않을 텐데?"

나는 고개를 끄덕였다. 나기사가 한 말에 새삼 더욱 외로워졌다. 그런데,

"나는 당신이 옳다고 생각해."

그 말에 귀를 의심했다. 지금껏 누구 하나 내 편을 들어준 사람은 없었다. 행정실에 왔을 때처럼 조롱할 줄 알았는데 나기사는 매우 진지한 얼굴로 말했다.

"당신 여동생 고바야시 히나는 보험 살인 같은 말도 안 되는 짓을 저지를 여자가 아니야. 분명 오보일 거야."

"왜 그렇게 생각하죠?"

상체가 저절로 들썩였다.

"내 촉이 그래."

나기사의 시원스러운 대답에 맥이 빠졌다. 중요한 증거를 갖고 있지는 않은 듯했다.

"우연히 당신과 고바야시 히나 이야기를 들었어."

요즘 여러모로 세상을 떠들썩하게 한 살인사건의 피해자 고바야시 히나의 언니가 자신들이 다니는 대학에 근무한다고 들었다. 여자친구에게 들은 정보였다.

"여자친구한테 자세한 이야기를 물었더니 지난번에 행정실에서 본 직원이라잖아?"

여자친구는 당연히 마린이겠지. 중학교 시절, 마린은 내가 살인사건으로 아버지를 잃고 전학 온 사정을 몰랐다. 고바야시라는 성은 흔해서 언론 보도된 사건과 연관 짓지 못한 듯했다. 그런데 이번에 히나의 의혹이 당시보다 더 크게 보도되면서 히나와 나의 관계를 눈치챈 듯했다.

마린의 말을 들은 나기사는 금세 감이 왔다고 했다.

그 뉴스는 오보다. 히나는 결백하다고 직감했다.

"굳이 설명하자면 평소 당신의 태도 때문이랄까. 대학에서 일할 때 당신은 늘 쭈뼛대면서 자기보다 어린 학생들에게까지 쩔쩔매잖아. 그렇게 소심한 사람의 동생인데 상습 보험 살인을 저지를 만한 배짱은 없었을 것 같아서. 유전자가 같은 데다 어렸을 적에는 같은 환경에서 자랐으니 자매끼리 성격이 비슷하겠지."

히나를 옹호하기보다는 나를 깎아내리는 느낌이 강했다. 심지어 객관적인 근거도 부족했다.

"그런 이유로?"

"애초에 촉이라고 했잖아. 그건 당신도 마찬가지일 텐데? 확신은 하지만 동생이 결백하다는 증거가 없으니 언론에 계속 쫓기는 거 아닌가?"

"……."

"우리 손잡을래?"

나기사가 커피잔을 탁 내려놓았다.

"당신은 동생의 의혹을 풀고 싶고, 나는 내 직감이 맞다는 걸 증명하고 싶고. 동기는 다르지만 원하는 바는 같잖아. 바로 고바야시 히나는 죄가 없다는 증거. 같이 힘을 합쳐서 찾아낼 생각 없어?"

나를 뚫어지게 응시하는 남자의 눈이 잘 손질된 낡은 쇠 장식처럼 은밀하게 빛났다.

"애가 타는 얼굴을 보아하니 도모리를 만나러 갔다가 뜻대로 되지 않은 모양인데. 협상 기술이 부족해서 그런 거야. 반대로 나는 그런 쪽으로 노하우가 있긴 한데, 이 사건에 관여할 만한 명분이 없지. 그래서 지쿠야 바 본사 앞까지 와놓고도 도모리와 어떻게 만날지 고민한 거야. 그런데 그때 빌딩에서 나온 뒤 기자에게 잡힌 당신을 봤어. 나와 당신이 서로 부족한 점을 보완하면 효율적으로 진실을 확인할 수 있을 거야."

나기사의 확신에 찬 말은 고립무원 처지인 내게 도움이 되는 이야기였다.

그러나 나는 침묵했다. 남자의 의도를 파악할 수 없기 때문이었다.

대학 행정실에서 봤을 뿐인 내게 왜 이렇게 협조적일까. 게

다가 그런 쪽으로 노하우가 있다는 말은 무슨 뜻일까.

그런데 그때였다.

"난 저널리스트 지망생이거든. 취재 방법 같은 걸 대충은 배워서. 당신보다 그런 노하우가 있다는 말은 그런 뜻이야."

그 말을 듣자마자 몸이 곶감처럼 굳었다. 이 남자도 미토와 동류였다. 친절한 척 접근해서 정보를 빼가는 족속이었다.

"이상한 오해는 하지 말고."

내 마음을 읽은 듯 나기사가 큰 손을 들어 손바닥을 보이며 말했다.

"난 아까 주간 리얼의 기자처럼 돈 욕심에 눈이 멀어서 엉뚱한 냄새를 맡고 다니는 개가 아니거든. 진정한 저널리즘, 그러니까 진실을 추구하는 사람이란 말이지."

뻔뻔한 얼굴로 거창하게 말을 늘어놓았다.

"내 직감이 옳았다고 증명하고 싶은 이유는 미래를 위한 일종의 훈련인 셈이야. 사회 문제에 촉각을 곤두세우고 진상을 밝히고 답을 맞힌다. 그걸 반복하면서 저널리스트로서 능력을 키우고 싶거든."

"하지만 알게 된 사실을 공개할 거잖아요?"

정보를 잡은 뒤 그것을 전달해야 비로소 저널리즘이 완성된다. 내가 보기에 언론인들은 자신이야말로 세상에 진실을 알리는 사람이라는 생각에 도취된 부류 같았다.

"그야 그렇지. 올바른 정보를 알아내면 올바르게 전달해야 하잖아. 그러니까 당신이 믿을 수 있는 언론사에 제보하는 건 어때? 그러면 당신 동생의 명예도 회복될 텐데."

"당신이 얻는 건 아무것도 없을 텐데요."

"그러니까 훈련이라고 했잖아. 나는 고바야시 히나의 정보로 돈을 벌려는 게 아니야. 대학 졸업하고 프리랜서 저널리스트로 홀로서기 하면 돈은 실컷 벌 텐데 뭘."

믿어도 될까?

불과 며칠 전 나를 비웃은 남자의 진지한 얼굴을 응시했다.

정말로 진실을 알고 싶다는 이유 하나만으로 내게 협조하겠다는 걸까?

하지만 설사 속는다 해도 지금보다 더 끔찍한 일은 일어나지 않을 것 같다는 생각도 들었다.

나도 모르는 사이에 무릎 위에 놓인 손이 주먹을 꽉 쥐었다.

"그럼 잘 부탁해요."

"자 그럼 결정된 거네."

나기사가 커피를 다 마시더니 곧바로 확인하듯 물었다.

"도모리 쪽 경비는 철옹성이지?"

나는 조금 전 지쿠야 바 본사에서 도모리와의 면담을 거절당한 과정을 설명했다.

"말도 안 전해줬다니. 그건 과잉 반응인데. 고바야시 히나의 언니라고 제대로 설명했다고?"

"네, 말했죠."

협정을 맺었으니 이 남자와 나는 상하관계가 아니었다. 하지만 그 사실을 알아도 계속 존댓말이 나왔다.

"영상에서는 점잖게 말했지만 사실 도모리는 아직도 당신 동생을 꽤 미워할지도 몰라."

나기사의 중얼거림에 마음이 다시 가라앉았다. 남자친구였던 도모리조차 히나를 계속 의심하는 것이다.

"어떻게 하면 그와 대화할 수 있을까요?"

"글쎄, 일단 도모리와 만나는 건 포기하자. 당사자가 그렇게나 감정이 안 좋다면 만나봤자 대화가 안 될 거야. 대신 탐문 조사를 하자."

"탐문이요?"

"응. 도모리의 주변 사람들에게 이야기를 듣자고. 고바야시 히나와 도모리는 고향인 지쿠야에서 만났다며. 도모리가 가이토시에 진출하기 전에 있던 일이니 지쿠야시의 친구와 지인들이 두 사람이 사귈 때 모습을 잘 알겠지. 특히 시골 사람들은 남의 일 캐는 걸 좋아하니까. 그 사람들의 증언을 들으면 두 사람 사이가 어땠는지 진실이 보일지도 몰라. 도모리는 차치하고 고바야시 히나의 지쿠야시 출신 지인 중 아는 사람 있어? 동창이라거나."

"아뇨."

"그럼 그건 내가 알아볼게."

나기사는 착착 조사 순서를 정했다.

"처음 주간지 보도에 나온 A 씨 사건인지 뭔지 하는 건도 동시에 조사하자. 사실 A 씨 사건에 대한 의혹이 더 강했잖아, 당신 동생에게 보험 살인 의혹이 걸려 있으니까. A 씨 본인은 죽었지만 그 사람의 지인을 만나면 단서를 찾을 수 있을지도 몰라. A 씨가 누군지 동생한테 들은 적 있어?"

"아뇨."

"본인에게 직접 듣지 않았어도 A 씨가 누구인지 짚이는 사람도 없어? 아니면 도모리와 A 씨 말고 동생이 사귀었던 남자를 안다거나."

"아뇨."

나기사가 다그치듯 묻자 대답하는 소리가 점점 작아졌다. 나는 고개를 숙였다.

"아무것도 몰라요. 미안해요."

쏟아져 내리는 앞머리가 시야를 가렸다. 내 동생이다, 결백을 믿는다, 주장하지만 히나에 대해 모르는 것이 많아서 부끄러웠다. 히나의 전 남자친구는커녕 친구조차 한 명도 몰랐다. 조사해 보고 싶었지만 내 손에 들어온 동생의 유품에는 휴대폰이 없었다. 아직 찾지 못했다고 한다.

"딱히 사과할 건 아니고."

나기사는 단조로운 어조로 말했다.

"탐문 대상을 조사하는 건 내 일이니까. 당신에게 그런 쪽 능력을 기대하지는 않아."

나기사는 도모리와 A 씨의 친구나 지인의 정보를 입수해 오겠다고 장담하며 탐문 준비가 끝나는 대로 연락을 주겠다고 했다.

"지금 당장은 당신이 할 수 있는 일이 아무것도 없어. 그냥 느긋하게 기다려."

사무적인 말투에 오히려 위안을 받아서 고개를 들 수 있었다.

우리는 연락처를 주고받았다. 나기사는 만약을 위해 조금 전 만났던 주간 리얼 기자의 이름을 알고 싶다고 했다. 나는 미토의 명함을 보여줬다. 나기사는 명함을 휴대폰 카메라로 찍고 자리에서 일어섰다.

"그럼 난 이만."

"저기요."

미련 없이 떠나려는 나기사를 불러 세웠다. 이곳에서 그와 마주한 순간부터 줄곧 마음에 걸린 점이 있었다.

"왜?"

"이 일을, 마린 씨가 아니요?"

우미노 마린의 이름을 꺼내는 것만으로도 찝찝한 기분이 뒷덜미를 챘다.

나기사는 표정 하나 바꾸지 않은 채 고개를 갸웃했다.

"이 일이라니?"

"저기, 그러니까 우리가 함께 움직이는 거요."

나와 나기사는 친구가 된 것이 아니다. 같은 목적을 위해 손을 잡았을 뿐이다. 그래도 여자친구가 있는 이성과 둘이 만나는 행위에 거부감이 들었다. 상대방의 연인과 아는 사이라면 더더욱.

내 말에 나기사가 이상한 소리를 다 듣는다는 듯 눈썹을 치올렸다.

"왜 마린에게 말해야 하지?"

수치심에 숨이 막혔다.

자의식과잉도 정도껏이지. 애초에 상대방은 나를 이성으로 보지도 않는데.

"……그렇죠."

나는 마시고 싶지도 않은 차가운 음료가 담긴 잔을 끌어당기며 붉게 달아오른 얼굴을 감췄다. 치열이 추한 내가 연애를 신경 쓰다니. 얼마 만에 이런 생각을 하는 걸까.

●

내 기억 속에는 늘 아버지의 존재가 선명하게 새겨져 있었다. 그 행복했던 시절은 가장 사랑하는 아버지가 존재함으로써 완성됐다.

첫사랑의 기억도 예외는 아니었다.

내가 렌의 존재를 알아차린 것은 언제였을까.

아마도 학교에서 집으로 돌아왔을 때 처음 본 것 같다. 렌은 통나무집 앞에 서서 그릴 나미의 간판을 바라보고 있었다. 그 후에도 주로 저녁, 식당 저녁 영업이 시작되기 조금 전쯤 나타났다. 일주일에 두세 번이었을까. 어디를 다녀오는 모습으로 국도 옆길에 자전거를 세우고 서 있었다. 그의 시선이 머무는 곳은 식당 입구가 있는 통나무집 정면이 아니라 뒤편, 가게 주방과 낡은 닭장이 있는 산이었다.

건물에서는 조금 떨어진, 게다가 국도 언덕에서 조금 내려가서 서 있을 때가 잦아서 우리 가족 중 그를 눈치챈 사람은 아무도 없는 듯했다. 하지만 내가 있는 2층 자매 방 창문에서는 그가 잘 보였다. 창문은 책상 바로 앞이어서 숙제할 때마다 나도 모르게 시선을 빼앗겼다.

봄날의 포근한 저녁놀이 국도와 바다를 금빛으로 물들였다.

그 빛 속에 길고 가느다란 인영이 있었다. 나는 눈이 밝아서 남자의 체구뿐 아니라 길게 드리운 속눈썹과 약간 뾰족한 콧날까지 또렷하게 볼 수 있었다.

누구일까?

부모님이 양식점을 운영하는 데다 번창하니 통나무집에 낮선 사람들이 모이는 것은 이상하지 않았다. 출퇴근길에 매번 가게 앞을 지나면서 언젠가 먹으러 가볼까 하는 생각에 바라보는 사람일 수도 있다. 하지만 손님치고는 어렸다. 열 살인 나보다는 나이가 많아 보였지만 다섯 살 이상 차이 나 보이지는 않았다. 사복 차림으로 자전거 앞 바구니에 커다란 가방을 실은 모습으로 보아 내가 다니는 초등학교와 같은 학군에 있는 중학교의 학생 아닐까 싶었다. 우리가 나미중학교라고 부르는 그 학교에는 교복이 없었다. 그는 자전거를 타고 국도 언덕길을 넘어 학교에 다니는 학생일까?

어쨌든 혼자서 식당을 찾을 만한 나이는 아니었다.

그가 등하굣길에 우리 집 앞에서 걸음을 멈춰서고 바라보는 이유는 무엇일까?

나는 점점 궁금해 견딜 수 없었다. 그래서 다음에 그가 또 나타났을 때 2층 방에서 달려 내려가 밖으로 나갔다. 거침없이 다가가자 그의 눈이 놀란 듯 휘둥그레졌다.

"손님이세요?"

무어라고 첫마디를 건넬지는 며칠 전부터 생각해 뒀다.

"아, 아니."

"가게를 자주 쳐다봐서 들어오고 싶은 줄 알았어. 우리 가게 맛있어요."

그릴 나미의 메뉴는 대체로 하나당 2천 엔 내외였다. 그의 용돈으로 주문하기 어렵다면 주방에 몰래 들여보내 줄 수도 있다고 생각했다. 아버지에게 부탁하면 주방 안에서 한 끼 정도는 내어줄 터였다. 인기 메뉴인 치킨 레몬 소테는 힘들어도 재료를 냉장고에 상시 준비해 놓는 햄버그 스테이크라면.

"딱히 뭘 먹고 싶은 건 아냐."

당황한 듯 뺨이 붉게 물들었지만 내게 대답하는 목소리는 어른처럼 낮았다.

"맨날 이 길을 지나다니다 보니 좀 궁금해서."

"나미중학교에 갈 때?"

"아니."

그가 고개를 저었다.

"학원 갈 때 지나는 길이야."

그는 늘 나미시 중심가에서 이쪽으로 왔다. 이 언덕을 넘으면 옆 동네가 나오는데 그곳에 평판 좋은 학원이라도 있는 모양이었다.

"뭐가 궁금한데?"

"그건……."

말하기 곤란한 기색을 보이는 그를 바라보다가 불현듯 떠올랐다.

"혹시 요리사가 되고 싶어?"

소년은 아주 잠깐 침묵한 뒤 결심한 듯 고개를 살짝 끄덕였다.

나는 비로소 이해했다. 그는 학원에 다니면서 장래를 위해 인기 음식점을 시찰했으리라. 그 사실을 깨닫자 우물쭈물 두 손을 맞잡는 몸짓까지도 어딘가 어른스러워 보였다. 유행하는 코미디언의 개그를 교실에서 따라 하며 웃는 반 남자아이들과는 차원이 달랐다.

"그렇구나. 그럼 주방에 들어가 볼래? 우리 아빠가 여기 요리사거든. 소개해 줄게."

"아니, 됐어."

그가 당치도 않다는 듯 손사래 쳤다.

"나는 그냥 여기서 보기만 해도 괜찮아. 그걸로도 충분히 공부가 돼."

"그래?"

"응."

귀까지 빨개졌다. 수줍음을 잘 타나 보다.

"요리사가 자기 식당을 차리려면 경영 능력도 중요해. 식당 규모나 방문객 수만 봐도 의미가 있어. 그러니까 너희 아빠께 말하지 않았으면 좋겠어."

말은 내가 먼저 꺼냈지만 거절하는 그의 말에 내심 안심했다. 왜인지 아버지와 가족들에게 그를 보여주기 싫은 마음이 들어서였다.

"알겠어. 약속할게."

나는 작게 속삭였다.

약속.

그 말을 스스로 꺼낸 순간, 끓어오르는 감정이 가슴을 집어삼
킨 듯했다.

그날 이후 나는 집에 돌아와서 숙제하는 시간을 손꼽아 기다
렸다.

2층 방 창문에서 렌의 모습을 발견하면 어떻게 해서든 구실
을 만들어 밖으로 나갔다. 그리고 그와 우연히 마주친 척 말을
나눴다.

하지만 매번 그렇게 행동하면 부자연스러우니 얼마 있다가
가게 앞을 정돈했다. 학교 갔다가 돌아오면 그릴 나미 간판을
닦거나 오랫동안 방치됐던 가게 앞 화단에 모종을 심어 돌보기
도 했다.

내가 가게 외관을 가꾸자 아버지는 기뻐했다. 최근에는 내가
주방일을 잘 돕지 않고 곧바로 방으로 올라가서 서운해하셨기
때문이다. 해 질 녘까지 가게 앞을 서성이는 나를 보고 주방에
있는 아버지는 자주 손을 흔들어 줬다. 나는 아버지를 돌아봤지
만 마음속으로는 다른 상대를 보고 있었다.

방과 후에 친구와 놀 때도 그랬다. 사실은 비 오는 날 외에는
매일 가게 앞에 서 있고 싶었지만 반에서 겉돌지 않으려면 친구

를 사귀어야 했다. 방과 후에 교실이나 친구 집에서 시간을 보내는 동안 바로 이 순간 렌이 우리 집에 왔을지도 모른다는 생각에 당장 집으로 달려가고 싶었다.

나는 늘 렌을 기다렸다.

기다림 끝에 홀쩍 나타나는 렌은 역시 내 상상 속의 렌이었다.

바람과 함께 자전거를 타고 오는 그의 셔츠는 언제나 주름 하나 없이 빳빳했다. 중학교 2학년이라고 들었는데 우리 반 남자아이들과 몇 살 차이 나지 않는다고는 생각할 수 없을 정도로 성숙했다.

렌은 우리 아버지 가게 이야기를 듣고 싶어 했고 나는 많은 이야기를 풀어놓았다. 순수하게 시간을 공유할 수 있다는 사실만으로도 좋은데 화제가 내 자랑거리기까지 했다. 나는 그릴 나미의, 나아가서는 그릴 나미를 운영하는 아버지의 훌륭한 점을 이야기했다. 가게에서 내놓는 갖가지 메뉴의 플레이팅과 뛰어난 맛. 공들여 연구한 기술. 그리고 그 요리를 만들어내는 아버지가 얼마나 빼어난 요리사인지. 자랑만 늘어놓는 것처럼 보일까 봐 종종 아버지의 인간다운 실패담도 털어놓았다. 그러면 렌은 피식 웃었다. 분위기는 어른스러운데 웃으면 보조개가 패이는 얼굴이 귀여웠다.

이야기를 나누는 시간은 그리 길지 않았다. 렌은 저녁놀과 함께 찾아와서 어둠이 오기 전에 자전거를 타고 떠났다. 헤어지기 아쉬웠지만 그 짧은 시간이 내 안에서 그와의 시간을 더욱 찬란하게 했다. 해가 수평선 너머로 지기 직전, 그 짧은 순간에 온전히 바라볼 수 없을 정도로 눈부시게 빛나는 바다처럼. 렌을 바라보기만 해도 행복했다.

게다가 마음속에 '어쩌면' 하는 일말의 기대감이 일렁였다.

렌은 요리사가 되고 싶어서 우리 집에 오는 것이 확실했다. 그 식당 요리사의 딸인 내게 던지는 질문도 가게 위주였다. 하지만 애초에 마음에 들지 않는 사람과 말을 주고받을까? 정기적으로 자전거를 타고 찾아올까?

렌도 나를 좋아하는 것 아닐까?

아직 초등학생이었기에 사귀고 싶다는 생각까지는 못 했지만 나는 사랑이 이루어질 수도 있다는 상상만으로도 구름 위를 걷는 기분이었다.

혹시, 어쩌면.

마음속으로 거듭 중얼거렸다.

찬란하게 빛나는 매일이 지나고 골든위크˚가 끝났다.

그날 아침, 우리 가족은 모두 늦잠을 잤다.

연휴 동안 그릴 나미는 몹시 분주했다. 매일매일 점심 전부터 저녁까지 대기하는 손님이 끊이지 않았다. 부모님은 물론 우

˚ 4월 말부터 5월 초까지 이어지는 일본의 황금연휴.

리 자매까지 주문을 받고 설거지를 하며 가게 일을 도왔다. 연휴가 끝나갈 무렵에는 네 사람 모두 녹초가 됐다. 그래서 늦잠을 자고 말았다.

가장 먼저 눈을 뜬 사람은 나였다. 시계를 보고 큰일 났다 싶었다. 벌써 8시가 지난 시간이었다. 연휴가 끝났기 때문에 가게는 휴무였지만 평일이어서 학교 수업이 있는 날이었다. 이대로라면 지각이었다.

가족을 깨울 여유도 없었다. 나는 혼자서 침대에서 뛰어내려 서둘러 옷을 갈아입었다. 란도셀 대신 배낭을 집어 들고 현관문을 열었다. 쏟아지는 아침햇살 아래서도 여전히 잠이 덜 깬 듯 흔들리는 바다를 곁눈질하며 언덕길을 뛰어 내려갔다.

큰길로 나왔을 때 나는 지름길로 가기로 마음먹었다. 평소 다니는 길을 벗어나 뒷길로 들어간 뒤 나미중학교 앞을 지나면 학교에 더 빨리 갈 수 있다.

하지만 이 지름길은 학교에서 통행을 금지한 길이다. 나미중학교 근처는 자전거로 통학하는 중학생들로 혼잡하기 때문이다. 위험하니 초등학생은 다니지 말라고 했고, 실제로 교통사고가 자주 일어나기도 해서 나는 그 지시를 따랐다.

그러나 오늘 아침은 특별한 상황이었다. 나는 망설이지 않고 뒷길로 걸음을 옮겼다.

좁은 길을 따라 나미중학교 쪽으로 다가가자 등교하는 중학

생이 많아졌다. 교복이 없어서 사복 차림이었지만 우리 초등학
생과는 달랐다. 다들 키가 크고 팔다리가 길어서 언니 오빠로
보였다. 그들은 익숙하게 교문으로 들어갔다. 자전거로 통학하
는 학생들도 교문 앞에서는 자전거에서 내려야 하는 것이 교칙
인 듯했다.

그때, 오로지 초등학교를 향해 움직이던 발걸음이 멈추었다.
나는 나미중학교 교문을 빨려 들어갈 듯 쳐다봤다.

렌이 있었다.

교문을 향해 자전거를 밀며 걸어갔다. 나도 몇 번인가 본 적
있는 연한 푸른색 셔츠 차림이었다.

저도 모르는 사이에 입이 간지러웠다.

왜지? 나미중학교에 안 다닌다고 했는데.

하지만 지금 렌이 나미중학교에 등교한 사실은 분명했다.

왜 거짓말을 했을까?

심지어 렌 옆에는 자전거를 끌며 나란히 걷는 여학생이 있었
다. 두 사람은 대화를 나눴다.

렌이 무슨 말을 할 때마다 여학생은 고개를 살짝 끄덕였고 검
은 생머리가 살랑살랑 흔들렸다.

가슴이 찌릿했다.

저 사람은 누구지?

렌과 동갑으로 보이니 나보다 몇 살 많을 텐데 어른 여자로

보였다. 하얀 피부에 날렵한 콧날이 돋보이는 옆모습이 무척 예뻤다. 검은 눈동자는 렌을 똑바로 바라보고 있었다. 그 눈빛을 받는 렌의 표정이 부드러웠다. 내게 한 번도 보여준 적 없는 얼굴이었다.

그 자리에서 꼼짝도 할 수 없었다.

그저 눈만 끔벅거렸다.

그러나 한 번 감았다가 뜬 촉촉하게 젖은 눈에 비친 모습은 여전했다.

환상이 아니었다.

결국 나는 지각했다.

수업 내용은 거의 귀에 들어오지 않았다. 방과 후에는 친구들과 수다 떠는 것도 내키지 않아서 혼자서 집에 돌아왔다. 그렇게 느릿느릿한 걸음으로 언덕길을 올랐다.

내 머릿속에는 오늘 아침 목격한 두 사람으로 가득했다. 의문이 끊임없이 맴돌았다.

왜 내게 나미중학교 학생이 아니라고 거짓말했을까?

그 여자는 누굴까?

혹시 여자친구…….

한번 렌의 마음을 의심하자 나쁜 상상이 한없이 뻗어나갔다.

애초에 렌은 정말로 나를 이성으로 의식했을까? 처음부터 그저 그릴 나미의 통나무집에 사는 어린아이로만 생각한 것 아닐까? 내가 적극적으로 말을 걸어서 예의상 상대해줬을 뿐 마음이 가는 이성은 따로 있던 것이다. 그러고 보니 내가 말하는 동안 종종 다른 곳을 향하던 렌의 시선이나 자신의 이야기를 그다지 하지 않은 점 등도 그런 이유 때문이지 않을까.

오르막길 너머로 삼각 지붕이 보이기 시작했다. 우리 가족이 사는 통나무집이 오늘따라 묘하게 낡아 보였다. 통나무로 만든 벽의 색이 지저분했고 늘 풍기던 치킨 레몬 소테 냄새도 나지 않았다. 그 대신 정체 모를 시큼한 냄새까지 났다. 갓 짜낸 신선한 레몬과 달리 코를 톡 쏘는 날것의 느낌이 나는 시큼함이었다.

나는 집에 돌아오자마자 가족과 이야기를 나누지도 않고 2층 방에 틀어박혔다. 밖이 어두워지자 어머니가 저녁 식사를 하라 며 부르는 소리에 겨우 거실로 내려갔다.

부모님은 하루 푹 쉬고 연휴 동안 쌓인 피로가 풀린 듯 개운한 얼굴이었다. 부엌에서 음식을 내온 사람은 아버지였다.

"포크 스튜를 만들어 봤어. 맛이 어떤지 한번 먹어 봐."

가게를 대표할 신메뉴를 개발하고 싶었는지 휴일에도 요리를 연구했나 보다. 아버지는 접시에 듬뿍 담은 스튜를 내게 먼저 내밀었다.

나는 기계적으로 숟가락을 입에 넣었지만 렌의 생각으로 머리가 가득했기에 맛을 느낄 여유가 없었다. 결국 렌은 나를 어떻게 생각할까 하는 한 가지 생각에 매몰됐다. 머리가 너무 복잡해서 이미 배가 불렀다.

"어때, 맛있어?"

아버지가 몸을 들썩이며 묻기에 혀에 의식을 집중하려 노력했다.

전혀 맛있지 않았다.

돼지고기는 잘 익었지만 힘껏 짠 걸레처럼 퍼석퍼석했다. 흐물흐물한 감자는 식감이 느껴지지 않았다. 무엇보다 그 역하게 시큼한 냄새를 풍기는 토마토소스 때문에 구역질을 참기 힘들었다.

이런 평을 입 밖으로 꺼낼 수 없는 데다 지금 머릿속은 온통 렌뿐이었다. 그런데…….

"맛있어?"

아버지가 다시 묻자 마음이 불편했다.

"아아, 응. 맛있어."

그리고 쨍, 소리를 내며 숟가락을 테이블 위에 내려놓았다. 그 진동에 접시에 있던 스튜가 넘쳐흘렀다. 국물뿐 아니라 돼지고기까지 튀어나와 테이블 위에 굴렀다.

그 순간 귓가가 번쩍였다.

한동안 무슨 일이 일어났는지 이해하지 못했다. 그러다가 뒤늦게 왼쪽 뺨이 서서히 뜨거워졌다. 화들짝 놀라 손을 가져다

대니 바싹 날이 선 목소리가 머리 위로 떨어졌다.

"음식 귀한 줄 알아야지!"

얼굴이 시뻘겋게 달아오른 아버지가 내 앞에서 커다란 손을 부들부들 떨고 있었다.

아버지가 내 뺨을 때렸다.

심지어 나를 노려보기까지 했다. 그 눈빛에 압도당한 나는 휘청휘청 자리에서 일어났다. 트램펄린 위에 선 사람처럼 발밑이 출렁였다.

"……미워."

머리가 고장 난 것처럼 꺼내고 싶지 않은 말만 나왔다.

"아빠 미워!"

나는 소리치며 아버지에게서 등을 돌려 집 복도로 뛰쳐나갔다. 집을 나와 검은 바다를 품은 언덕길을 단숨에 내려갔다. 숨이 차오르고 다리에 힘이 풀렸다. 갑자기 어둠이 덜커덕 흔들렸고 무릎에 둔통이 느껴졌다. 넘어지고 말았다.

"윽……."

거친 아스팔트에서 몸을 일으키는데 눈물이 흘렀다. 무릎 통증 때문이 아니었다.

아버지에게 맞았다.

그 충격이 몸속 구석구석에서 폭발했다.

지금까지 아버지가 내게 손을 댄 적은 한 번도 없었다. 나는 아버지가 사랑하는 딸이니까. 내 말은 무엇이든 들어줬고 늘 내 기분을 맞춰줬다. 어머니와 말다툼할 때도 반드시 내 편을 들어 줬을 정도였다. 그런데 왜.

한번 흐르기 시작하자 더는 참을 수 없었다. 입술을 앙다물 고 있어도 눈물은 멈추지 않았다.

하다못해 소리라도 새어 나가지 않도록 참으려는데 바로 옆 에서 쉭 하는 소리가 났다.

"어라? 너……."

귀에 익은 목소리에 고개를 들었다. 어둠 속에서 자전거에 올라타 있는 인영이 우뚝 솟아 있었다. 한동안 멍하니 올려다보 다가 마침내 그 얼굴을 인식했다.

"렌?"

"응?"

렌이 나를 향해 고개를 갸웃했다. 어둠을 밝히는 달빛에 푸 른색 셔츠가 어렴풋이 보였고, 오늘 아침에 나미중학교 앞에서 그를 본 기억이 떠올랐다. 그 일 때문에 종일 애가 탔는데 벌써 머나먼 과거처럼 느껴졌다.

"왜 그래? 무슨 일이야?"

렌이 여전히 다정한 어조로 물으며 자전거에서 내렸다. 그리 고 나를 향해 허리를 굽혔다.

"나한테 말해 봐."

렌이 걱정스러운 기색으로 나를 똑바로 바라봤다.

그러나 나는 고개를 저었다.

"아무 일도 아니야."

"안 그래 보이는데."

"아무 일도 아니라고 했잖아."

나는 팔로 눈가를 거칠게 문질렀다. 이상하게도 지금은 렌 따위 아무래도 좋았다. 좋거나 싫은 감정 문제가 아니었다. 그토록 애타게 그리던 렌이 눈에 들어오지 않았다.

아버지에게 뺨을 맞았으니까.

바로 아버지에게.

오로지 그 순간의 광경만 떠올랐다.

"저기……."

입을 다물고 계속 눈가를 훔치는 내 앞에서 렌은 당황한 기색이었다.

렌의 옆을 지나쳐 길을 되돌아갔다. 그가 뒤에서 조심스레 말을 걸었지만 뒤돌아보지 않았다. 뛰어 내려온 언덕길을 터벅터벅 걸어 올라갔다. 렌의 목소리도 이내 들리지 않았다. 어떻게 하고 싶은지 스스로도 몰랐지만 애초에 어린아이인 내가 갈 곳은 없었다. 그래서 집으로 돌아갈 수밖에 없었다.

언덕은 길었다. 격정에 휩싸여 상당한 거리를 뛰어 내려온 모양이었다. 통나무집의 삼각 지붕부터 그 아래, 그리고 집이 점점 커지기까지 시간이 걸렸다.

마침내 건물 전체가 보이기 시작했을 때 깜짝 놀랐다. 어둠에 잠긴 가게 입구 앞에 사람이 보였기 때문이다.

아버지였다.

커다란 덩치에 어울리지 않게 겁먹은 작은 동물처럼 정신없이 두리번거렸다. 나를 찾는 모습이었다.

찰과상 탓에 쓰라린 무릎이 금세 스프링처럼 힘을 되찾았다. 나는 아버지를 향해 달려갔다.

"아빠!"

소리치다가 깨달았다. 집을 뛰쳐나왔지만 역시 아버지가 보고 싶어 견딜 수 없던 것이다.

나를 발견한 아버지가 두 팔을 벌리며 달려왔다. 그 커다란 품으로 뛰어들었다. 아버지가 나를 달래듯 등을 어루만졌다.

"아빠가 잘못했다."

"아니야."

대답하며 고개를 저었다. 눈물이 다시 뚝뚝 떨어졌다. 눈물과 함께 내 마음을 비늘처럼 덮고 있던 혼탁한 감정도 점점 벗겨졌다.

"아니야. 내가 잘못했어요."

아버지의 앞치마에 얼굴을 묻었을 때 레몬향이 났다.

여기가 내가 있을 곳이었다.

메었던 목이 점점 편안해졌다.

열 살인 내게는 아직 아버지가 세상의 중심이었다.

그리고 그 세상은 한없이 따듯했다.

8

근무가 끝난 뒤 휴대폰을 확인하자 나기사가 보낸 문자메시지가 있었다. 탐문 조사 준비가 끝났다고 했다.

히나의 결백을 증명하기 위해 나기사와 협력하기로 한 날이 그제인데 행동이 빨랐다. 메시지에는 가능하면 오늘이라도 만나 협의하고 싶다고 적혀 있었다. 나도 같은 마음이었다. 저녁 9시 이후면 괜찮다고 답장하자 곧바로 메시지가 왔다. 밤 10시에 대학 입구 역의 패스트푸드점에서 만나기로 정했다.

퇴근 후 교무동 뒤편을 지나 연습림 쪽으로 향했다.

거뭇한 나무들 사이로 녹슨 함석지붕이 빼꼼히 보였다. 창고처럼 보이는 소박한 건물이지만 원래는 농학부 연구실이었기에 전기와 수도 시설이 잘 갖춰져 있다고 한다. 입구에는 아이가 쓴 듯한 글씨로 '그 후 클럽'이라고 적힌 벽보가 붙어 있었다.

나는 긴장된 마음으로 문틀과 어긋나 보이는 미닫이문으로 다가갔다.

오늘은 봉사에 처음 참여하는 날이다. 내가 아이를 잘 돌볼 수 있을지 자신이 없었다. 아이를 좋아하는지 싫어하는지조차 모를 정도로 어린아이들과 어울린 적이 없고 애초에 사람과 사귀는 일이 서툴렀다. 하지만 소중한 부업이었다. 히나의 의혹을 해소하기 위해 본격적으로 조사에 나선 이상 앞으로는 여기저기 비용이 들 것이다. 나기사는 대가 없이 움직이려는 생각 같았지만 예의상 교통비 정도는 제공해야 하리라.

"어서 오세요."

손을 뻗기 전에 안에서 먼저 미닫이문을 열었다. 향신료 향이 코를 찔렀다.

"아, 고바야시 씨였군요."

앞치마를 두른 기리미야가 서 있었다.

"오늘부터 잘 부탁해요. 자, 들어오세요."

현관에는 기리미야의 것으로 보이는 운동화만 있었다. 아이들은 아직 오지 않은 듯했다. 나는 운동화 옆에 내 플랫슈즈를 가지런히 놓았다.

안으로 들어가자마자 있는 작은 방으로 안내받았다. 자원봉사자만 들어갈 수 있는 휴게실 같았다. 그곳에서 기리미야와 마주 선 나는 다시 인사했다.

"잘 부탁드립니다."

"나야말로 잘 부탁해요. 우선 귀중품을 맡기시겠어요? 클럽에서는 휴대폰과 지갑을 여기에 맡겨두는 것이 규칙이에요."

기리미야는 휴게실 안쪽을 점령하고 있는 오래된 금고를 손가락으로 가리켰다. 도난을 방지하려는 방책이리라.

"초등학교와 달리 대학교는 누구나 안에 들어올 수 있으니까요. 게다가 여기 있는 동안은 어른도 아이도 본연의 모습 그대로 상대와 마주했으면 좋겠어요. 휴대폰이 있으면 그게 어렵거든요."

귀중품을 맡기고 나서 오늘 일정을 들었다.

"오늘 저녁 봉사자는 나와 고바야시 씨, 그리고 늦게 올 학생한 명이에요. 맡을 아이는 다섯 명, 한 명은 우리 클럽이 처음인아이니 특히 신경 써서 돌봐주면 고맙겠어요. 적극적으로 놀이를 권해 주세요. 저녁 식사는 7시부터고…… 아아, 메모 같은 건안 해도 돼요."

기리미야가 가방에서 볼펜을 꺼낸 나를 웃으며 말렸다.

"잊어버리면 몇 번이라도 나한테 물어보면 되니까. 부담 느끼지 말고 편하게 하세요."

"네."

내가 생각해도 무뚝뚝한 대답이었다. 이런 상태로 아이들과 함께할 수 있을까.

그때 미닫이문을 여닫는 소리가 났다.

"아이가 왔나 봐요. 갈까요?"

기리미야가 금고 열쇠를 자신의 주머니에 넣었다.

"클럽에서 인사는 언제나 '어서 오세요'니까 고바야시 씨도 아이들을 맞을 때 그렇게 말해주세요."

"알겠습니다."

기리미야와 둘이서 현관으로 나갔다.

"어서 오세요."

"다녀왔습니다…… 앗!"

현관에서 신발을 가지런히 놓던 남자아이가 나를 올려다보고는 눈이 휘둥그레졌다. 초등학교 고학년쯤 됐을까?

"누나, 오늘 처음 왔어요?"

갑자기 말을 걸어서 당황했다. 대화를 이어가려고 간신히 목소리를 짜냈다.

"……으, 응."

"이름이 뭐예요?"

"고바야시예요."

"성 말고 이름은요?"

"미오."

"미오 씨구나. 학생이에요?"

"아니. 이 대학에서 일하는 직원이에요."

"아하, 여기서 일하시는구나. 나는 히로예요. 6학년이고요.

잘 부탁해요."

남자아이는 방긋 웃었다. 아이란 이렇게나 무구한 존재일
까.

"히로, 오늘 처음 온 미오 씨에게 클럽 안내를 해 줄래?"

아이에게 어떻게든 웃어주려고 애쓰는 나를 재미있다는 듯
바라보며 기리미야가 말했다.

"좋아요."

히로는 란도셀을 내려놓으며 어른스러운 말투로 대답했다.

"조 씨는 저녁 식사 준비로 바쁜가 보네요."

이곳에서는 어른도 아이도 서로 이름을 부르는 것이 규칙이
라고 한다.

히로는 곧바로 나를 데리고 건물 안을 돌며 소개해 줬다.

휴게실을 지나자마자 바로 큰 방이 나왔다. 그 후 클럽의 아
이들이 주로 지내는 곳이라고 한다. 선반에는 블록과 봉제 인형
등 평범한 놀잇감이 놓여 있었다. 창가에는 숙제와 독서를 할
수 있는 긴 책상과 책장이 있었다. 비품은 대체로 때가 묻은 모
습을 보아 기증받은 물건 같았다.

"저기가 식당이랑 부엌이에요."

히로가 큰방과 연결된 방을 가리키며 설명했다.

"저녁은 식당에 있는 커다란 식탁에서 다 같이 먹어요."

주방 가스레인지에 올린 큰 냄비가 보였다. 냄비에서 풍기는

냄새를 맡으니 오늘 저녁 식단이 짐작 갔다.

"몰래 맛 좀 볼래요?"

히로가 갑자기 목소리를 낮췄다.

"조 씨가 만드는 카레 맛있어요."

"아니, 저기……."

어떻게 반응해야 할지 망설이는데 현관 쪽에서 "어서 오세요" 하는 기리미야의 목소리가 들렸다.

"다른 아이가 왔나 보다."

나는 어물쩍 넘기며 히로에게 다른 아이를 마중 나가라며 재촉했다.

현관에는 나머지 네 아이가 와 있었다. 저마다 익숙한 모습으로 말을 주고받거나 신발을 벗는 가운데 가장 어린 소녀가 머뭇거렸다. 처음 온 아이 같았다. 기리미야가 소녀 앞에 무릎을 꿇고 앉아 말을 걸었다. 소녀가 움켜쥔 휴대폰을 손가락으로 가리키는 모습을 보아 그것을 맡기라고 말하는 듯했다. 얌전히 휴대폰을 건넨 소녀는 한층 더 어려 보였다. 두 눈이 어지럽게 흔들렸다. 불안에 떠는 모습이었다.

기리미야가 나와 아이들에게 소녀를 소개했다.

소녀의 이름은 유즈였다.

기리미야의 부탁대로 적극적으로 말을 걸어줘야 한다. 그러나 머리로는 알아도 한껏 위축된 소녀를 앞에 두고 몸이 생각처럼 움직이지 않았다. 게다가 나도 오늘 처음 이곳에 들어왔으므로 유즈를 제외한 나머지 세 아이와도 초면이었다. 그 아이들도 낯선 어른과 아이를 만나서 조금 긴장한 기색이었다.

그때였다.

"유즈, 같이 놀자."

내 뒤에서 다가온 히로가 발랄한 목소리로 말했다. 지극히 자연스러운 태도로 유즈에게 다가갔다.

"저기 있는 방에 가면 블록 놀이랑 카드놀이를 할 수 있어. 유즈는 어떤 놀이를 좋아해?"

유즈의 입가에 귀를 가까이 대며 물었다. 유즈가 조용히 중얼거렸다.

"종이접기를 좋아하는구나. 좋았어, 저쪽에 종이가 엄청 많거든, 가보자."

히로는 유즈의 손을 잡고 큰 방으로 이끌면서 내 소매도 살짝 잡아당겼다.

"이 누나는 미오 씨야. 오늘부터 우리와 함께 놀아줄 거래."

히로가 주변 아이들에게 알려줬다. 이래서야 누가 누구를 보살피는지 모르겠다.

한숨이 나올 것 같은 와중에 이 광경을 만족스럽게 지켜보며 미소 짓던 기리미야가 내게 속삭이면서 먼저 자리를 떠났다.

"나는 식사 준비를 마무리해야 하니 잘 부탁해요."

나는 아이들과 함께 큰 방으로 들어갔다. 히로가 선반에서 형형색색 색종이를 꺼내 긴 책상 위에 펼쳐놓았다. 아이들이 제 각각 좋아하는 자리에 앉아 종이를 가져갔다. 자극적이지 않은 놀이를 과연 요즘 아이들이 좋아할까 의구심이 들었는데 아이들은 모두 진지하게 종이접기를 했다. 새로 온 유즈를 배려하는 마음과 더불어 휴대폰이 없는 환경도 영향을 미쳤을지 모른다.

"자, 좋아하는 색을 골라 봐."

긴 책상 옆에서 멍하니 서 있던 유즈도 히로가 말을 걸자 자리에 앉았다. 그러고는 붉은 종이를 접기 시작했다. 아마 학을 접으려는 듯했다. 나도 그 옆에 앉았다. 아이들이 고른 놀이가 종이접기라는 사실에 내심 안도했다. 운동 실력이 형편없어서 공놀이였다면 아무런 도움도 되지 못하기 때문이었다. 그리고 종이접기를 하는 동안에는 계속 이야기할 필요가 없는 점도 좋았다.

흰색과 검은색 종이를 골라 접는데 가느다란 목소리가 들렸다.

"그거 판다예요?"

유즈가 내 손을 들여다보며 말했다.

"그래, 아직 접는 중인데 용케 알아봤구나."

"몇 번이나 접으려고 했었거든요."

유즈는 나와 눈이 마주치자 고개를 숙였다. 그리고 작게 말했다.

"그치만 어려워서 실패했어요."

"그럼 같이 접어 볼까?"

유즈는 고개를 숙인 채 끄덕였다.

"나도 만들래."

대화를 들은 건너편 자리의 여자아이가 말했다.

"판다는 어려워서 종이접기 잘하는 사람만 접을 수 있어요. 미오 씨, 가르쳐 주세요."

부업일 뿐이라고 벽을 세우고 있었는데 생각지도 못한 따스함을 느꼈다.

아이들은 어른보다 훨씬 자연스럽게 내게 말을 걸고 의지했다. 다양한 색종이를 함께 접으면서 나는 마스크 너머로 아이들과 미소까지 나눴다.

드디어 판다가 거의 완성되어 갈 때 큰 방으로 들어오는 여자의 목소리가 들렸다.

"안녕하세요."

기리미야가 늦는다고 말했던 자원봉사 학생이리라.

나는 긴 책상에서 고개를 들었다가 헉하고 튀어나올 뻔한 소리를 황급히 삼켰다. 큰 방 입구에 서 있는 여자도 나를 응시하고 있었다. 순식간에 마음이 무거워졌다.

그런 내 모습을 눈치챌 리 없는 아이들이 차례차례 자리에서 일어났다.

"마린 씨다!"

이름을 부르며 여자에게 달려갔다.

주방에서 조리도구를 설거지하는데 발소리가 들렸다.

"미오 씨."

히로가 싱크대 옆까지 다가와 고개를 갸웃했다.

"저녁 진짜 안 먹어요?"

히로의 뒤에 있는 식당에서 어른과 아이들이 식탁을 둘러싸고 시끌벅적하게 이야기를 나누는 목소리가 들렸다.

식당에 들리지 않도록 나는 작은 소리로 말했다.

"배 안 고파서."

그 후 클럽에서는 모두 함께 저녁 식사를 하는 것이 규칙이다. 처음 기리미야에게 설명을 들었을 때 나는 거부했다. 같은 식탁에 앉아 식사가 끝나기를 기다리기도 이상해서 주방에서 홀로 설거지를 했다. 그 모습이 신경 쓰인 모양이다.

"오늘 만든 버터 치킨 카레는 특별히 더 맛있는데요."

"사실은 나 닭고기 못 먹어."

거짓이 아니었다. 게다가 버터도 먹지 못했다.

내 대답을 들은 히로도 짚이는 바가 있는지 이해한 모습으로 식당으로 돌아갔다. 나는 냄비를 박박 닦았다.

내가 저녁 식사 자리를 거절한 진정한 이유는 단순히 좋고 싫음의 문제가 아니었다. 밥을 먹으려고 마스크를 벗은 뒤 못난 치열을 드러내는 것이 싫었기 때문이다. 이러한 속내는 당연히 기리미야에게도 밝히지 않았다.

"많이 만들었는데. 괜찮으면 고바야시 씨도 같이 먹었으면 좋겠어요."

기리미야가 마지막까지 아쉬운 기색으로 말을 이었다.

"같이 먹으면 아이들과도 더 가까워질 텐데."

나는 괜찮다는 말로 끈질긴 권유를 외면했다. 애써 친해진 아이들 앞에서 마스크를 벗을 엄두가 나지 않았다. 게다가 내 얼굴을 아는 사람이 있는 자리이니 더더욱 싫었다.

나는 식당을 곁눈질했다. 큰 식탁에 기리미야와 아이들, 그리고 우미노 마린이 즐겁게 밥을 먹고 있었다.

"마린 씨, 그 말 진짜예요?"

"그럼. 나 요리 잘해."

"하지만 요전에 조 씨를 도왔을 때는 고기 감자조림을 태웠잖아요."

"그건 고소한 맛이 나라고 일부러 그런 거야."

"거짓말. 그날 고기 감자조림 엄청 쓰던데."

"아하하."

마린은 숟가락을 든 채 예쁜 치열을 드러내며 웃었다.

설마 마린이 이곳에서 자원봉사를 하고 있을 줄이야.

기리미야에게 들은 바로는 마린은 약 한 달 전부터 그 후 클럽을 돕기 시작했다고 한다. 예쁘고 거침없이 말하는 그녀는 아이들에게 인기가 많았다. 마린이 인사를 하며 들어온 것만으로 큰 방은 무언가 즐거운 일이 시작될 것만 같은 분위기로 바뀌었다. 그렇게 다양한 놀이를 제안하는 마린을 따라 아이들의 활동이 활발해졌다. 접다 만 판다는 완성되지 못한 채 그대로 방치했다. 유즈도 긴장이 완전히 풀린 모습으로 식사하는 내내 마린 옆에 꼭 붙어 있었다.

"와아, 유즈 대단하네. 당근 잘 먹는구나."

"이렇게 큰 당근도 한입에 먹을 수 있어요."

"정말? 한번 먹어 볼까?"

유즈를 향해 고개를 크게 끄덕이는 마린의 눈이 문득 내 쪽으로 움직였다. 나는 티 나지 않게 거품이 묻은 냄비 뚜껑을 들어 마린의 시선을 차단했다.

불편하다.

우리에게 서로를 소개해 주는 기리미야를 사이에 두고 나와 마린은 처음 만난 사람인 척했다. 기리미야를 포함한 이 자리에 있는 누구도 우리가 아는 사이라는 사실을 알아차리지 못할 것이다.

마린은 아이들 앞에서 나를 바보 취급하며 비웃지는 않았다.

그러나 "만나서 반가워요"라며 상냥하게 인사한 뒤로는 기본적으로 나를 무시했고, 저녁 식사 전까지 단 한 번 말을 걸었다.

"에어컨 온도 좀 내려 줄래요?"

이 말뿐이었다.

그때 마린은 저학년 아이들이 껴안고 있어 두 손이 자유롭지 못한 상태였다.

나를 완전히 깔보는 것 같았다. 화장품을 덕지덕지 발라도 얼굴의 얼룩을 감출 수 없는 것처럼 마린과 마주칠 때마다 비참한 마음이 들었다.

하지만 이대로는 좋지 않다. 냄비와 국자의 거품을 닦으며 생각했다. 여기서 나와 마린은 동창이 아니라 동등한 그 후 클럽의 봉사자다. 아이들을 가장 우선해 생각해야 한다. 특히 나는 자원봉사자지만 보수를 받으니 사사로운 감정을 품어서는 안 된다. 아이들이 이상하다고 느끼지 않도록 마린에게 말을 걸고 나름대로 소통하는 편이 좋겠다고 생각했다.

설거지를 마친 나는 마음을 다잡고 식당으로 향했다. 식탁을 둘러싼 크고 작은 머리들이 와글와글 떠들며 접시에 가득 담긴 카레를 연신 입에 넣었다.

이 속에 자연스럽게 어울리자.

기리미야에게도 아이들에게도 마린에게도 같은 어투로 말을 걸자.

마침 비어 있는 마린의 옆자리에 앉으려고 했다.

"아얏!"

마린이 작게 소리를 지르는 바람에 나는 엉거주춤했다.

"왜 그래요?"

"무슨 일이에요?"

아이들이 마린을 향해 몸을 내밀었다.

"살을 씹었어요?"

"아니, 뭐가 들어 있었어."

마린이 혀를 내밀었다. 피가 조금 맺힌 혀 위에 도자기 조각 같은 물체가 있었다.

"카레에 섞여 있었어요?"

기리미야가 일어섰다.

"죄송해요. 조심했는데."

마린에게 다가가는 그에게 합세해 나도 과감히 말을 걸었다.

"괜찮아요?"

마린은 기리미야를 돌아봤다. 손가락으로 조각을 꺼내고 고개를 저었다.

"신경 쓰지 마세요. 별일 아니에요."

나를 마치 없는 사람 취급했다.

9

역시 이대로는 좋지 않다.

큰 방의 조명을 끄면서 나는 다시 강하게 생각했다.

저녁 식사를 마칠 무렵 보호자들이 하나둘 아이들을 데리러 왔다. 큰 방을 가득 메우던 목소리들이 점점 줄어들었고 우리 자원봉사자들은 남은 아이들의 숙제를 봐줬다. 마지막으로 보호자가 찾아온 시간은 오후 9시 전이었다. 갑자기 텅 빈 방을 분담해서 정리한 뒤 오늘의 그 후 클럽 활동은 마무리됐다. 몹시 힘들던 참에 마지막까지 남아 있던 아이가 히로였기에 그나마 짬이 생긴 셈이라 시간을 활용할 수 있었다.

"수고하셨습니다."

주방에서 나온 기리미야가 큰 방을 정리하고 복도로 나온 내게 말했다. 그와 동시에 식당의 조명을 끈 마린도 나타났다. 셋이서 휴게실로 향했다. 가장 뒤에서 걸어간 나는 갈색 포니테일

머리가 흔들리는 마린의 뒤통수를 바라봤다.

결국 마린은 계속 나를 무시했다.

앞으로 계속 그 후 클럽에서 봉사를 하려면 이런 사람도 있구나 하고 깨끗이 받아들일 수밖에 없다. 내게 잘못은 없었다. 옛날부터 나를 비웃고 상처 준 사람은 상대방이다.

그러나 오늘 밤 이대로 아무 말 없이 마린과 헤어질 수는 없다고 생각했다. 이제 나와 마린은 단순히 같이 일하는 봉사자이기만 하지 않으니까.

나는 마린의 남자친구 나기사와 연락을 주고받는 사이다. 앞으로 만날 약속도 잡았다. 히나의 결백을 증명하기 위한 만남이니 양심에 가책을 느낄 만한 일은 없지만 마린을 앞에 두고 입을 다무는 것은 꺼림칙했다. 지난번 나기사의 말투로 보아 그도 여자친구에게 내 이야기를 하지 않았을 것 같았다.

나와 나기사가 손을 잡게 된 사정만은 마린에게 설명해 두고 싶었다. 그러려면 기리미야 없이 단둘이 남아야 할 텐데.

그런 생각을 하자마자 기회가 찾아왔다.

휴게실로 들어가 열쇠로 금고를 연 기리미야가 말했다.

"내가 문단속할 테니 먼저들 가세요."

나와 마린은 금고에 맡겼던 귀중품을 돌려받고 돌아갈 준비를 한 뒤 차례로 현관을 나왔다. 마린이 먼저 미닫이문을 열었다. 네모난 어둠이 펼쳐졌다.

말을 걸려면 지금이다.

나는 마린의 뒤로 다가갔다.

"저기."

서벅서벅, 구두 힐이 땅바닥 흙을 밟는 소리가 울렸다. 내 목소리에 거부감을 느낀 듯 마린의 등이 멀어졌다.

"우미노 마린 씨, 잠깐만."

나는 플랫슈즈에 발을 넣으며 마린을 불러 세웠지만 도저히 따라잡을 수 없는 속도였다. 마린은 뾰족한 부츠 힐을 또각거리며 연습림으로 사라졌다.

급한 일이라도 있는 것일까. 아니, 오늘 밤 그 후 클럽은 예정보다 일찍 끝났다. 다음 일정이 있어도 여유가 있었다. 나를 철저히 피한다는 생각밖에 들지 않았다. 미리 한마디 양해라도 얻어 두고 싶을 뿐인데.

어찌해야 할지 막막해서 가지가 와삭와삭 흔들리는 나무들 사이로 펼쳐진 어둠만 바라봤다.

뒤늦게 조금씩 서서히 분노가 차올랐다.

'태도가 너무한 것 아냐? 내가 뭘 어쨌다고 저러는 거지?'

마린의 남자친구와 함께 조사하는 사실을 정식으로 알려야겠다고 마음먹은 자신이 바보 같았다.

그리고 오늘 밤 일정 때문에 몹시 우울해졌다.

앞으로 만나기로 약속한 사람은 저 심술궂은 마린의 남자친구다. 서로 성격이 맞으니 사귀는 사이겠지. 나기사에게 받은 인상도 상당히 나빴다. 내게 협조하려는 마음은 알겠지만 그 동기가 수상했고 미토를 물리친 방법도 소름 끼쳤다. 역시 지금이라도 그와 협력하지 않는 편이 좋을까. 그렇다면 약속 장소에 가지 않아도 된다.

그래, 얼른 집에 가자.

대학 정문을 향해 연습림을 걷기 시작한 때였다.

"……고바야시."

등 뒤에서 들려온 소리에 펄쩍 뛸 정도로 놀랐다. 뒤돌아보니 어둠 속에 하얀 마스크가 둥둥 떠 있었다.

"나기사 씨."

방금까지 머릿속을 괴롭히던 남자가 서 있었다. 턱을 조금 당긴 채 나를 내려다보고 있었다.

약속을 어기려던 상대 앞에서 나는 순간 말을 잇지 못했다.

'왜 나기사가 여기에 있지? 대학 역 앞에 있는 패스트푸드점에서 만나기로 했는데. 이곳에서 패스트푸드점까지는 완만한 언덕을 20분 걸어 올라가야 하잖아.'

생각하다가 나기사는 봉사를 마친 여자친구를 데리러 왔을 터라고 짐작했다.

"우미노 마린 씨는 아까 돌아갔어요."

나는 마린이 사라진 쪽을 손가락으로 가리켰다. 그러자 나기사가 어딘가 나른한 몸짓으로 고개를 저었다.

"아니. 당신을 데리러 왔어."

"네?"

"정문에 아직도 당신을 기다리는 사람들이 있더라고."

"이런 시간까지요?"

끈질긴 취재진에 깜짝 놀랐다.

"그럼 후문으로 가야겠네요."

"거긴 유튜버들이 바글바글하고. 낮에 고바야시 히나의 친구라는 여자의 영상이 올라왔나 봐. 그래서 사람들이 사건을 다시 주목하기 시작했어. 지금 어슬렁어슬렁 교문으로 나갔다가는 백 퍼센트 잡혀. 한가롭게 회의나 할 때가 아니라고."

아직 저녁도 먹지 못한 속이 부대꼈다. 도대체 이번에는 어떤 동영상이 업로드됐을까.

"내가 아는 샛길이 있어. 그 길로 학교를 벗어나는 게 좋겠어. 말로 설명하기 힘들어서 직접 온 거야."

나기사는 말하면서 걷기 시작했다. 이곳을 빠져나갈 수 있도록 길을 안내해 주려는 듯했다.

하지만 순순히 따라나설 마음이 들지 않았다. 어떨 때는 사람을 무시하다가 어떨 때는 배려하다가, 나기사의 언동은 종잡을 수 없었다. 이 사람은 도대체 무슨 생각일까.

나기사의 뒷모습을 말없이 바라보니 그가 어깨를 한 번 크게 들썩였다.

"가만히 못 보겠다고. 짜증 나. 당신의 그 느낌이 너무 닮아
서."

"……뭐와 닮았다는 거죠?"

"내 소꿉친구였던 여자아이."

나기사의 나지막한 목소리를 들으려고 어쩔 수 없이 발을 내
디뎌 다가갔다.

"어렸을 적에 같이 놀던 동네 아이였어. 굼뜨고 울보였는데
착한 아이였어. 동생으로 여겼지."

촉촉한 흙과 초목 냄새를 느끼며 숲속으로 들어갔다.

"그 아이가 대학생이 됐을 때 사용하던 SNS 계정이 난리가
났어. 아르바이트를 하다가 불미스러운 일을 저지른 여자가 있
었는데 그 아이의 계정을 사람들이 그 여자의 계정이라고 착각
한 거야. 금세 본명이 알려지면서 인터넷에 개인정보가 유출됐
어. 그 아이의 집으로 우르르 몰려간 사람들도 있었고."

나무 그늘이 달을 가렸다. 나기사의 얼굴은 거의 보이지 않
았다.

"그냥 내버려 두면 되는데 녀석은 그 논란에 성실하게 대응
하려고 했어. 인터넷에서 해명하고 집으로 몰려온 놈들에게도
사정을 설명하면서 오해를 풀려고 했지. 근본이 성실한 아이니
까. 어떤 상대든 바보 같을 정도로 정중하게 상대했어. 하지만

아무리 그래봤자 소용없다고 깨달았을 때는 늦었지. 이미 한계에 몰려서 피폐해진 상태였으니까. 이 사회가 녀석의 반응을 재미있어하며 더욱더 돌을 던졌거든. 이후 1년도 채 안 돼서 내 소꿉친구는 욕실에서 손목을 긋고 자살했어."

"……."

"고향에 갔을 때 그 소식을 듣고서 저널리스트가 되기로 결심했어."

조용히 말하는 어조에 아픔이 느껴졌다.

그가 잃은 소꿉친구와 내가 비슷하다는 말인가. 그래서 이 어둠 속으로 나를 이끄는 것일까.

"지난번에 미토라는 여기자에게 뿌린 것도 죽은 소꿉친구의 피였어."

흠칫 놀라 나도 모르게 걸음을 멈췄다.

"그건 농담."

나기사는 그런 나를 흘긋 보더니 눈을 가늘게 뜨며 놀리듯 말했다.

"그건 그냥 색소 섞은 물이었어."

나기사는 잠시 말을 끊은 뒤 이야기를 이어가듯 "여기다"라며 손가락으로 전방을 가리켰다. 유심히 쳐다보니 캠퍼스를 둘러싼 울타리 일부가 끊어져 있었다. 이곳으로 빠져나가면 죽치고 있는 취재진에게 들키지 않으리라.

"……아아."

울타리 틈으로 몸을 집어넣은 나기사가 나를 돌아보며 말을 이었다.

"방금 이야기 마린에게는 말하지 마."

내 눈을 진지하게 바라보며 말했다.

나는 고개를 끄덕였다.

일단 그와 마린을 분리해서 생각하기로 했다.

샛길을 이용한 덕분에 누구와도 마주치지 않고 역 앞 패스트 푸드점에 도착했다. 그리고 2층으로 올라가 마주 앉았다.

"가와키타 히로시."

그가 서론도 없이 말했다.

"신카이토역 뒤에서 트레스테베레라는 작은 이탈리안 식당을 운영하는 사람이야. 알아?"

"아니요."

나는 고개를 저었다. 신카이토역에서 집까지는 자주 걸어가지만 그 인물이나 가게에 대해 들은 기억은 없다. 애초에 역 뒤는 작은 음식점이 밀집해 있는 구역이라 웬만큼 유명한 가게가 아니면 알 수 없다.

"이렇게 생겼는데."

나기사가 휴대폰을 보여줬다. 화면에는 친절해 보이는 중년 남성이 찍혀 있었다. 하얀 조리복을 입은 모습을 보아 셰프 같

130

왔다.

"모르는 사람이에요. 누구죠?"

"A 씨야."

1년 전 사고로 사망했다는 히나의 남자친구다. 그의 보험금을 히나가 수령했고 그 사실을 A 씨의 고모할머니가 주간 리얼 기자에게 떠들어대면서 이번 의혹이 제기됐다.

"신원을 용케도 알아냈네요."

나도 일단 인터넷에서 검색했지만 이름조차 알아내지 못했다. 주간지가 제보자를 보호하려 숨겼을 것이다.

"이런 건 일도 아니지. 당신은 이 남자와 전혀 안면이 없는 사이란 말이지?"

나기사가 확인차 물었다. 나는 사진을 바라보며 고개를 끄덕였다.

"그럼 가와키타에 대해서는 내가 알아볼게. 내일 트레스테베레가 있던 곳 근처에서 탐문 조사할 거야. 그리고 가와키타의 고모할머니에게도 이야기를 들으려고 해. 시끄러운 양반 같지만 그런 만큼 거짓말을 하고 있다면 쉽게 허점을 들어낼 테니까. 당신은 이걸 맡아."

나기사가 테이블 위에 두꺼운 책자 두 권을 올려놓았다.

"도모리가 졸업한 고등학교의 졸업앨범과 졸업생 명단이야. 이걸로 도모리의 동창 얼굴과 주소를 알 수 있으니 놈의 고향인 지쿠야에 가서 탐문 조사를 해줘."

"알겠어요."

나는 대답하면서 감탄했다. 나기사는 참으로 어떻게 이렇게 빨리 정보를 입수했을까? 더구나 졸업앨범과 명단도 사본이 아니라 원본이었다.

"내일모레 근무를 안 하니 다녀올게요."

"당신이 직접 탐문하는 게 의미가 있어."

나기사는 거침없이 내 얼굴을 손가락으로 가리켰다.

"당신과 고바야시 히나는 자매이니 똑같이 생겼잖아. 그 얼굴로 진상을 알고 싶다고 지역 사람들에게 호소한다면 솔직하게 말해줄 것 같아. 내가 묻는 것보다 효과가 좋을 거야."

쏙 빼닮았다는 말은 어디까지나 마스크를 썼을 때 해당하는 표현이었다. 나는 상대에게 보이지 않을 입가에 쓴 웃음을 머금었다. 히나는 마스크를 벗어도 예뻤다.

내 표정 변화를 모르는 나기사가 계속 말했다.

"이 졸업생 명단은 좀 옛날 것이라 고바야시 히나 기수의 졸업생들은 없어. 그래서 현재로서는 고바야시 히나의 고향 친구나 지인은 알 수 없어. 하긴, 도모리의 지인부터 찾아가다 보면 곧 연결되겠지. 어쨌든 당신은 그 동네에서 되도록 많은 사람을 만나줬으면 해."

"네."

"아, 그리고."

나기사가 버건디색 표지인 졸업앨범을 끌어당기더니 펼쳤다. 서로 달라붙어 있던 페이지가 쩍 소리를 내며 펼쳐졌다. 누구의 앨범인지는 모르지만 도모리가 고등학교를 졸업한 지 십여 년이 지났으니 낡을 만도 했다.

"당신이 기억해 둬야 할 게 있어."

나기사는 내게 어느 페이지를 보여줬다. 그 해 졸업생 같아 보이는 사람의 얼굴 사진이 나란히 인쇄되어 있었다.

내 시선은 자연스럽게 한가운데쯤에 있는 사진으로 빨려 들어갔다. 고등학생 시절 도모리가 미소 짓고 있었다. 얼굴도 분위기도 지금과 크게 다르지 않았다. 짧은 검은색 머리만이 고등학생다운 인상을 강조했다.

하지만 나기사의 손가락은 젊은 도모리의 얼굴 위에 있는 다른 졸업생을 가리켰다.

삭발한 남자였다.

가늘게 민 눈썹 아래로 치뜬 눈이 카메라를 노려보고 있었다. 사진 속 주인공은 가네다 다쿠야라고 적혀 있었다.

"이 사람이 도모리의 죽마고우라나 봐. 집도 가까웠고 어려서부터 쭉 같이 자랐다고 해."

나기사의 설명을 들으면서 나는 속으로 고개를 갸웃했다. 자못 불량한 분위기를 풍기는 얼굴을 보니 어렴풋이 기시감이 느꺼졌다. 왜일까?

기억을 더듬다가 떠올랐다. 바로 얼마 전 일이었다. 도모리를 만나러 본사에 찾아갔을 때 지쿠야 바가 입주한 빌딩 앞에서 본 사람이었다. 격식을 차리지 않은 차림에 삭발한 남자가 빌딩으로 들어갈 때 나도 그 사람의 뒤를 따라 들어갔다. 그 남자가 바로 가네다였다.

"탐문할 때 이 남자만은 건드리지 마."

나기사의 목소리에 가네다의 사진을 들여다보던 나는 고개를 들었다. 진지한 표정의 나기사와 눈이 마주쳤다.

"가네다는 지금 도모리의 오른팔이야. 지쿠야 바 사장의 경호원으로도 알려져 있거든. 좋지 않은 소문도 들려오니까 가까이 가지 않는 게 좋아."

계획을 정하고 나기사와 나란히 패스트푸드점을 나왔다.

피부에 쩍하고 금이 갈 것만 같이 밤공기가 찼다. 서둘러 코트 옷깃을 여미는데 누군가 말을 걸었다.

"고바야시 미오 씨."

빵빵한 패딩을 입은 중년 남자가 다가왔다.

"주간 리얼입니다."

얼굴을 찌푸릴 뻔했다. 이렇게 깊은 밤까지 잠복하다니. 오늘 밤은 미토가 아니라 다른 기자인 듯한데 주간 리얼은 언론사

중에서도 유독 끈질겼다.

"함께 계신 분은 남자친구인가요?"

'왜 갑자기 생각이 거기까지 튀는 거지?'

아니라고 대답하려다가 처음부터 상대하지 말아야 한다는 생각이 들었다. 옆에 있는 나기사도 모르는 척했다. 나는 입을 다물고 역으로 향하며 남자에게서 벗어나려고 했다.

"잠깐만요, 고바야시 씨."

남자가 친근한 말투로 붙잡으며 뒤따라왔다.

"우리가 매번 정보를 빼가려고 오는 건 아니거든요. 오늘은 중대한 사실을 알려드리려고 왔습니다."

"……."

"아마 들으면 그냥 지나칠 수 없는 이야기일 겁니다."

나는 걸음을 재촉했다. 이 남자가 미토보다 더 기분 나빴다. 알고 싶은 내용을 직접 묻는 미토와 달리 미끼를 뿌리듯 먼저 정보를 내놓는 방식이 마음에 들지 않았다.

그런데,

"출소한 사가미 쇼가 행방불명된 걸 압니까?"

걸음이 저절로 멈췄다. 얼굴 주변을 떠돌던 하얀 입김도 같은 자리에 머물렀다.

'지금, 뭐라고?'

"저기요, 고바야시 씨."

머리가 빙글빙글 어지러운데 뒤에서 목소리와 발소리가 다가왔다.

그 순간 누군가가 코트 소매를 잡아당겼다.

"가자."

나기사였다. 그가 내 소매를 잡고 거침없이 걸었다. 그 기세에 덩달아 나도 앞으로 걸어갔다. 숨이 찰 정도의 속도로 모퉁이 몇 개를 돌았다.

기자는 끈덕지게 따라붙지 않았다.

몇 분 후, 우리는 역 뒤편 골목에 멈춰 섰다. 작은 공장만 드문드문 들어서 있는 한적한 곳이었다.

나는 잠시 무릎을 짚고 숨을 골랐다. 저 멀리서 비추는 가로등 불빛에 두 사람의 발밑에 그림자가 맺혔다. 그들 말고는 움직이는 존재도 없어 주위는 고요했다. 그 길 위에서 낮게 울린 목소리에 나는 화들짝 놀라 나기사를 쳐다봤다.

"사가미라는 사람은 당신 아버지를 죽인 소년이지?"

'알고 있었구나.'

"당신 가족을 검색하면 그 정도는 금방 알 수 있어."

마음이 한층 더 무거워졌다. 우리 가족은 영원히 피해자로 살도록 정해진 운명일까.

사가미 쇼.

10년 전에 아버지를 살해한 남자.

당시 열네 살이었던 그는 소년법을 적용받아 형사처벌이 아니라 보호처분을 받고 소년원에 들어갔다가 최근에 출소했다는 소식을 들었다. 마지막으로 만났을 때 히나가 알려줬다.

그 남자가 사회에 나왔다는 생각만으로도 구역질이 치미는데, 출소 후에 종적을 감췄다고?

도대체 어디로? 무엇 때문에?

"아까 한 말 말고 그 기자가 아는 사실은 없을 거야."

나기사가 내 마음을 읽은 듯 말했다.

"행방불명 됐다는 정보니까 지금 어디 있는지 파악할 수 없지. 기껏해야 언제쯤 모습을 감췄다는 사실 정도밖에 모를 거야. 거기서 그 사람한테 붙잡혔으면 상대의 의도대로 넘어가는 거였어."

"알아요."

거친 숨소리를 내뱉으며 대답했다. 나도 그 정도는 알았지만 막상 주간 리얼 기자의 말을 들으니 몸이 움직이지 않았다. 그런 곳에서 그 이름을 듣게 될 줄 몰랐다. 지금 자신이 서 있는 길 어딘가를 당당하게 활보하는 달걀귀신 같은 사가미의 모습이 머릿속에 떠올랐다.

말없이 발밑 그림자를 응시하는데 나기사가 문득 떠올랐다는 듯 말했다.

"이번 일에 사가미가 관련된 건 아닐까?"

나는 눈을 부릅떴다.

"설마."

"행방이 묘연하다고 했잖아? 그런 대단한 사건을 일으켰다면 소년원을 출소한 뒤에도 보호관찰이 붙었을 거야. 하지만 사가미가 그 눈을 피했다면 무슨 짓을 해도 이상하지 않지."

사람을 죽인다고 해도.

나는 사가미를 증오하고 경멸한다. 십 대에 살인을 저지르는 남자이니 정신 상태가 정상이 아니다. 뿌리가 썩고 뒤틀린 인간이다. 10년 정도 교정과 치료를 받았다고 해도 도무지 갱생했을 것 같지 않았다. 소년원 밖으로 나와도 사회가 받아들일 만한 삶은 살 수 없으리라. 또 죄를 지을 가능성이 매우 크지 않을까.

"사가미가 이번에는 당신의 여동생에게 마수를 뻗쳤다면⋯⋯."

나기사가 생각하고 또 생각한 말을 꺼내놓았다.

"그렇다면 당신 동생 사건과 보험금 의혹은 무관해. 지금 세간의 의심을 받는 추측은 성립되지 않지. 고바야시 히나는 잘못 없어. 단순히 피해자야."

확실히 그렇게 된다. 나는 동생의 결백을 믿었다. 그래도.

"설마."

나는 같은 말만 반복했다. 우리 가족이 두 번이나 같은 범인에게 살해당할 수 있을까.

10년 전, 사가미가 아버지를 살해한 동기는 사람을 죽여보고 싶어서였다. 엽기 살인범이 품을 법한 생각이었고 우리 아버지와 인과관계는 없었다. 아버지 사건이 일어나기 전까지 우리 가족 모두가 사가미의 이름을 몰랐다. 우리가 그를 증오할지언정 그에게 원한을 살 일은 없었던 셈이다. 아버지를 살해한 사가미가 출소 후 이번에는 히나를 노릴 이유가 없었다.

나기사도 같은 생각을 한 듯했다.

"그렇지?"

그가 중얼거리는 소리가 어둠 속에 녹아들었다.

10

철이 들 무렵부터 사가미의 머릿속에 새겨진 광경이 있다.

달빛 아래, 검은 강물 위에 마름질한 나무로 만든 다리가 큰 호를 그리고 있다. 다리 난간에는 난간법수가 같은 간격으로 늘어서 있다.

그중 하나에 올라선 늘씬하고 키가 큰 소년.

옥색 가리기누*를 입고 포니테일처럼 묶은 소하쓰**가 밤바람에 나부꼈다.

다리 위로 돌연 사람들이 잇따라 모여든다. 하나같이 건장한 남자들이다. 남자들은 일제히 소년에게 덤벼들어 난간법수 위에서 끌어내리려고 했다.

---

* 일본 헤이안 시대 귀족의 평상복.
** 머리를 모두 빗어 넘겨 뒤통수에서 하나로 묶은 남자 머리 모양. 에도시대의 의사나 학자가 주로 했다.

그 손이 닿기도 전에 소년은 높이 뛰어올랐다. 그리고 만월을 등진 채 칼을 뽑았다. 꽁치의 배 같은 칼날이 번뜩였다. 소년은 다리 위에 내려서며 칼을 휘둘렀다.

서걱 소리를 내며 남자 중 한 명을 베었다. 재빨리 칼을 뺀 소년이 이번에는 다른 남자를 베었다.

소년은 가볍게 칼을 휘둘렀고 그때마다 사람들이 차례차례 쓰러졌다.

그 광경에 소리는 없다. 다만 속삭이는 듯한 기이한 선율이 귓속에서 춤을 췄다.

—우시와카, 우시와카.

소년이 훌륭한 칼춤을 추는 가운데 그 선율이 영원히 이어졌다.

다른 사람에게 이야기하면 웃음거리만 되겠지. 당신은 착각하고 있다며.

우시와카마루*는 그런 식으로 사람을 베지 않는다. 교토의 고조대교에서 통행인에게 행패를 부린 인물은 벤케이다. 우시와카마루는 그런 벤케이**를 응징했을 뿐이다. 게다가 난투가 아니라 벤케이와 일대일 승부였다.

---

*　헤이안 시대 말기부터 가마쿠라 시대 초기까지 활약한 일본의 전설적인 장수 미나모토노 요시쓰네의 아명.
**　무사시보 벤케이. 헤이안 시대 말기부터 가마쿠라 시대에 활동한 승려로 미나모토노 요시쓰네의 충복이 되어 많은 전투에 참전했다.

객관적으로는 그 의견이 옳다. 사가미는 어릴 적 TV에서 방영하는 사극인지 뭔지를 보고 확신했을 것이다.

그러나 사가미의 머릿속에 있는 우시와카야말로 사실이고 절대적인 존재였다.

사가미는 그를 동경했다. 밥을 먹을 때도 놀 때도. 잠잘 때를 제외하고는 항상 그 모습이 머릿속 한구석에 어른거렸다. 아니, 꿈에도 자주 나타났다.

서걱, 서걱.

우시와카, 우시와카.

칼을 휘두르자 칼끝이 쓰윽 살을 파고든다. 어묵을 젓가락으로 찔렀을 때처럼. 그리고 곧바로 흰 날이 살을 가르며 빠져나온다. 수영하는 손이 물을 가를 때처럼.

그 감각을 끊임없이 상상했다. 그리고 불길이 일듯 생각했다.

베고 싶다.

사람을 썩둑 베고 싶다.

그 생각을 입 밖으로 꺼낸 적은 없다. 어린 마음에도 부모님조차 알면 안 되는 감정이라는 사실을 자각했다. 그러나 아무리 가슴속에 숨겨도 열망은 조금도 가라앉지 않았다. 그러기는커녕 오히려 온몸으로 거세게 번졌다. 심지어 몸과 마음이 자랄 때마다 그 열망도 더욱 커졌다. 우시와카처럼 할 수 있다면 얼마나 행복할까. 나고 자란 동네의 하늘을 올려다보며, 바다를 바라보며, 자신에게 말을 거는 부모님과 친구들의 얼굴을 응시하며 계속 생각했다.

그리하여 십 대에 그 뜻을 이루기로 결심했다.

사가미가 자란 곳은 바닷가의 한적한 시골로 어업보다 농업이 발달한 마을이었다. 조부모가 밭을 소유했던 흔적으로 그의 집 창고에는 오래된 농기구가 있었다. 그곳에서 나대*를 꺼내 들었다.

표적도 정했다.

주저 없이 덮쳤다.

그러나 직후 사가미를 관통한 것은 깊은 후회였다.

이미 첫 번째 공격부터 달랐다. 사람을 파괴하는 그 감촉에 사가미는 격하게 당황했다.

사람을 베는 것은 즐거운 행위가 아니던가.

행복을 느끼는 행위가 아니던가.

현실은 수천 번 반복해서 상상하던 무지갯빛 공상과는 거리가 멀었다. 전혀 아름답지 않고 그저 생생하고 기분 나쁜 살인의 느낌만 손에 생생했다. 그리고 자신에게 튀는 피가 무서워 무심코 눈을 감고 말았다.

사가미는 울음이 터질 것 같은 기분으로 맹세했다.

이런 어리석은 짓은 두 번 다시 하지 않겠다고.

● 농업이나 임업에 사용하는 날붙이 도구. 우리나라에서는 주로 제주 지역에서 사용한다.

11

"설마 당신이었어?"

잡상인 금지라고 적힌 누런 스티커가 붙은 미닫이문 사이로 보이는 얼굴은 처음부터 잔뜩 찌푸린 표정이었다.

"도모리 씨를 스토킹하는 여자라는 인간이."

중년 여자의 두툼한 몸통에서 동네를 뒤흔들 것 같은 목소리가 터져 나왔다. 나도 모르게 현관에서 물러났다. 처음 듣는 이야기였다.

"도모리 씨 주변을 뒤지고 다닌다며. 요전에는 비어 있는 도모리 씨의 본가에 누가 침입했다던데 당신이 한 짓이야?"

"아, 아니에요."

"그럼 오해받을 만한 짓을 왜 해. 별별 소문이 다 났다고."

내가 말을 돌리기 전에 소리를 내며 미닫이문이 닫혔다.

나는 한동안 갈색 민가 앞에서 못 박힌 듯 서 있었다. 비스듬하게 기운 오후 햇살이 발밑만 비췄다.

'아침에 왔는데 벌써 소문이 났다고?'

처음 찾아온 지쿠야시에서 나는 어찌해야 좋을지 몰랐다.

처음부터 나쁜 예감이 들기는 했다.

도모리와 히나의 관계를 조사하려고 휴일 아침 첫차를 타고 지쿠야로 향했다.

행방불명된 사가미가 마음에 걸리기는 하지만 우리가 어떻게 할 수 있는 문제는 아니었다. 게다가 내게는 히나의 결백을 증명하는 일이 더 중요했다.

나기사에게 받은 도모리의 고등학교 졸업앨범과 졸업생 명단을 토대로 방문지를 미리 정리해 놓았다. 다만 그 명단을 활용하기 전에 나는 먼저 지쿠야에 사는 숙부의 집으로 향했다. 그 집은 우리 가족이 뿔뿔이 흩어진 뒤 히나가 몸을 의탁했던 곳이었다.

히나의 집에서 정리한 유품 중 졸업앨범은 없었다. 어쩌면 숙부 집에 남아 있을지도 모른다. 만약 남아 있다면 히나의 학창 시절 교우관계를 파악할 수 있으리라는 생각으로 숙부를 찾아가기로 마음먹었다.

역에서 배차 간격이 긴 버스를 타고 차창 밖으로 흘러가는 풍경을 바라봤다.

처음 찾은 지쿠야는 쓸쓸한 마을 같았다.

시골이어서 인구가 감소한 탓은 아닐 것이다. 내가 자란 나미시도 인구가 꾸준히 감소하는 외딴 시골이었다.

'이곳에는 바다가 없어서일까?'

그렇게 생각하다가 지쿠야의 집들은 하나같이 낡았다는 사실을 깨달았다.

산기슭 논밭에 달라붙다시피 세워진 집은 시골치고는 작고 새 건물도 거의 없었다. 낡았다고 해서 역사가 느껴질 만큼 고풍스럽지도 않았다. 쇼와시대*에 지어진 집이 그대로 노후화된 듯 보였다. 빈곤한 지역이리라.

생각해 보면 나미시는 작지만 바닷가에 관광지가 있고 특산품이 있었다. 반면 지쿠야시는 명소나 명물이 좀처럼 떠오르지 않았다. 도모리의 지쿠야 바가 성공을 거두며 주목을 받자 비로소 그 지명이 세상에 알려졌을 정도다. 그러한 지역 경제 상황이 풍경으로 드러난 듯했다.

버스에서 내린 나는 지쿠야에서는 일반적인 건축 년수와 크기로 보이는 단독주택 앞에 섰다. 고바야시라고 적힌 문패를 보니 숙부의 집이 확실했다. 히나는 고등학교를 졸업할 때까지 숙부와 숙모, 두 사촌 자매와 함께 살았다. 숙부 일가와는 10년 전 아버지의 장례식에서 만난 이후로 한 번도 본 적 없었다.

🔹 1926년~1989년에 해당하는 일본 연호.

초인종을 누른 뒤 그곳에서 첫 번째 비난 세례를 받았다.

현관으로 나온 숙부가 내 이름을 듣자마자 눈을 세모꼴로 떴다.

"네 동생이 사고를 쳤던데."

주위를 경계하며 억누른 목소리로 나를 다그쳤다.

"지금 우리 가족은 얼굴도 못 들고 다닌다고."

나는 히나가 아니지만 마스크를 쓴 모습이 히나와 똑 닮았기 때문에 꺼졌던 분노도 다시 타오른 듯했다. 숙부는 언론에 보도된 히나의 보험사기 의혹을 곧이곧대로 믿는 것 같았다.

"제대로 키워 놨더니 도대체 무슨 짓을 저지르고 다닌 거야. 그것도 하필 도모리 씨를 상대로…… 우리 딸들까지 막 굴러먹은 여자 취급당하잖아."

나는 슬머시 현관 안쪽으로 시선을 돌렸다. 집 안 복도에 인적은 없었지만 밖에서 보이지 않는 곳에서 숨을 죽이고 있는 기색이 역력했다. 숙모나 사촌 동생들이리라. 고등학생 시절 함께 사는 사촌 자매가 심술궂어서 싫다고 히나가 말했다. 생각에 잠겨 있다가 숙부의 침이 튀어 뒤로 물러났다.

"이번에는 너야? 여긴 또 왜 온 거야?"

도무지 집에 들여보내 달라거나 히나의 졸업앨범이 있는지 물을 분위기가 아니었기에 일찌감치 포기하고 그곳을 떠났다.

조금이라도 기대했던 내가 바보다. 애초에 히나의 부고를 전했을 때도 답신 한 번 없었던 친척이었다. 졸업앨범은 포기하고 마음을 바꿔 도모리의 현지 지인들을 탐문하기로 했다.

그러나 그로부터 몇 시간 동안 속이 뒤집히는 기분만 느꼈다.

나는 고등학교 졸업 당시 도모리와 같은 반이었던 동창의 주소를 중심으로 찾아다녔다. 본가에 남아 있는 동창의 비율이 도시 지역보다 높았는데 가업인 농업을 이어서인지 특히 남자가 많았다. 독립한 졸업생도 있었지만 본가에 남아 있는 부모가 모두 도모리와 히나를 알아서 이야기를 물을 수 있다.

내가 찾아가자 사람들의 표정이 하나같이 험악해졌다. 숙부와 마찬가지로 히나가 보험사기를 계획했고 도모리가 그 피해자가 될 뻔했다는 의혹을 믿어 의심치 않았다.

"그 보험사기녀의 언니라고?"

"이번에는 당신이 도모리 씨를 꾀어내려 온 건가?"

"경찰을 부르겠어요."

개중에는 매정한 말을 던지는 사람도 있었다. 처음 만났던 숙부의 반응이 가장 나았을 정도였다. 급기야 탐문하는 나도 도모리를 스토킹하는 여자로 의심받는 지경이 됐다.

잡상인 거절 스티커가 붙은 미닫이문 집을 떠난 나는 저도 모르게 깊은 한숨을 내쉬었다. 벌써 열 가구 넘게 돌았지만 원하는 증언은 하나도 얻지 못했다.

이 마을 사람들은 모두 도모리를 찬양하고 히나를 경멸했다.

히나의 평판이 나쁘다기보다 도모리의 인망이 두터워 나타난 현상이었다. 지역 재배 식자재를 활용한 지쿠야 바를 창업해 성공시킨 도모리는 지쿠야의 영웅이었다. 그는 지쿠야의 경제를 활성화했을 뿐 아니라 효자로도 유명했다. 탐문 중에 몇 가지 일화를 들었다. 최근에는 그가 부모님을 위해 지쿠야에 대저택을 지었다고 한다.

그러므로 도모리가 의혹을 암시한 히나는 지쿠야에서 절대적인 악이었다.

나는 홀로 남겨진 기분이었다.

당장은 다음 목적지로 향할 기운이 나지 않아 마른 도로를 터벅터벅 걸었다. 그때 저 멀리 희고 네모난 건물이 보였다. 대형 마트 같았다. 일단 탐문을 잠시 중단하고 그곳에서 점심을 사기로 했다.

마트는 강 건너에 있었다. 다리를 건너는데 수면에 둥둥 뜬 기름이 보였다. 좁은 강가에 판잣집이 모여 있었다. 빨래를 널어놓은 모습으로 보아 폐가는 아닌 듯했다. 방문 예정지를 확인했지만 명단에는 없는 집이었다.

마트에 들어가니 조금 마음이 놓였다. 가이토시에도 있는 체인점이라 인테리어가 익숙했다. 빵을 사고 가게 앞 취식 공간에서 늦은 점심을 먹었다. 음료는 집에서 물통에 챙겨온 차를 마셨다. 그다지 배가 고프지 않았고 맛있다는 느낌도 없어서 다

먹는 데 5분이 채 걸리지 않았다.

"히나!"

물티슈로 손을 닦는데 여자아이의 새된 목소리가 들려 뒤돌아봤다.

"히나 맞네. 역시 히나야."

분홍색 원피스를 입은 여자아이가 반가운 듯 달려왔다.

아니, 여자아이가 아니었다. 행동은 어려 보이지만 내 또래 여자였다. 언동을 보고 지적 장애를 앓는 사람임을 짐작했다.

하지만 그렇지 않더라도 그녀가 나를 히나도 착각하는 것이 이상하지 않았다. 마스크를 쓰고 있으면 나는 히나와 똑 닮았기 때문이다. 밥 먹을 때도 마스크를 벗지 않고 빵을 작게 뜯어 마스크 안으로 넣어 먹었다. 히나가 사망했다는 사실을 모르는 사람이라면 고향으로 돌아왔다고 생각해도 이상하지 않았다.

"히나, 같이 놀자."

여자가 다가와 내 팔을 잡아끌었다. 히나를 아는 여자다. 나는 확신했다.

"저기요."

몸을 앞으로 숙여 말을 걸려는데 갑자기 여자의 얼굴이 멀어졌다.

"이리 와, 이 녀석."

뒤에서 다가온 나이 든 여자가 그녀의 어깨를 휙 잡아당긴 것이다.

"뭐 하는 거야. 마코, 가자."

말투를 들으니 여자의 어머니 같았다. 여자의 이름은 마코인가 보다.

"아니, 히나가 있잖아."

"그럴 리 없잖니."

몸집이 큰 어머니는 말 그대로 마코를 질질 끌며 가게를 나갔다. 쫓아가서 물어볼 틈도 없었고, 뒤따라가서 물었다고 해도 마코가 순순히 대답하도록 내버려 두지 않았을 것이다. 그 어머니는 내게 눈길조차 주지 않았다. 도모리를 지지하는 전형적인 지쿠야 사람이 분명했다.

점심을 다 먹은 뒤 쓰레기를 치우고 다시 조사할 준비를 했다. 아까보다는 조금이라도 에너지를 보충한 기분이 들었다.

저 천진난만한 여자가 잘 따르는 모습을 보면 역시 히나의 진짜 모습은 따로 있었다.

포기하지 않고 조사하다 보면 더 제대로 된 정보를 찾을 수 있으리라.

마트를 나오니 넓은 주차장이 있었다. 휴일이어서 차로 거의 가득 찼다. 나도 운전면허가 있었다면 훨씬 편하게 탐문을 다닐 수 있었을 텐데. 아침부터 쉬지 않고 걸어 다니는 바람에 부은 다리를 움직이며 생각했다.

그런데 그때 커다란 밴 뒤에서 누군가 나타났다. 비켜 지나가려고 했지만 상대가 움직이지 않아 앞으로 갈 수 없었다.

"야, 너."

상대방을 올려다본 나는 숨이 멎었다.

"너 고바야시 히나의 언니인가 뭔가라면서 도모리에 대해 캐묻고 다닌다며."

가느다란 눈썹을 한껏 치켜올린 삭발 남자가 나를 노려봤다.

가네다다.

도모리의 죽마고우이자 오른팔.

나기사의 말에 따르면 이 남자는 가까이 가지 말아야 할 요주의 인물이었다.

'내가 움직이는 걸 어떻게 알았지? 게다가 가네다는 지쿠야바 본사가 있는 가이토시에 있는 것 아니었나.'

가네다는 고릴라처럼 구부정한 자세로 얼굴을 들이밀었다.

"여기가 어딘지나 알아? 나대지 말고 얌전히 돌아가."

무엇을 나댔다는 말인지 모르겠다. 하지만 내 의지와 상관없이 무릎이 후들후들 떨리기 시작했다. 가네다의 큰 얼굴과 낮은 목소리에 압박감을 느꼈다.

"지금 당장 돌아가서 다시는 얼씬거리지 마. 또 쓸데없는 짓을 했다가는…… 알지?"

"……."

무슨 말이라도 해야 할 것 같았다. 그러나 급속도로 차가워
진 입술이 찰싹 달라붙어 버렸다.

한마디 대꾸하기도 전에 가네다는 어깨로 바람을 가르며 사
라졌다.

12

밤이 오기는 아직 이른 시간, 나는 가이토시로 돌아왔다.

지쿠야에서 마주친 가네다의 협박 때문은 아니었다. 협박받았다고 그만둘 생각은 없었다. 하지만 명단에 있는 사람을 모두 찾아가려면 며칠은 걸릴 줄 알았는데 대부분 소용없어졌다. 성과가 없음을 의미했다. 거의 아무도 상대해 주지 않았기 때문에 탐문이 빨리 끝나버린 것이다. 마코를 다시 만나지도 못했다.

실망한 나는 기운이 쭉 빠진 채로 해 질 녘 지쿠야역 앞에 있는데 조사 상황을 묻는 나기사의 연락을 받았다. 나기사는 가와키타라는 남자를 조사하고 있었다. 그래서 가이토시로 돌아와 서로 결과를 보고하기로 했다. 나는 딱히 할 말이 없었지만.

나기사가 정한 약속 장소는 지쿠야 바 본사가 입주한 빌딩 근처였다. 빌딩 바로 앞이라고 해도 좋았다. 체인점이 아닌 분위기가 세련된 카페여서 들어가려니 주눅이 들었다. 커피 한 잔

값도 비싸 보이는 카페였다.

정장 차림 손님이 많은 오피스 타운 카페에서 편안한 차림의 나기사는 이질적인 존재였다. 창가 자리에 앉아 턱을 괴고 창밖을 바라보고 있었다.

"가와키타라는 사람에 대해 알아낸 거 있어요?"

그의 건너편 자리에 앉아 주문한 뒤 물었다. 수확이 없으니 선수를 쳤다.

가와키타 히로시, 히나의 또 다른 전 남자친구. 그의 죽음이 히나를 향한 의혹의 도화선이 됐다. 나기사는 그 의혹을 풀 증거를 찾고 있었다.

"두 사람이 교제하던 당시 상황은 이것저것 들을 수 있었지만……."

나기사는 마침내 나를 향해 고개를 돌렸다.

"결론부터 말하자면 고바야시 히나의 결백과 연관될 만한 이야기는 찾지 못했어."

결국 오늘 우리는 한 발자국도 앞으로 나아가지 못한 셈이다.

"가와키타는 사망 당시 37세였어. 다른 레스토랑에 고용된 요리사였는데 3년 전에 독립해서 트레스테베레라는 이탈리안 식당을 차렸지. 혼자 운영했대."

나는 새삼 놀랐다. 나기사가 보여준 얼굴 사진을 보고 가와키타가 연상이리라 짐작은 했지만 히나와 띠동갑 이상 차이 날 줄이야. 가와키타도 그렇고, 도모리도 그렇고 히나는 연상을 좋아했던 것 같다.

아니, 취향 문제라기보다 외근을 나가서 만나는 사람 중에 그 연배 남자가 많았던 것 아닐까. 히나는 보험설계사였고, 보통 젊은 세대는 생명보험에 가입하지 않는다.

내 예상이 맞았다.

"고바야시 히나는 영업을 하러 나가서 트레스테베레를 방문했다가 가와키타와 알게 됐다고 해. 두 사람이 교제를 시작한 것은 가와키타가 고바야시 히나의 회사에서 생명보험에 가입한 시기와 거의 같아. 보험금 수령인은 고바야시 히나로 지정되어 있었고. 반년 후에 가와키타가 사고로 사망한 뒤 보험금 전액은 수령인에게 지급됐어."

"우연 아니에요?"

"확실히 고바야시 히나가 보험 살인을 계획했다는 결정적인 증거는 없어. 하지만 가와키타의 경우 의혹을 불러일으킬 만한 의심스러운 정황이 많아."

나기사는 창문으로 한 번 시선을 던진 뒤 계속 설명했다.

"우선 가와키타의 사인 말인데, 사고라고 해도 교통사고처럼 명확한 상황은 알 수 없어. 산속에서 실족사했잖아. 가게 정기 휴일에 근처에서 등산하다가 발을 헛디뎠대. 사고 다음 날 등산객이 시신을 발견하면서 세상에 드러났으니 목격자도 없지. 가와키타의 지인들은 그 사람 취미가 등산이었는지 몰랐대."

"갑자기 등산을 해야겠다는 마음이 든 것 아닐까요?"

"그럴지도 모르지. 참고로 고바야시 히나는 가와키타와 함께 등산에 가지 않았어. 하지만 사망 사고가 났을 때의 알리바이도 불분명해."

그러니까 히나가 보험금을 노리고 가와키타를 절벽에서 밀었다고 추측할 수 있다는 말인가. 너무나 섣부른 판단이다. 내가 반박하려는데 나기사가 먼저 입을 열었다.

"그리고 가와키타가 왜 생명보험금 수령인을 고바야시 히나로 지정했는지도 이해할 수 없어."

"가족이 없었으니 그랬던 거 아닐까요?"

언론 보도에 따르면 독신이었던 가와키타에게는 부모 형제가 없었다고 한다. 유일한 친척인 고모할머니와도 그리 가깝게 지내지 않았던 것으로 보인다.

"그렇다면 애초에 생명보험에 가입하지 않겠지. 자기가 죽어도 생활이 어려울 사람이 없으니까. 고바야시 히나의 영업 실적을 올려 주려고 가입한다면 개인연금 같은 것을 들어도 되잖아. 가와키타가 가입한 보험에는 화재보험도 있었다던데 그렇다 치더라도 생명보험은 아무리 생각해도 부자연스러워. 보통 사귄 지 얼마 안 된, 결혼할지 안 할지도 모르는 상대를 수령인으로 지정해서 생명보험을 들까?"

"……사귀자마자 결혼할 마음이 생겼을 수도 있잖아요."

"그랬대도 당시 가와키타는 경제적 여유가 없었어. 은행에서 대출을 많이 받아 문을 연 트레스테베레를 운영하느라 빠듯했나 봐. 코로나19도 유행했고 가게를 키우려면 요리 실력 말고도 다른 능력도 필요하니까. 가게를 접을 생각까지 해야 할 형편이었대. 그런 상황에 가게에도 자신에게도 도움이 되지 않는 보험에 부을 돈이 있다면 빚을 갚는 편이 더 낫다는 건 누구나 알 거야. 그럼에도 고바야시 히나는 가와키타에게 생명보험을 들게 했어. 자신을 수령인으로 지정해서. 애인을 정말 잘 구워삶았던가, 당사자의 동의도 없이 멋대로 도장을 찍었던가."

나기사는 커피를 머금고 숨을 골랐다.

"그랬다면 고바야시 히나는 엄청난 여자야. 사람들은 그녀가 악녀라서 보험 살인까지 저지를 수 있겠다는 생각까지 하겠지. 상상력이 폭주할 거야."

"잠시만요."

내가 말을 잘랐다.

"가와키타가 자살했을 가능성은 없어요?"

가와키타는 자금 조달 문제로 가게 경영에 어려움을 겪는 상황이었다. 불온한 생각이지만 사고사가 아니라 스스로 목숨을 끊은 것이 사실로 밝혀지면 히나의 처지 또한 달라진다.

하지만 나기사는 잘라 말했다.

"그건 아니야. 사고가 나기 전인가, 고바야시 히나와 사귀면서부터 가와키타는 긍정적이었다고 해. 가게 사정이 여의치 않아서 고민이었는데 고바야시 히나가 여러모로 격려해줘서 힘을 냈다더라고. 쓰러져가는 식당을 어떻게든 살리고 싶다며 분투했어. 그러니 자살할 리 없다고 가와키타의 지인들이 이구동성으로 증언했지. 사회적으로도 사고라고 판단했으니 보험 회사에서 고바야시 히나에게 신속하게 보험금을 지급한 거야. 생명보험은 자살 면책 기간이 있으니까 말이야. 대체로 가입 후 2, 3년 이내에 자살하면 보험금을 받을 수 없어."

히나는 3천만 엔이나 되는 보험금을 받고서 나에게조차 한마디도 하지 않았다.

"세간의 의혹대로 생각한다면 보험금이 목적인 고바야시 히나는 가와키타를 살해할 때 사고사로 위장해야 했겠지. 조금이라도 자살 같아 보이면 안 됐어. 식당 운영이 뜻대로 풀리지 않아 의기소침해 있던 가와키타를 열심히 격려한 이유도 고바야시 히나가 착해서가 아니라……."

더 이상 듣고 싶지 않아 머리를 흔들었다. 어떻게 해도 이야기가 싫은 방향으로 흘러갔다. 내가 믿는 진실과 가까워지지 않았다.

"이상이야. 보도된 정보 외에는 거의 알아낼 수 없었어. 지쿠야 쪽은 어땠어?"

나기사가 물었다. 나는 고개를 연신 저었다.

"아무것도 알아내지 못했어요. 다들 도모리 편이거든요. 그리고 가네다가 한껏 위협적으로 나오더라고요."

"가네다?"

나는 지쿠야에서의 자초지종을 설명했다.

"도모리 사장의 방패 등장인가. 도모리를 위해서라면 뭐든지 한다고 알려진 남자야. 도모리가 괘씸해 하는 고바야시 히나의 언니가 움직이니 당연히 거슬리겠지. 협박당했구나."

"그 남자가 대놓고 그런 이야기를 한 건 아니지만."

"그런 고릴라 같은 놈도 협박죄에 걸리지 않도록 말을 고르는 지능은 있나 보네. 아무튼 가네다가 오늘은 지쿠야에 있다는 것만은 알았어. 지금부터 움직이기 딱 좋겠어."

나기사는 테이블 위에 있던 주문서로 손을 뻗었다.

"지금부터요?"

나는 나기사를 올려다봤다. 아직 내 커피가 남아 있는데도 나기사는 자리에서 일어났다.

"응. 슬슬 회의를 끝낼 시간이야."

환하게 불을 밝힌 가게 앞에 펼쳐진 밤의 오피스 타운도 여전히 한낮처럼 밝았다.

"관계자에게만 물어보고 다녀서는 끝나지 않는다는 걸 서로 잘 알았잖아. 역시 당사자를 만날 수밖에 없어."

계산을 마치고 가게를 나오면서 나기사가 설명했다.

"그렇다면 당신이 처음에 생각했던 것처럼 진실을 이야기해 줄 사람은 도모리 뿐이야. 약속을 잡을 수 없다면 당사자에게 곧바로 접촉해 보자."

나기사는 조사하러 다니면서 틈틈이 인터넷을 검색했고 어느 여자의 SNS 계정을 찾아냈다. 그 인물은 본명을 숨겼지만 지금까지 업로드한 게시물을 통해 지쿠야 바 본사에 근무하는 사무직원임을 알 수 있었다. 나기사는 그 여자의 게시물을 보고는 사장인 도모리가 오늘 밤 본사 회의에 참석한다는 사실을 잡아냈다. 그래서 탐문을 중단하고 서둘러 본사로 향했다.

"회의가 시작된 지 거의 세 시간이 지났어. 이제 슬슬 끝나고 빌딩을 나올 거야."

나기사는 본사가 있는 빌딩 앞 카페 창가에 진을 치고 내가 올 때까지 빌딩 출입구를 지켜봤다고 한다. 나와 대화하는 사이에도 끊임없이 창밖으로 시선을 돌린 이유도 빌딩을 감시하기 위해서였다.

"도모리는 아마 빌딩을 나오자마자 택시나 회사 차를 탈 거야. 접근할 기회는 그때뿐이야. 나보다는 당신이 말을 거는 편이 낫겠지. 처음에 고바야시 히나의 언니라고 분명하게 소개하도록 해. 면담을 계속 거부하는 도모리는 당신 얼굴을 처음 볼테니까. 일단은 그 순간의 반응을 보고 싶어."

"알겠어요."

"그리고 그 사람한테 이걸 줘."

나기사가 조그맣게 접은 종잇조각을 건넸다.

"당신 연락처를 적어 뒀어. 당신이 말을 걸어서 도모리가 대화할 마음이 생겼다고 해도 그 자리에 서서 이야기를 나누기는 어렵잖아. 전화번호만이라도 알려주면 나중에 연락해 오겠지…… 온 거 아니야?"

나는 빌딩을 돌아봤다. 건물 안에서 네댓 명이 한데 모여 출입구를 향해 걸어오는 모습이 보였다. 한가운데 있는 사람이 도모리 같았다. 미디어에서 본대로 늘씬한 정장 차림으로 사람들과 담소를 나누고 있었다. 회의가 끝난 뒤 직원들의 배웅을 받는 듯했다.

드디어 히나의 전 남자친구가 지척에 있었다. 이 기회를 놓칠 수 없다.

"지금이야."

나기사가 등을 밀기 전에 내가 먼저 빌딩으로 다가갔다. 사람들 앞에서 큰 소리로 말한 적은 없지만 있는 힘껏 입을 크게 벌렸다.

"도모리 씨."

빌딩에서 나온 사람들이 일제히 나를 쳐다봤다. 직원들과 대화를 나누며 아직 웃고 있던 도모리와 눈이 마주쳤다.

"저는 고바야시 미오라고 합니다."

눈꼬리가 긴 도모리의 눈이 순간 휘둥그레졌다. 내 목소리가 분명하게 닿았다고 확신했다.

"고바야시 히나의 언니예요."

"히나의……."

"네. 이야기를 좀 나누고 싶은데……."

말하면서 거리를 좁혔다. 시야에서 점점 커지는 도모리의 얼굴에 순수한 놀라움이 드러났다.

그가 무언가 말하려고 했다. 바로 그때,

"사장님!"

고함이 쩌렁쩌렁하게 울렸다.

귀에 익은 목소리에 움찔했다. 빌딩 안에서 갑자기 거구가 뛰어나왔다.

"다쿠야."

도모리가 돌아보며 가네다의 이름을 불렀다.

"뭘 멍하니 있어. 일정이 있잖아, 그러다가 늦어."

가네다는 주변의 시선을 의식하지 않고 도모리를 나무랐다. 그 서슬 퍼런 일갈에 주위에 있던 직원들이 누가 건드린 말미잘처럼 일제히 움츠러들었다.

도모리만이 아무렇지 않게 대꾸했다.

"저 여자분이 할 말이 있다는데."

"언론사 피라미들은 상대하지 말라고 했잖아."

가네다도 개의치 않고 도모리의 어깨를 눌렀다. 그 넓은 등으로 내 시야에서 도모리를 감추려는 듯 보였다. 때마침 짜기라도 한 듯한 타이밍에 택시가 도착했다.

도모리가 탑승할 차량이었다.

이대로 놓칠 수는 없었다.

"도모리 씨!"

내가 소리높여 불렀다.

"저와 이야기 좀 해요. 내 동생은 언론에서 보도하는 그런 사람이 아니에요."

"가!"

가네다가 내 목소리를 차단하며 도모리를 택시 쪽으로 밀었다.

"하지만 다쿠야……."

"가라고! 너희도 우물쭈물 뭐하고 서 있어!"

한껏 성난 목소리에 직원들도 움직였다. 도모리를 지키듯 에워싸고 택시에 태웠다. 도모리의 얼굴이 금세 멀어지다가 이내 사라졌다.

택시가 소리를 내며 떠난 뒤 남겨진 나와 가네다가 대치하는 구도가 됐다.

나도 모르게 방어 태세를 갖췄지만 가네다는 날카로운 눈빛으로 흘끗 쳐다보더니 다시 빌딩으로 들어갔다. 아무리 밤이라도 사람들이 오가는 오피스 타운에서 위협할 수는 없었으리라. 다른 직원들도 나를 외면하며 허둥지둥 가네다의 뒤를 따라갔다.

주위는 밤의 안정을 되찾았다.

"그래, 일이 그렇게 쉽게 풀릴 리 없지."

정신을 차리고 보니 나기사가 내 뒤에 서 있었다.

"미안해요."

나는 사과했다. 결국 도모리에게서 한마디도 끄집어내지 못했다. 그에게 연락처를 건넬 수도 없었다.

"오늘은 이만 돌아가자."

딱히 실망한 기색도 없이 나기사가 역으로 발길을 돌렸다. 나도 그 뒤를 따랐다.

역이 가까워지면서 오피스 타운의 하얀 불빛이 점점 뜸해지고 그 대신 음식점의 노란 불빛이 눈에 띄기 시작했다. 그와 동시에 늘어나기 시작한 취객을 피하며 나기사가 으르렁거렸다.

"그런데 그 자식은 도대체 뭐야?"

"그 자식이라니요?"

"가네다 말이야."

그 말을 듣고 이제야 뭔가 부자연스럽다는 사실을 깨달았다.

"가네다가 왜 본사에 있지? 당신이 놈을 만난 게 점심 지나서였잖아."

"네."

"당신처럼 지쿠야를 당일치기로 다녀왔을 수도 있지만 그렇다면 꽤 서둘러서 가이토시로 돌아온 셈이야. 내가 본사 건물을 세 시간 가까이 지켜봤는데 가네다는 못 봤거든. 그전에 이미 놈이 돌아왔다는 뜻이야. 왜 그렇게 서둘렀을까? 물론 회의에 반드시 참석하고 싶었을 수도 있지만……."

나기사가 하고 싶은 말을 이해했다. 가네다는 나를 경계해서 가이토시까지 날아온 것 아닌가 하는 뜻이었다. 무슨 일이 있어도 내가 도모리에게 접근하지 못하도록 막았다.

가네다는 도대체 무엇에 그렇게 신경이 곤두서 있는 것일까.

나는 나기사의 생각을 물으려고 했다.

그런데 옆에 있던 그가 갑자기 사라졌다.

아니, 내 몸이 움직였다.

그 사실을 깨달았을 때 가슴팍에 강한 충격이 덮쳤다.

몸을 가누지 못하고 길바닥에 맥없이 풀썩 쓰러졌다. 하체로 전해지는 아스팔트의 냉기를 느끼며 고개를 들어 멍하니 올려다봤다. 검은 사람 그림자가 우뚝 솟아 있었다. 그림자 크기를 보고 남자임을 짐작했다. 직전의 기억이 언뜻 머리를 스쳤다. 정면에서 걸어온 여러 행인 중 한 명이었는데 갑자기 나를 들이받은 듯했다.

곧이어 그림자가 내게 몸을 숙여 주먹을 치켜들었다.

얻어맞는다.

본능적으로 몸을 뒤로 물렸지만 등 뒤는 건물 외벽이었다. 이미 길가까지 몰린 상황이었다.

나는 눈을 질끈 감았다.

그때, 포대 자루를 던지는 소리가 났다.

통증은 느껴지지 않았다.

눈을 떠 보니 나기사가 남자에게 달려들어 붙어 있었다. 그가 내게 달라붙은 남자를 떼어낸 것 같았다. 나기사가 무릎으로 힘껏 차올리자 남자가 신음했다.

언뜻 나기사가 우세해 보였다. 하지만 섣부른 판단이었다.

"뒤!"

내가 소리쳤다. 나기사의 뒤에 새 그림자 두 개가 나타났다.

한 명이 아니었구나.

두 사람이 나기사에게 덤벼들자 금세 자세가 흐트러졌다. 두 손 두 발을 마구 휘두르며 맞서 싸웠지만 상대는 셋이었다. 이리 얻어맞고 저리 얻어맞아 마스크까지 벗겨진 나기사의 얼굴은 찌그러진 찰흙 같았다. 주먹이 나기사의 몸통까지 노렸다.

"그만해요!"

주먹이 가슴을 가격했다. 크게 다칠 것 같았다.

게다가 챙 하는 소리와 함께 남자들 옆으로 빛나는 물건이 떨어졌다. 물건의 정체를 알고 얼굴에 핏기가 가셨다.

칼이다.

낯선 남자들이 우리를 죽이려고 한다.

"누구 없어요?!"

내가 주위를 두리번거렸다.

"도와주세요!"

역 근처 길이어서 행인은 있었다. 하지만 누구 한 명 우리 쪽으로 다가오지 않았다. 행인들은 힐긋 쳐다보고도 모른 척 지나갔다. 취객끼리 붙은 성가신 싸움으로 착각하는 것일까.

"도와주세요……."

다시 도움을 요청하려는데 처음 공격했던 남자에게 멱살을 잡혔다.

강한 압박에 숨이 막혔다.

두 손으로 남자의 손을 떼어내려고 했지만 목을 짓누르는 덩어리는 꿈쩍도 하지 않았다.

이대로 죽는 걸까.

정신이 점점 몽롱했다. 시야 구석에 부어오른 얼굴로 계속 저항하는 나기사가 잡혔다. 하지만 아무리 생각해도 승산은 없었다.

상황이 왜 이렇게 됐을까.

정신이 몽롱해지고 몸에 힘이 빠지는 순간 날카롭고 소란한 소리가 가까워졌다.

별안간 가슴에 신선한 공기가 흘러들어왔다. 그와 동시에 오감이 살아나고 소리가 또렷하게 들리며 눈앞의 광경이 보였다. 주위에 울려 퍼지는 소리는 경찰차의 사이렌이었다. 세 남자는 그 소리와 반대 방향 어두운 골목을 향해 달려가 순식간에 모퉁이를 돌아 사라졌다.

살았다.

나는 기침을 토해내며 실감했다.

분명 우리를 못 본 척하며 지나간 행인 중 누군가가 경찰에 신고했을 터다. 그래서 경찰차가 이쪽으로 오는 중이겠지.

습격자들도 같은 생각을 한 것 같았다. 그래서 나와 나기사를 놓아주고 달아난 것이다.

나는 처음으로 도시 치안을 지키는 경찰조직에 진심으로 감사했다. 그때 나를 부르는 소리가 들렸다.

"이봐."

어느샌가 나기사가 일어나 내 옆까지 와 있었다.

"우리도 빨리 자리를 피하자."

피 묻은 입술로 말하는 그에게 거울을 보여주고 싶었다.

"우리는 피해자예요."

"피해자 아니야."

"무슨 소리예요. 누가 봐도…….”

"피해자든 가해자든 경찰과 엮이면 귀찮아진다고."

승강이를 벌이는데 돌연 사이렌 소리가 작아졌다.

'왜 작아지지?'

이유를 생각하는 사이에 소리는 더 작아지다가 이내 사라져 버렸다.

"……아아, 아니었구나."

기진맥진한 나기사가 밤하늘을 올려다봤다.

그제야 우리가 착각했다는 사실을 깨달았다.

경찰차는 우리 때문에 출동한 것이 아니라 다른 일로 우연히 근처를 지나갔을 뿐이었다. 하지만 그 소리 덕분에 살았다. 습격자들도 나와 같은 착각을 했으니까.

"가자."

다시 조용해진 길 위에서 나기사가 발길을 돌렸다. 10분쯤 전과 다르지 않은 모습에 놀랐다.

"병원에 안 가도 돼요? 다쳤잖아요."

"안 다쳤어."

"그게 말이 돼요?"

세 남자에게 두들겨 맞았다. 실제로 얼굴 곳곳이 곰팡이 핀 빵처럼 부어올라 보는 내가 아플 정도였다.

"별거 아냐. 병원에 가야 할 사람은 그 자식들이야."

그 말을 듣고 다른 의미로 놀랐다. 마치 싸움의 패배를 인정하기 싫어하는 초등학생 남자아이 같았기 때문이다.

나는 나기사가 저항하던 모습을 떠올렸다. 싸움을 터득한 사

람의 몸짓이 아니라 그저 손발을 마구 휘두르기만 했지만 신기
할 정도로 정확하게 타격을 가했다. 게다가 반격하면서 조금 웃
고 있었다. 아무리 나이를 먹어도 그런 싸움으로 기분이 들뜨는
남자들의 심리를 이해할 수 없었다.

"그래도 혹시 모르니까 진찰을 받는 게 좋지……."

"됐다고."

역으로 부리나케 걸어가는 모습을 보아 확실히 크게 다치지
는 않은 듯했다. 마음이 놓이자 걱정스러운 마음이 사라지면서
기가 막힐 따름이었다.

"어떻게 그렇게 아무렇지도 않을 수 있어요? 습격당한 지 얼
마 지나지도 않았는데."

"그렇게 호들갑 떨 필요 있어?"

나기사가 거무스름한 눈꺼풀 아래로 눈을 가늘게 떴다.

"놈들이 죽일 마음이 없다는 걸 알고 있었어. 그냥 겁만 주려
는 의도겠거니 했지. 그 남자들이 가네다의 똘마니들이라는 건
분명했고."

습격자의 정체에 대한 의견은 나도 동감한다.

가네다는 낮에 도모리에게 접근하지 말라고 내게 경고했다.
그가 멋대로 정한 약속을 그날 밤 내가 어겼으니 즉시 보복하려
나선 것이 분명했다.

그렇다고 해도…….

"그 사람 이상하지 않아요?"

도모리의 심복이자 경호원인 가네다가 내 존재를 꺼림칙하게 여기는 것은 안다. 하지만 대응 방식이 너무 과격했다. 본사 앞에서 도모리에게 말을 걸었다는 사실만으로 느닷없이 습격하다니 기업에 속한 사람이 할 만한 행동이 아니었다.

"지쿠야 바에서 내 동생과 관련된 건은 이상하게 전부 그 사람 선에서 차단되는 것 같아요."

나기사도 나처럼 느낀 듯했다. 잠자코 다음 말을 재촉했다.

조금 전, 내가 본사 앞에서 말을 걸었을 때 도모리는 깜짝 놀란 모습이었지만 나를 거부하는 기색은 없었고 오히려 이야기를 들어보려고 했다. 그런데 가네다가 끼어들어 도모리를 강제로 택시에 태워 보냈다.

게다가 가네다는 도모리에게 나를 언론 관계자라고 말했다. 고향인 지쿠야에서 내가 히나의 언니라고 소개하며 탐문하는 사실을 파악하고 있었는데도. 즉 내 신분을 알면서도 도모리에게 거짓말한 셈이다.

또 내가 처음 도모리에게 면담을 요청하러 본사를 방문했을 때 면담 약속은커녕 말을 전하는 것조차 거부당했다. 그때는 도모리 본인의 뜻인 줄 알았는데 아니었을 수도 있겠다는 생각이 들었다. 당시 본사에는 가네다가 있었다. 그가 나와 도모리의 접촉을 막았던 것 아닐까.

가네다의 방해로 도모리는 지금까지 고바야시 히나의 언니가 자신에게 면담을 요청했다는 사실조차 몰랐다. 그러니 갑자기 말을 건 나를 보고 놀란 표정을 지었던 것이다. 그 모습이 연기 같지는 않았다.

왜 가네다는 도모리에게 내 존재를 숨겼을까.

나는 일련의 의혹과 관련된 배후가 가네다 같다는 생각이 들기 시작했다.

예를 들어 가네다가 도모리를 사장 자리에서 끌어내리고 내쫓을 계획일 가능성은 없을까. 지쿠야 바의 사장은 도모리지만 회사를 키우는 데는 가네다가 공헌한 바도 있다. 자신들이 일군 사업이 예상보다 훨씬 더 성장하고 이해관계가 얽히면서 죽마고우와의 관계도 꼬이고 복잡해졌을 수 있다.

가네다의 음모에 히나가 이용되지 않았을까.

아마도 가네다가 멋대로 도모리의 생명보험에 가입했을 것이다. 그러나 보험금 수령인으로 지정한 히나가 뜻대로 움직이지 않자 결국 살해한 것 아닐까.

나는 저절로 말이 빨라지며 생각나는 대로 말했다.

"그건 어디까지나 당신 상상이잖아."

그러나 나기사의 반응은 냉담했다.

"남을 설득하려면 논리적이어야 해."

"하지만……."

나는 감정이 점점 격해져 말하려고 했지만 나기사의 옆모습을 보고는 입을 다물었다. 역으로 향하는 걸음이 그리 빠르지도 않았는데 그의 숨소리가 커졌다. 강한 척했어도 사실은 통증과 피로 탓에 고통스러운 듯했다. 따지고 보면 그가 홀로 습격자들과 싸운 덕분에 나는 거의 상처 없이 무사할 수 있었다. 오늘 밤은 더 이상 그를 붙잡지 말자. 서둘러 집으로 돌아가 쉬게 하는 편이 좋겠다.

우리는 잠시 말없이 걷다가 역 개찰구 앞에서 헤어졌다.

"다시 연락할게."

나기사는 그 말만 남기고 집으로 돌아가는 승객들 속에 섞여 들었다.

홀로 전철을 타고 좌석에 앉자 한숨이 저절로 새어 나왔다.

긴 하루였다.

전철에 올라타 으레 그렇듯 습관처럼 휴대폰을 꺼내 들었다.

새 메시지가 들어와 있다.

낯선 번호로 10분 전에 온 짧은 문자메시지였다.

그 메시지 내용에 나는 미간을 찌푸렸다.

정보를 제공하고 싶다.

그저 이 문장뿐이었다.

13

"고바야시 씨."

금고에서 지갑과 휴대폰을 꺼내는데 뒤에서 나를 부르는 소리가 들렸다.

뒤돌아보니 기리미야가 휴게실 입구에 서 있었다. 오늘 밤 그 후 클럽 봉사자는 나와 기리미야뿐이었다.

"이제 우리 클럽 활동에도 적응됐죠?"

"네."

그 후 클럽에서 자원봉사 하는 날이 늘어날수록 나도 점점 요령을 터득했다. 특히 함께 활동하는 봉사자 중에 마린이 없는 날에는 어느 정도 자신 있게 활동할 수 있었다.

"히로처럼 아이들이 도와주기도 해요."

"히로는 그 후 클럽을 가장 오래 다닌 아이기도 하고 거의 매일 오기도 하니까요. 솔선수범해서 리더 역할을 해주죠?"

"네. 다른 아이들도 이것저것 도와줘서 도움이 많이 돼요."

"그 아이들도 정말 많이 노력하죠."

기리미야도 금고에서 귀중품을 꺼내면서 한숨을 쉬듯 말했다.

"그 후 클럽에 오는 아이들은 가정환경이 복잡한 경우가 많아요. 아이를 맡길 곳이 없고, 보호자가 이렇게 늦게까지 일해야 하는 상황은 단순히 일이 많아서만은 아니에요. 경제상황이 어렵거나 친척과 사이가 나빠서 아이를 봐줄 수 있는 사람이 주변에 없는 고독한 현실이 그 배경이죠. 한부모 가정도 많고요. 그런 어려운 환경에서도 정말 잘해주고 있어요."

"그렇군요."

확실히 그 후 클럽에 오는 아이 중에 무언가 사정이 있는 듯 예민한 아이도 있다. 함께 놀다가 그 아이가 미소를 보여주면 왜인지 나도 기뻤다.

"하지만 아이들이 아무리 노력해도 한계가 있어요. 어른들의 지원이 꼭 필요하죠. 고바야시 씨가 우리 클럽에 와 줘서 정말 도움이 많이 돼요."

기리미야가 눈웃음을 지었다. 나도 저절로 웃음이 났다.

돈 때문에 시작한 봉사였지만 이곳에서 아이들과 만나 뜻밖에도 마음이 편안해지는 시간을 보내고 있다. 기리미야도 친절하고 내게 그만두라고 할 기미는 보이지 않았다. 여전히 내가 취재진에 쫓기는 신세라는 사실을 모르는 듯했다. 그 후 클럽은 히나의 의혹 때문에 근심하는 일상에서 잠시 벗어날 수 있는 공간이었다.

"수고하셨습니다."

문을 잠그고 건물 앞에서 기리미야와 헤어졌다.

그는 연습림 속으로 사라졌다. 아마 후문으로 나갈 것이다. 나는 정반대 방향, 연습림을 나와 교무동 뒤를 빠져나가는 길을 선택했다. 정문으로 나가려면 그 길이 가장 가까웠다.

밤의 연습림은 어른도 겁이 날 만큼 어둠이 가득했다. 주의해서 걷지 않으면 발에 걸려 넘어질 것 같았다. 다만 연습림 끝에 있는 교무동 뒤편은 아직 밝았다. 1층 사무실 창문에서 불빛이 새어 나오기 때문이었다. 늦은 시간까지 야근하는 직원이 있는 듯했다. 동료인 가누마가 아직 근무 중일까?

수위실 앞에 도착해 일단 걸음을 늦추고 정문 쪽을 살폈다. 오늘 밤은 취재진이 보이지 않아 마음이 놓였다. 걸음을 재촉해 대학을 나와 역까지 걸어간 뒤 집과는 반대 방향 전철을 탔다.

지금부터 제보자와 만나기로 약속한 장소로 향한다.

어젯밤, '정보를 제공하고 싶다'라는 짧은 문자메시지를 보낸 상대에게 나는 자세한 내용을 묻는 답장을 보냈다. 곧바로 답장이 왔고 한동안 메시지를 주고받았다.

상대는 이름을 밝히지 않았고 제공하는 정보가 무엇에 관한 내용인지도 말하지 않았다. 연락해 온 타이밍으로 미루어 보아 히나의 의혹 건이리라 짐작했다. 또한 상대는 내게만 정보를 제공할 것이니 다른 사람에게 절대 발설하지 말라고 요구했다. 설령 히나의 결백을 알게 된다고 해도 그 사실을 세상에 공개할 수 없다는 의미다. 내게 상당히 불리한 조건이었다. 애초에 이 문자메시지 자체가 그저 악랄한 장난일 수도 있었다.

그래도 일단 장단에 맞추기로 했다. 나도 더 이상 손쓸 방법이 없어 답답한 참이다. 나기사와 둘이 조사해도 유력한 정보를 얻지 못한 채 가네다의 졸개 같은 남자들에게 습격이나 받는 상황이라 제보자가 나타난 것만으로도 좋았다.

상대는 직접 만나기를 원했고 약속 장소로 가이토역 앞에 있는 노래방을 지정했다. 누구의 눈에도 띄지 않고 누군가 대화를 엿들을 수 없는 곳에서 이야기하고 싶다는 의도 같았다. 내 이름으로 개인실을 예약하라고 지시했다.

나는 일부러 약속 시간보다 조금 늦게 도착했다. 접수대에서 확인해 보니 상대방은 이미 입실했다고 했다.

도대체 누가 나를 기다리고 있을까. 좁은 통로를 걸으며 생각했지만 감도 오지 않았다.

탐문 조사 때 만났던 사람일까?

아니면 전혀 안면이 없는 제삼자일까?

만약 그렇다면 내 전화번호를 어떻게 알았을까?

통로 가장 안쪽에 있는 문 앞에 멈춰 섰다. 살짝 노크하고 나서 두꺼운 문을 빼꼼히 열었다. 소파에 다리를 벌리고 앉아 있는 덩치 큰 남자가 보였다.

"헉!"

나도 모르게 소리가 나왔다.

"들어와."

상대는 기분 나쁜 듯 나를 노려봤다.

이 남자는 평범하게 행동할 수 없는 사람인가. 계속 무시무시하게 나를 위협해 놓고는 정보를 제공하겠다니 도대체 무슨 의도일까.

나는 할 말을 잃고 가네다의 얼굴을 쳐다봤다.

"빨리 들어와서 문 닫아."

그가 점점 초조한 모습으로 재차 다그쳤다.

나는 천천히 뒤를 돌아봤다.

휴대폰을 든 나기사와 눈이 마주쳤다. 그도 역시 놀란 얼굴이었다.

"설마 저놈이었을 줄이야."

그 목소리에 가네다가 내 뒤에 서 있는 나기사를 발견한 모양이다.

"약속이 다르잖아."

당장 자리에서 일어서며 말했다.

"이야기는 없어. 갈 거야."

"그럴 수 있을까?"

나기사가 내 뒤에서 상체를 쑥 내밀며 도발하듯 가네다를 향해 휴대폰을 들이밀었다.

"지금 이 장면을 찍고 있거든. 당신이 제보자로서 고바야시 히나의 언니와 만난 모습이 공개되면 지쿠야 바의 평판은 어떻게 될까?"

어젯밤 구타당한 흔적으로 눈가에 검푸른 멍을 단 나기사가 쏘아보자 가네다는 말문이 막혔다.

제보자라며 연락해 온 인물과 약속을 잡은 뒤 나는 고민 끝에 나기사에게 연락했다. 그렇게 가이토역에서 만나 약속 장소까지 따라오도록 한 것이다. 나와 제보자가 만나는 순간을 몰래 촬영해 두면 대화를 유리하게 진행할 수 있으리라 제안한 사람은 나기사였다.

"셋이서 사이좋게 이야기하지, 뭐."

나기사가 문을 밀어 열었다. 나기사와 내가 방으로 들어가 가네다를 몰아넣는 형태로 다시 소파에 앉혔다. 그의 아래 깔린 인조 가죽이 가냘픈 비명을 질렀다.

"당신, 이렇게 더러운 수를 쓰는 인간이었다니."

건너편 소파에 나기사와 나란히 앉은 내게 가네다가 내뱉듯 말했다.

"내 몸을 지키기 위해서였어요. 이름도 안 알려주는 사람과 단둘이 만나는 건 너무 위험하잖아요. 실제로 여기서 기다리던 사람은 어제 우리를 습격한 사람이기도 하고요."

"습격? 무슨 소리야?"

빈정거리는 내 말에 가네다가 가늘게 민 눈썹을 찌푸리며 되물었다.

"당신, 그 야만스러운 얼굴로 시치미를 떼는 거야?"

마스크 너머로도 눈에 띌 정도로 얼굴이 부은 나기사가 성난 기색으로 말했다.

"쫄따구들한테 우리를 습격하라고 지시한 사람은 당신이겠지만 말이야. 그딴 피라미들만 보내서야 우리를 잡을 수 있겠어?"

이런 상황에서 허세를 부리는 나기사도 이해할 수 없었다.

"잠깐, 정말 무슨 소리인지 모르겠다고."

가네다의 대답은 한층 더 불가사의했다.

"너희가 습격당했다는 게 언제야?"

"나참, 고바야시가 도모리에게 말을 걸었다가 당신에게 쫓겨난 직후."

가네다는 잠시 입을 다물었다가 이내 중얼거렸다

"그 녀석인가."

그리고 천장을 한 번 올려다봤다가 내게 시선을 돌렸다.

"당신, 히나의 언니 맞지?"

나는 고개를 끄덕였다. 히나, 라고 부른 점이 마음에 걸렸다.

"내가 아는 걸 전부 이야기하지. 그 대신 이 일에서 손 떼."

뭐라고 되받아치려는 나기사를 내가 저지했다.

"뭐야. 뭐가 이렇게 제멋대로야."

"일단 이야기를 들어봐요."

나는 가네다를 향해 몸을 돌렸다. 그는 여전히 나를 날카롭게 노려봤다. 언제나 몹시 감정적인 사람이었다. 그만큼 이 사람은 진지한 것 아닐까. 아무래도 어젯밤 습격도 가네다의 소행은 아닌 듯했다.

나는 계속 말하라고 재촉했다.

가네다의 목소리는 눈빛과 달리 약해서 알아듣기 어려웠다.

"방금 한 말을 들으니 확실히 알겠어. 이대로 계속 가다가는 당신 정말로 위험해."

가네다는 본인의 이야기부터 시작했다.

"당신, 지쿠야에서 조사하러 돌아다녔지? 도부마을이라고 알아?"

나는 고개를 저었다. 그러나 설명을 듣다 보니 탐문을 다니다가 그 마을을 지나친 적 있다는 사실이 떠올랐다. 대형마트에 가려고 다리를 건널 때 본 강가 판자촌이 바로 그 마을이었다.

"도부마을은 일정한 직업이 없어 보이는 사람들만 사는, 지쿠야에서 가장 가난한 지역이야. 나와 잇세이는 그곳에서 나고 자랐어."

가네다 다쿠야와 도모리 잇세이는 도부마을 출신이라는 이유만으로 지쿠야에서 멸시를 받고 자랐다고 했다.

"돈은 없고 학교에서는 더러운 놈 취급받고, 고달픈 삶이었지. 아니, 내가 잇세이보다는 나았구나. 녀석은 집에서도 부모에게 맨날 얻어터지면서 자랐으니까."

두 사람 모두 간신히 고등학교는 졸업했지만 대학에 진학할 수 있는 학비도 능력도 당연히 없었다. 취직할 곳도 없어 함께 창업하기로 했다. 두 사람은 남몰래 맹세했다. 꼭 큰돈을 벌어 도부마을을 벗어나 자신들을 업신여긴 지쿠야 사람들에게 보란 듯이 성공해 보이겠다고.

그렇게 도모리가 대표가 되어 문을 연 지쿠야였지만 10년 정도는 계속 고배를 마셨다. 지쿠야에서는 도부마을 사람이라는 사실만으로 자금 조달부터 식자재 구매까지 모든 협상이 원활하게 이루어지지 않았다. 가게에 손님도 찾아오지 않았다. 지쿠야 사람들은 여전히 가네다와 도모리를 깔봤다. 하지만 도모리는 무슨 일이 있어도 우선은 고향에서 가게를 운영해야 한다고 고집부렸다. 이곳저곳 찾아다니며 수십 명에게 끊임없이 고개를 숙였다. 그런데도 사업은 궤도에 오르지 못했고 두 사람은 서서히 궁지에 몰렸다.

그런 두 사람과 히나가 만난 것은 바로 그 무렵이었다.

히나는 지쿠야의 고등학교를 졸업하고 숙부의 집을 나와 가이토시의 생명보험회사에 갓 취직한 상태였다. 히나는 주말마다 지쿠야를 방문했다. 고향이 그리워서가 아니라 보험설계사로 할당량을 채우기 위해서였다. 중고등학교 시절 친구와 지인을 만나 생명보험 가입을 권유했다. 친구들은 술자리 등에 나타나 보험 가입을 강요하는 히나의 곁을 하나둘 떠났고 그녀는 결국 고향에서 점점 고립됐다.

가네다와 도모리는 같은 고등학교 출신이라는 인연으로 히나와 아는 사이가 됐다. 나이 차는 있지만 지역의 아웃사이더끼리 동질감을 느꼈는지 마음이 잘 맞았다.

"주말에 히나가 지쿠야에 올 때마다 우리끼리 밥을 먹으러 갔어. 돈이 없으니 싼 가게밖에 못 갔지만 즐거웠지."

이윽고 도모리와 히나는 연인이 됐고 그와 동시에 도모리는 생명보험에 가입했다.

"히나가 권하지 않았어. 잇세이가 히나를 위해 자진해서 가입한 거야. 돈은 없지만 여자친구에게 든든한 모습을 보여주고 싶어 했지. 그때 일은 내가 다 알아."

보험 가입 이야기는 가네다도 있는 곳에서 오갈 때가 많았다고 한다.

"보험금 수령인을 히나로 지정한 사람도 잇세이였어. 여자친구에게 폼을 잡고 싶었던 것도 있겠지만 그 녀석은 부모를 증오하거든. 자기가 죽었을 때 부모 손으로 돈이 들어가는 걸 용납할 수 없었던 것 같아."

속을 꽉 막고 있던 커다란 덩어리가 스르륵 녹아내린 기분이었다.

저도 모르게 눈을 감았다.

역시, 누명이었다.

그러나 몇 초도 되지 않는 안도 끝에 의문이 찾아왔다. 눈을 부릅뜬 내 입이 크게 벌어졌다.

"도모리는 인터넷 인터뷰에서 그런 식으로 말 안 했는데요."

도모리는 자신도 모르는 사이에 생명보험에 가입되어 있었다고 했다. 보험금 수령인이 교제 상대였다는 사실도 보험증권을 발견하기 전까지는 몰랐다고.

"거짓말이었다는 뜻이군요."

나는 몹시 괴로워졌다.

가네다는 대답하지 않았다. 더 캐묻고 싶었지만 충동을 억눌렀다.

"그때는 정말 즐거웠는데……. 우리는 곧 히나와 함께 밥을 먹으러 갈 여유도 없어졌어. 성가신 일이 일어났거든."

믿었던 직원이 지쿠야 바의 자금을 가지고 달아났다. 도모리와 가네다에게는 막대한 금액이어서 가게 경영에 치명적인 손해 입고 말았다.

"아무리 잇세이라도 절망해서 목을 맬 수밖에 없겠다고 말할 지경이었어. 나는 죽을 마음은 없었지만 이제 다 끝이라고 생각했지. 머리를 아무리 짜내도 손해를 메꿀 방법을 찾을 수 없었고 빚만 더욱더 늘었으니까. 무엇보다 지쿠야 바의 대표인 잇세이가 완전히 의욕을 잃었어. 역시 도부마을에서 태어난 인간은 영원히 도부의 굴레를 벗어날 수 없다고 절망했지."

그런데 그 후 지쿠야 바는 기사회생했다. 포기한 듯했던 도모리가 혈안이 되어 자금을 들고 달아난 직원을 기어코 찾아낸 것이다.

"도망간 놈이 걸려들도록 함정을 파고 이런저런 수를 써서 결국 처음 잃었던 금액보다 더 많이 회수했어. 그렇게 지쿠야 바를 살려냈지. 그 직후 뉴스 프로그램 방송까지 타면서 일이 잘 풀리기 시작했어."

도대체 어떻게 했기에 잃은 금액보다 더 많이 회수할 수 있었는지, 가네다는 자세한 이야기는 하지 않았다. 그렇게 생각해서일까, 눈빛이 어두운 그에게 묻지 못했다.

"나중에는 계단을 마구 뛰어오르는 것 같았어. 지쿠야 바는 점점 커졌지. 일하면 일할수록 더욱더 잘돼서 돈이 들어왔어. 잠잘 시간도 없을 정도로 바빴지만 열심히 일했지. 하지만 한

가지 이상하다고 생각한 점이 있었어."

한때는 죽을 생각까지 했던 도모리가 왜, 어느 시점에 다른 사람처럼 기운을 되찾았을까.

그때 도모리가 분투하지 않았다면 지쿠야 바는 성공하지 못했다.

그래서 오랜만에 단둘이 술을 마실 때 가네다는 도모리에게 물었다. 그러자 도모리는 절친한 친구에게 털어놓았다.

"'다 히나 덕분이야. 히나에게는 평생 은혜를 갚아도 모자란다니까'. 잇세이는 그렇게 말했어."

자금을 도둑맞고 절망에 빠졌을 때 도모리는 히나에게 괴로운 마음을 털어놓았다. 그 이야기를 들은 히나는 그가 죽지 못하도록 설득했다.

어지간한 위로로는 도모리의 마음을 움직일 수 없었으리라. 하지만 마지막으로 히나는 조금 다른 방식으로 남자친구를 격려했다.

—게다가 생명보험을 든 지도 얼마 안 됐잖아. 우리 회사 보험은 가입한 지 2년 안에 자살하면 보험금이 안 나와. 나를 위해 가입했잖아. 그러니까 앞으로 2년은 더 힘내. 그러고 나서 내 얼굴을 보고 어떻게 할지 고민해 봐.

그 말을 들은 도모리는 절망을 떨쳐내고 일어났다. 무슨 일이 있어도 2년은 죽기 살기로 발버둥치겠다고 다짐했다고 한다.

그리고 그는 실제로 불과 몇 달 만에 위기를 극복하고 성공을 이뤘다.

"술이 들어간 탓도 있겠지만 잇세이는 눈물을 글썽이며 말했어. 그래서 나는 분명 그 녀석과 히나가 결혼할 줄 알았지. 그런데 그로부터 한 달도 안 돼 헤어졌어. 잇세이가 바람을 피워서 그런 것 같아."

"……."

"바람 상대는 주식으로 돈을 버는 여자였는데 그 여자가 투자에 실패하자 또 금방 헤어졌대. 잇세이는 이제 누가 봐도 돈벌이만 생각하는 사람이 됐어. 돈이 안 되는 사람과는 사귀지 않지. 돈벌이에 방해되면 무슨 수를 써서라도 배제해. 사업을 확장하는 방법도 점점 잔인해지고. 도모리가 성공하고 나서 사람이 변했다고 주변에서 숙덕거려. 그런데 나는 아니라고 생각해. 녀석은 훨씬 오래전부터 고장 났던 거야. 나는 어릴 적에 누가 날 바보 취급하면 그놈을 묵사발 만들었어. 하지만 잇세이는 아무 말 않고 참기만 했거든. 주위에서 비웃어도, 부모가 때려도 계속. 그게 병이 된 것 같아. 잇세이는 그 시절에 완전히 사로잡혀 있어. 돈과 복수에."

가네다는 가느다란 눈썹을 모은 채 한마디 한마디 고르며 말했다.

"잇세이가 돈을 벌고 싶어 한 이유는 잘 먹고 잘 살기 위해서

가 아니야. 복수하는 데 돈이 필요했기 때문이지. 그래서 굳이 지쿠야 바의 경영 기반을 지쿠야에 구축하려고 고집한 거야. 지금 지쿠야 사람 상당수가 곳곳에서 지쿠야 바의 혜택을 받고 있으니 절대로 잇세이를 거스를 수 없지. 녀석의 친부모도 마찬가지고. 잇세이는 자기를 학대한 부모에게 새집을 지어줬어. 상대를 똑같이 때려서 되갚아 주는 것이 아니라 웃는 얼굴로 돈다발을 뿌리며 지배하지. 그 방법이 때리는 것보다 훨씬 더 무서워."

내가 지쿠야에 탐문 조사를 갔을 때 사람들이 입을 모아 도모리를 찬양하고 히나를 비난했다. 히나를 싫어한 것이 아니라 도모리를 두려워했기 때문이다.

"나도 잇세이의 심정을 모르는 건 아니야. 돈을 쏟아부어 복수하고 싶으면 직성이 풀릴 때까지 그러면 된다고 생각했어. 그런데 지난번 인터뷰를 봤을 때는 놀랐어. 잇세이는 히나에게 속을 뻔했다는, 있지도 않은 이야기를 꾸며낸 거야. 히나와 둘이 찍은 사진을 유출한 사람도 잇세이 본인이야. 히나가 다른 남자와 엮인 보험사기 의혹이 나오자 기회를 잡아 화제를 가로채려고 했겠지. 그 모든 건 지쿠야 바의 인지도를 높이기 위해서고. 하지만 그건 아니지."

가네다는 커다란 머리를 흔들었다.

"그것만은 선을 넘었어. 히나는 지쿠야의 다른 놈들과는 달

라. 우리를 구원해 준 히나를 깎아내리면 안 되지. 나는 잇세이에게 충고했지만 녀석은 귓등으로도 안 들었어. 그러는 사이에 히나의 언니인 당신이 본사로 찾아온 거야. 난감해졌지."

비로소 나는 가네다가 하고 싶은 말을 이해했다.

"잇세이가 보험사기를 당할 뻔했다는 의혹을 꾸며낼 생각을 한 이유는 히나가 죽었다는 소식을 들어서야. 죽은 자는 말이 없다고 생각했겠지. 그런데 언니인 당신이 이의를 제기하며 자체 조사를 시작했어. 만약 그 사실을 잇세이가 알면 반드시 당신을 가만히 두지 않으리라 생각했어. 언니니까 사실을 알고 있을지도 모르고, 설령 모른다고 해도 조사하던 중에 잇세이의 거짓말이 탄로 날 수도 있으니까. 만약 들키면 잇세이와 지쿠야바의 평판은 곤두박질치겠지. 잇세이는 그런 시한폭탄을 손 놓고 보고만 있지 않을 거야."

"그래서 나를 도모리와 만나지 못하게 방해했다는 말인가요?"

"히나의 언니를 죽게 할 수 없다고 생각했어. 결코 과장이 아니야. 하지만 당신은 내 경고를 귓등으로도 안 듣고 결국 매복까지 한 끝에 잇세이에게 말을 걸었지. 그때는 진짜 가슴이 철렁했어. 그전까지만 해도 내가 중간에서 막은 덕분에 잇세이는 당신이란 존재를 몰랐거든. 내가 황급히 당신과 잇세이를 떨어뜨리려고 했지만 이미 늦은 거야. 그날 그러고 돌아가던 길에 습격당했지?"

"그럼 우리를 공격한 사람이……."

얼마 전 본사 앞에서 본 도모리가 떠올랐다. 갑자기 말을 건 나를 친절한 눈빛으로 쳐다봤다. 가네다의 재촉에 택시를 타기 직전까지 내 말을 진지하게 들으려는 듯 보였다.

"요즘 잇세이가 나 말고 경호원이라고 할까, 위험한 일을 처리해 주는 심부름센터 같은 걸 고용했다고 들었어. 내 문제 해결 방식이 미지근하다고 생각하는 것 같아. 그래서 당신을 마주치고 난 뒤 잇세이는 택시에서 곧바로 심부름센터에 연락해 당신에게 혼쭐을 내주라고 지시했어. 일 처리가 무섭도록 빠르지만 그렇게 볼 수밖에 없어."

나와 나기사를 습격한 남자들은 가네다가 아니라 도모리의 졸개였다.

"당신이 계속 조사를 포기하지 않고 히나의 결백을 주장한다면 다음에는 위협으로 끝나지 않을 거야. 녀석은 완전히 돈에 미쳐 은혜도 도리도 깡그리 잊어버렸거든. 이제 내 힘으로는 막지 못해."

가네다는 매서운 눈초리로 나를 응시한 채 말을 이었다.

"그러니까 미안하지만 당신이 이 일에서 손을 뗐으면 좋겠어. 부탁해."

갑자기 테이블을 손으로 짚어서 깜짝 놀랐다.

"도무지 이해가 안 가는데."

나 대신 끼어든 사람은 나기사였다.

"이도저도 아닌 당신 태도 말이야. 당신은 고바야시 히나가 정당하고 도모리가 미쳤다는 걸 알아. 그런데도 여전히 도모리 아래 붙어 있으면서도 한편으로는 우리에게 정보를 흘리러 왔어. 도대체 어쩌고 싶은 거야?"

"히나는 은인이야."

가네다가 조용히 대답했다.

"착한 녀석이었어. 우리와 알게 되고 나서는 지쿠야에 올 때마다 내 여동생을 찾아와 줬지. 우리랑 같이 밥 먹으러 갈 때도 동생을 챙겨줬어. 내 동생은 히나와 동갑인데 선천적으로 장애가 있어."

'아!'

머릿속을 번뜩 스치고 지나갔다.

"혹시 마코 씨?"

지쿠야의 대형마트에서 그런 여성으로 추측되는 사람이 말을 건 일이 떠올랐다. 그녀는 나를 히나라고 부르며 같이 놀자고 팔을 잡아끌었다. 그 여성과 헤어진 직후 내 앞에 가네다가 나타나 협박했다.

"그 마트에 있던 분홍색 원피스를 입은 여자분 맞죠?"

"응. 원피스 잘 어울렸지? 마코가 갖고 싶어 해서 내가 얼마 전에 생일 선물로 사줬어."

가네다는 눈을 가늘게 떴다. 검은 눈동자 속에 따스한 빛이 스며들었다.

"마코는 도부마을에서 태어난 데다 장애까지 있어서 다들 무시하며 상대도 안 해줬어. 그런 마코를 히나만 차별 없이 대해줬지. 마코에게 히나는 처음 사귄 친구였어. 잇세이와 헤어져 지쿠야에 오지 않게 된 후에도 히나는 정기적으로 마코에게 전화를 걸었던 것 같아. 죽을 때까지 계속."

처음 듣는 이야기였지만 그런 히나의 모습을 금방 떠올릴 수 있었다.

"그 은혜를 잊고 싶지 않아. 그러니 히나의 유일한 가족이라는 당신만은 잇세이로부터 지키고 싶어. 또 히나의 의혹으로 고생하는 당신에게 진실을 알려야 한다고 생각했어. 히나는 결백해."

가네다는 그렇게 단언한 뒤 원래의 눈빛으로 돌아왔다.

"하지만 내가 이런 이야기를 한 상대는 당신밖에 없어. 다른 곳에서 증언할 수 없어. 만나는 것도 이번이 처음이자 마지막이야. 나는 평생 잇세이를 따르기로 결심했으니까. 사업을 키워서 계속 돈을 벌려는 녀석을 뒷받침할 생각이야."

나는 마트에서 마주친 마코와 그녀를 돌보던 어머니를 떠올렸다. 두 사람 모두 차림새가 좋았다. 가네다가 생계를 책임지고 있겠지. 특히 마코는 그가 평생 돌봐야 할지도 모른다. 그러한 생활을 지탱할 수 있는 수입을 얻으려면 계속 도모리 밑에서 일할 수밖에 없다. 가네다가 직접 말하지 않아도 짐작이 갔다.

"그러니까 고바야시 히나가 받는 의혹의 진상은 밝히지 말라고?"

나기사가 다시 끼어들었다.

"너무 이기적인 거 아냐? 도모리가 지쿠야 바의 인지도를 높이려고 한 거짓말 때문에 이쪽이 얼마나 피해를 입었는 줄 알아? 당신이 한 이야기를 공개하지 않으면 그 피해가 계속될 텐데. 사람들은 계속 고바야시 히나의 본성을 오해할 거야."

"알아."

가네다가 코를 찡긋거렸다.

"이건 어디까지나 내 희망이야. 어차피 영상을 찍거나 녹음하고 있잖아?"

정곡을 찔렀다. 휴대폰은 진작에 넣어뒀지만 녹음기도 준비해 주머니에 숨겨뒀기 때문이다. 나는 그렇게까지 할 필요는 없다고 했지만 나기사는 스스로를 지키기 위해서라며 물러서지 않았다. 지금까지 말한 가네다의 증언은 모두 녹음됐을 터다.

앞으로 가네다가 침묵한대도 내가 녹음을 공개하면 히나를 의심하는 세간의 시선을 크게 바꿀 수 있다. 반면 도모리의 이미지는 타격을 입을 것이다. 지쿠야 바의 경영에도 영향을 미치

겠지. 그리고 배신자 가네다는 지쿠야 바에서 쫓겨나리라. 그
것만으로 끝나지 않을지도 모른다.

"내가 당신들 행동을 막을 수는 없어. 오늘 한 말을 공개한다
면 내 운도 다한 거겠지."

가네다는 소파에서 일어서며 말을 이었다.

"다만 나는 당신을 믿어서 이야기했어. 히나의 언니인 당신
을."

어딘가 후련한 말투였다.

14

가네다가 나간 뒤 나는 망연한 채 앉아 있었다.

몸이 움직이지 않고 손끝과 발끝 감각이 둔했다.

히나는 역시 내가 믿었던 히나였다.

남자친구인 도모리를 보험사기로 속이지 않았다. 그러기는
커녕 오히려 정신적 버팀목이 되어주었고 그의 인생을 성공으
로 이끌었다. 이후 파렴치하게 행동하는 도모리에게 아무 대가
도 요구하지 않고 조용히 물러났다. 그러나 그 행동은 벼락출세
한 도모리가 더욱 몰염치하게 굴고 허언을 늘어놓는 결과를 만
들었을 뿐이다.

참으로 히나다웠다.

그리고 또 다른 남자친구인 가와키타와 관련된 의혹도 가네
다의 증언으로 진상을 거의 추측할 수 있었다.

도모리와 사귈 때 경험으로 히나는 연인을 격려하는 특별한

방법을 발견한 것이다.

히나가 가와키타와 사귀기 시작했을 무렵, 요리사인 가와키타는 자신이 운영하는 식당의 재정 상태 때문에 어려움을 겪었다. 나기사의 조사에 따르면 가게를 접을 생각까지 했던 것 같다. 마음이 약해진 그는 여자친구에게 자살을 암시했을지도 모른다.

그래서 히나는 도모리와 사귈 때 성공한 방식을 떠올렸다.

—앞으로 2년 더 힘내.

이 격려에 현실성을 더하려고 그에게 생명보험 가입을 권유하지 않았을까? 그것이 자신의 영업 실적에 도움이 된다는 생각도 조금은 있었으리라.

당시에는 어떻게든 남자친구의 불온한 생각을 단념시켜야 한다는 사실이 중요했을 것이다. 그러기 위해서는 2년이라는 구체적인 기간을 제시해야 효과가 있었다. 나중에 결과가 어떻게 되든 2년 후면 모든 면에서 상황이 달라졌을 테니까. 그때가 되면 죽을 마음도 사라질 터였다.

보험금 수령인을 히나로 지정한 이유는 몇 가지 예상할 수 있다. 가와키타에게는 수령인으로 지정할 만한 직계가족이 없었다. 그리고 그는 히나와 결혼해 한 가족이 되는 미래를 생각했으리라.

일단 보험에 가입한 뒤 가와키타가 위기를 극복하면 해지하면 된다. 또 두 사람이 결혼한다면 그대로 두어도 이득이다.

히나는 낙심한 가와키타가 기운을 되찾기를 바랐다. 도모리 때처럼.

실제로 가와키타는 히나와 사귀고서부터 긍정적으로 변했다는 증언도 있다. 재기를 계획하면서 자살을 생각할 틈도 없었던 것 같았다.

히나는 그것만으로 만족했을 터다. 그저 가와키타와 행복하게 지내기만 하면 됐으니까.

그런데 두 사람이 사귄 지 반년 후, 가와키타가 사고로 사망하고 말았다.

히나는 졸지에 연인을 잃었고 사인이 자살이 아닌 불의의 사고였기 때문에 3천만 엔에 이르는 보험금을 받게 됐다.

히나의 본의가 아니었을 터다. 세간에서 떠드는 이야기처럼 보험금을 노리고 가와키타와 교제한 것이 아니었기 때문이다. 그렇기에 더욱더 보험금을 받았다는 사실을 언니인 내게도 밝히지 않은 것이다. 확실한 증거는 없지만…….

"이봐."

옆에서 들린 목소리에 나는 현실로 돌아왔다.

나기사였다. 이 일행의 존재를 완전히 잊고 있었는데, 나름대로 나를 배려해서 잠자코 있었던 모양이다.

"뭐가 계속 울리는데."

나 기사가 내 가방을 손가락으로 가리켰다. 그제야 내 휴대폰 진동음을 알아차렸다. 가방 속에서 꺼내 확인하니 전화가 오고 있었다. 낯선 유선전화번호였다. 어쩌면 방금 헤어진 가네다일지도 모른다는 생각에 곧장 받았다.

—고바야시 미오 씨 휴대폰인가요?

"네."

—안녕하세요. 저희는 바람의 아이 육영재단입니다.

처음 듣는 법인이었다.

—고바야시 히나 씨의 긴급 연락처에 미오 씨 전화번호가 적혀 있어서 연락드렸습니다.

"아, 네……."

내가 당황한 사이에 상대는 담담하게 용건을 알렸다.

"앗, 그래요……? 네……. 네……. 알겠습니다……. 아, 감사합니다."

거의 일방적인 보고를 받고 대답한 뒤에야 통화가 끝났다.

작게 한숨을 쉬고 휴대폰을 탁자 위에 내려놓자 나 기사의 홍미진진한 시선이 느껴졌다. 다시 그를 바라보며 말했다.

"히나가 가와키타의 보험금을 어떻게 사용했는지 알았어요."

목소리가 떨렸다.

"3천만 엔을 전액 기부했대요. 부모를 잃은 아이들을 지원하는 재단이라네요. 방금은 그 재단에서 기부자에게 거는 정기 보고 전화였어요. 히나가 이제 세상에 없으니 긴급 연락처로 지정된 내 휴대폰으로 전화했나 봐요."

말을 마치자 온몸이 떨렸다.

가와키타의 의혹과 관련해 히나가 결백하다는 확실한 증거는 없다.

하지만 틀리지 않았다. 내 동생은 누군가에게 해를 입히고 못된 짓을 하는 사람이 아니다. 도리어 마지막까지 약자를 돌볼줄 아는 사람이었다. 그렇지 않으면 보험금 전액을 기부하지 않았을 테니. 끔찍한 사건으로 아버지를 잃은 자신과 비슷한 처지의 부모 없는 아이들을 걱정하지 않았을 테니까.

몸으로는 감당할 수 없을 정도로 감정이 격하게 일렁이며 북받쳐 올랐다. 저도 모르게 마스크를 쓴 입가를 손으로 막았다. 그래도 생각이 넘치고 넘쳐 시야가 번쩍거렸다. 이런 모습을 타인 앞에서 보일 수는 없다.

"미, 미안해요."

자리에서 일어나자 나기사가 말없이 고개를 살짝 끄덕였다.

나는 비틀거리며 방을 나와 복도 끝에 있는 화장실로 들어갔다. 아무도 없는 세면대를 두 손으로 짚고 몸을 지탱했다.

"으……."

타인의 시선이 사라지자 참지 못하고 소리가 새어 나왔다.

동생은 세상 사람들이 말하는 것처럼 나쁜 사람이 아니었다. 다른 사람을 해치는 쪽이 아니었다는 뜻이다.

다행이다. 정말로 다행이야.

나 혼자만 착취당하는 쪽이 되기는 싫으니까.

"으으…… 후후……."

역시 동생도 나만큼이나 비참한 인생을 살았다.

"후후, 흐흐흐……."

내 입에서 실낱같이 가느다란 웃음이 멈추지 않았다.

인생에서 몇 번이나 비뚤어진 적이 있다.

왜 내가 불행한 일을 당해야 하는가.

아무리 생각해도 내 인생은 어릴 적부터 남들만 못했다. 괴로운 일, 슬픈 일이 너무 많았다.

하지만 그 불합리한 고통도 분한 마음도 동류가 있다고 생각하면 얼마간 옅어졌다.

나만 불행하지 않다.

아버지가 살해당한 사람은 나뿐만이 아니다. 어머니에게 버림받은 사람이 나 혼자만은 아니다. 동생 히나도 같은 처지다.

나를 덮친 재앙을 합리적으로 설명할 수는 없다. 하지만 기이하게도 어지러운 마음을 납득할 수 있는 표현이 있었다.

그런 운명의 별 아래 태어난 사람이다.

우주를 수놓은 별은 스스로 밝게 빛나는 별과 그 빛에 가려

어둡게 지는 별로 나뉜다. 말하자면 고통을 주는 쪽과 받는 쪽으로.

그리고 나와 히나는 같은 불행의 별 아래 태어나고 말았다. 아니, 온 가족이 그런 운명으로 태어났다고 해도 좋을지 모르겠다.

우리 고바야시 가족은 항상 고통을 받는 쪽이었다. 그것은 운명이어서 사람의 힘으로 바꿀 수 없었다. 그러니 이런 불행이 계속되는 인생도 어찌할 도리가 없다.

이유는 모르겠지만 그렇게 치부하면 마음이 안정됐다.

그 때문에 줄곧 히나와의 끈을 놓지 않았다. 생이별한, 그다지 친하지도 않은 동생과 1년에 몇 번은 만나기로 약속했다. 그렇게 근황을 물으면서 역시 히나도 나처럼 가난하고 비참한 삶을 산다는 사실을 확인했다. 미래가 보이지 않는 나날을 푸념하는 동생의 이야기를 들을 때마다 내 가슴은 서서히 따뜻해졌다.

나와 같은 신세인 가족이 있다는 사실을 의식하면 절망하지 않고 살아갈 수 있었다. 태생이 불행해도, 아버지가 살해당해도, 그 후로 끊임없이 고생해도, 그리고 이번에는 동생이 살해당했어도.

그래서 나는 동생 히나의 처지만 바뀌는 것을 참을 수 없었다.

물론 히나가 살해당한 사실은 괴롭지만 그렇다고 히나와 내 처지는 바뀌지 않는다. 서로 고통받는 처지임은 변하지 않기 때문이다.

그러나 히나가 보험 살인을 저질렀다면 상황이 달라진다.

어느새 히나가 나를 남겨 두고 고통을 주는 쪽이 된 셈이기 때문이다.

히나가 몰래 타인을 짓밟고 그로써 얻은 이득을 혼자서 즐기고 있었다는 사태만은 용납할 수 없었다. 아무 말도 못 하고 타인에게 짓밟히던 나 자신이 너무나 비참했기 때문이다. 그 일이 사실이라면 곤란했다.

그래서 히나의 의혹을 풀려고 안간힘을 썼다. 동생을 자신처럼 불행의 수렁에 붙잡아 두고 싶었다. 그러지 않으면 내 마음은 오갈 데 없는 외톨이가 되니까.

세면대에 몸을 웅크리다시피 구부리며 눈가를 닦았다. 너무 웃어서 눈물이 다 나왔다.

지금, 나는 의혹의 진상을 깨닫고 다시금 마음의 평안을 얻었다.

역시 히나는 나와 같은 인간이었다.

사실은 지독한 악녀로 비친 그 모습이야말로 매정한 전 남자친구에게, 분별력 없는 세간의 목소리에 고통받았다는 증거였다.

생전에 우연히 얻은 거금을 고아 지원단체에 기부한 행동도 고통받는 쪽 인간의 전형적인 발상이었다. 지금까지도 아버지를 잃은 불행한 과거에 사로잡혀 살아온 것이다. 심지어 그 아름다운 선행은 거의 누구에게도 알려지지 않았다. 내 동생은 마지막까지 나와 같은 쪽에 머물렀다. 그리고 가장 큰 고통의 결과로 살해당했다.

"후후후후후……."

나는 몇 번이나 눈가를 닦았다. 미약한 전류가 흐를 때처럼 기분 좋은 전율이 동생의 본성을 확인한 내 신경을 저릿저릿 자극했다.

행복했다.

방으로 돌아가자 소파에 앉아 기다리던 나기사가 고개를 들었다.

"진정됐어?"

고개를 끄덕이고 소파에 앉았다.

"이제야 비로소 진상에 도달했네."

나기사는 감개무량하게 말하며 탁자 위에 녹음기를 올려놨다. 가네다와 대화할 때 주머니에 숨겨뒀던 물건이었다.

"이제 이 녹음을 어떻게 공개할지 궁리하면 되겠네."

"공개한다고요?"

"당연하지. 이 녹음이 고바야시 히나의 결백을 증명하잖아. 아까 당신이 받은 전화까지 모아서 발표하자. 가와키타의 의혹을 풀 직접 증거는 아니지만 고바야시 히나의 이미지를 개선할 수 있을 거야. 세간의 시선은 확실히 바뀌겠지. 어떤 언론사에 맡기는 게 가장 효과적일지…….

나기사는 말끝을 흐리며 눈살을 찌푸렸다. 내 미지근한 반응이 신경 쓰인 듯했다.

"왜 그래?"

"아뇨."

"설마 가네다와의 의리를 지키려고 입 다물 생각이야?"

"일단 약속했으니……."

"이봐, 지금 장난해?"

나기사가 내게 상체를 쑥 들이밀었다.

"제대로 이해하고 있는 거 맞아? 가네다의 이야기를 공개하지 않으면 고바야시 히나의 의혹은 사라지지 않아. 당신 동생은 쭉 보험 살인을 저지른 범죄자 취급을 받는다고. 당연히 당신도 범죄자의 언니로 간주될 테고. 가네다의 사정을 봐주려고 그런 현실을 견딜 작정이야? 사람이 좋은 것도 정도가 있지."

나기사가 지껄이는 말을 여전히 몽롱한 정신으로 들었다.

사람이 착해서가 아니다. 나는 이미 마음이 흡족했다.

히나가 고통을 주는 쪽이 아니었다는 사실을 바로 내가 확인했다. 그것만으로 충분히 만족했다. 내 기분 문제인 셈이다. 협력자인 나기사가 공개를 전제로 움직였기에 그에 따를 마음이

기는 했지만 진상을 알려준 가네다가 공개하지 않기를 원한다면 그렇게 해도 상관없었다.

히나는 계속 세상의 오해를 받을 테고 그로 인해 언니인 나도 계속 불이익을 받으리라. 하지만 그다지 신경 쓰이지 않는다. 이런 오해를 받는 불행도 늘 우리 가족을 덮치던 재앙이니 도리가 없다고 생각할 수 있다. 아버지 사건 때도 사람들의 억측에 많은 상처를 받았으니까.

내가 미지근한 안도에 젖었는데 나기사가 날카롭게 파고들며 지적했다.

"그리고 당신, 정작 중요한 걸 잊고 있는 거 아냐? 고바야시 히나를 살해한 범인을 아직 못 찾았잖아. 지금 알게 된 사실을 공개하면 범인을 찾아낼 단서가 되지 않겠어?"

'그렇구나.'

깜짝 놀랐다. 히나의 의혹을 풀기 위해 전력을 다한 나머지 정작 핵심을 놓치고 있었다.

그렇다, 범인은 아직 잡히지 않았다.

세간에서는 보험사기와 살인에 발을 들인 히나가 대가를 치렀다고 생각한다. 하지만 히나의 결백이 밝혀지면 그 추론이 성립되지 않는다는 사실이 분명해진다.

그러나 그것은 어떻게 보면 나와 관계없는 일이었다.

내 신경은 다시 느슨해졌다.

히나의 죽음은 안타깝지만 여느 때처럼 고통받던 인생의 한 부분이었을 뿐이다. 성공한 도모리에게 버림받고, 끝까지 사랑해주던 가와키타는 죽은 것처럼. 히나의 삶이 정상 작동했다고 할 수 있다.

그리고 나와 히나는 같은 운명의 별 아래 태어났지만 이미 다른 삶을 살고 있다. 아버지 사건 이후로 우리 자매는 계속 떨어져 지냈다. 최근 몇 년은 같은 가이토시에 살았지만 1년에 몇 번 얼굴을 보기만 했다. 즉 생활환경이 달랐다. 그러니 내가 히나와 관련된 문제에 휘말릴 가능성은 작았다. 신변에 닥친 위기가 없다면 아버지 사건 때처럼 히나의 범인 찾기도 경찰에 맡겨두면 되지 않을까.

그 긴장감 결여된 표정이 얼굴에 드러났나 보다.

"당신 제정신이야?"

나기사가 멱살을 잡았다. 저널리즘을 추구하는 그는 밝혀진 사실을 마땅히 세상에 공개해야 한다고 생각하겠지.

"신중하게 생각해. 가네다 따위에게 그저 순간의 동정심으로……."

진동음이 우리 사이를 갈랐다.

"전화."

나기사는 다시 소파에 풀썩 앉으며 퉁명스럽게 말했다.

나는 방금 가방에 넣은 휴대폰을 확인했다.

또 전화였다.

평소 전화 통화할 일이 거의 없는데 오늘은 몇 건이나 걸려오다니.

발신자가 등록되지 않은 번호인데다 다른 현의 지역번호였다. 바람의 아이 육영재단이 다시 건 전화는 아닌 듯했다.

나기사의 험악한 눈빛을 피하듯 등을 돌리고 그 자리에서 전화를 받았다.

—고바야시 미오 씨 휴대폰입니까?

10분 전과 똑같은 질문이었다. 다만 조금 전과 달리 나이 든 남성의 목소리였다.

"네."

—저는 B 현경 B 경찰서의 시마자키라고 합니다.

B 현경? 살면서 가본 적 없는 머나먼 현의 경찰이 어떻게 내 전화번호를 알았을까.

본인확인을 마치자 시마자키는 즉시 본론으로 들어갔다.

—실은 지난주에 B 해안에서 여성의 시신이 발견됐습니다.

"네?"

그런 사건 사고가 있었다는 사실을 몰랐다. 신문도 구독하지 않고, 날마다 인터넷에 떠도는 뉴스도 너무 많아서 모두 읽을 수 없으니 말이다.

시마자키는 전화 너머로 사무적인, 그러면서도 말끝에 무언가 암시하는 어조로 말했다.

　―DNA 감정 결과 시신의 신원이 고바야시 씨의 모친인 히로코 씨로 확인됐습니다.

　네? 하는 소리가 내 몸 어딘가에서 굴러떨어졌다.

15

집으로 돌아가는 길, 밤하늘에 달은 없었다.

그 대신 머리 위에 흩어진 별들이 바늘 끝을 닮은 찬란하고 맑은 빛을 뿌리고 있었다.

"예쁘다."

사가미는 넋을 잃었다. 아이처럼 신이 나서 발을 번갈아 가며 껑충껑충 뛰었다.

그의 성은 이제 사가미가 아니다. 사건 후 외가의 성을 따르게 됐다. 게다가 최근 호적을 사서 완전히 다른 이름으로 바뀌었다.

그래도 마음은 여전히 사가미였다.

마음만은 그 시절 그대로였다.

활발한 움직임에 맞춰 그 선율이 머릿속에 맴돌았다.

—우시와카, 우시와카.

365일, 그 생각이 사가미의 마음을 떠난 적은 없다. 우시와카처럼 사람을 척척 베는 것이 삶의 가치, 그의 전부였다.

문득 머릿속에 고바야시 교지의 얼굴이 떠올랐다. 오래된 양식당을 운영하던 지저분한 앞치마를 한 중년 남자. 그 사람을 봤을 때는 그 인상이 전부였다. 그 녀석이 족쇄가 되어 자신의 인생을 10년이나 묶어 놓다니. 정말 개탄스러운 일이었다.

10년 공백을 되찾으려는 듯 사가미는 밤길을 내달렸다.

그가 사람을 죽이고 후회한 적은 단 한 번이었다.

첫 번째뿐이었다.

열 살 때 처음 사람을 죽였다. 집 창고에서 나대를 꺼내 자신의 어머니를 공격했다.

그저 우시와카가 되고 싶다는 일념으로 저지른 범행이었다.

흉기로 나대를 선택한 이유는 집에서 구할 수 있는 흉기 중 가장 큰 칼이었기 때문이다. 친어머니를 표적으로 삼은 이유는 자신과 가장 가깝고 무방비한 존재였기 때문이다. 게다가 아버지보다 힘이 약했다.

절벽 끝에 있는 집 마당에서 단둘이 있을 때, 사가미는 느닷없이 칼을 휘두르며 어머니에게 달려들었다. 그러나 턱 막히는 감촉에 당황했다.

'잘 안 베이잖아.'

깊은 생각 없이 어머니의 몸통에 나대를 꽂는 바람에 칼날이

뼈에 걸린 듯했다. 아무리 찔러넣어도 칼이 들어가지 않아 우시와카처럼 매끄럽게 칼을 뽑을 수 없었다.

게다가 몸에서 억지로 나대를 뽑자 동시에 엄청난 피가 뿜어져 나왔다.

피할 틈도 없이 피를 뒤집어쓰고는 비명을 지를 뻔했다.

기분 나쁘다. 뜨뜻미지근하고 끈적끈적한 액체가 피부에 달라붙는 감각이 참을 수 없이 불쾌했다. 우시와카는 몇 명을 베도 피 한 방울 묻지 않은 옥색 가리기누를 바람에 휘날렸는데.

또 어머니의 비명과 저항도 대단했다. 우시와카에게 베인 사람들은 대부분 단말마의 비명을 지르며 털썩 쓰러졌지만 어머니는 그러지 않았다. 두 번, 세 번 나대로 쳐도 쓰러지지 않고 마구 몸부림치며 움직이니 무작정 억누르느라 애를 먹었다. 우시와카처럼 우아하게 춤을 추듯 칼을 휘두를 상황이 아니었다.

사가미는 피와 땀으로 범벅이 되어 마지막에는 나대로 후려치듯 어머니를 절벽에서 밀어 떨어뜨렸다.

어머니의 죽음이 추락사고로 처리된 것은 그저 행운이었다.

사가미가 자란 마을은 시골로 인적이 드물고 집이 드문드문 있는 곳이었다. 그 덕분에 목격자가 없었다. 또 그날은 파도가 셌다. 그 거친 바다에 어머니를 떨어뜨렸기 때문에 시신이 늦게 발견됐다. 시신에 난 상처가 많고 상태도 심각해 자상이 발견되지 않았으리라. 경찰은 일찌감치 사고사로 판단했다. 그들에게 사가미는 의심스러운 용의자이기는커녕 어린 나이에 어머니를 잃은 가여운 아이였다.

그러나 그 사실들은 사가미에게 아무런 위로도 되지 않았다. 어머니가 사망한 후 되풀이되는 깊은 후회에 괴로웠다. 스스로 책망했다.

우시와카처럼 깔끔하게 사람을 베지 못한 자신을.

그때는 방식이 너무 어설펐다. 제대로 계획을 짜지 않은 탓이다. 그저 우시와카가 되고 싶다는 생각에 매몰돼서 깊은 지식과 계획 없이 성급하게 공격하고 말았다.

어리석었다.

그 얄팍한 행동으로 모처럼 사람을 벨 기회를 완전히 망치고 말았다.

사가미는 자숙하기로 거듭 다짐했다. 이제 두 번 다시 어리석은 짓은 하지 않겠다고.

다시는 그런 서툰 살인은 하지 않겠다고.

다음에는 더 잘할 것이다.

아니, 한 번이나 두 번으로 끝나지 않는다. 우시와카처럼 살아가는 동안에는 끊임없이 사람을 베고 다닐 것이다. 사가미는 정신없이 계획을 세웠다.

그렇다고 해도 사람에게 칼을 겨눌 일이 그리 자주 있을 리 없어서 인내심에 한계를 느꼈다. 현대 사회에서 연쇄살인은 매우 어려운 작업이었다.

그러나 포기하지 않았다.

고바야시 교지 사건으로 쏟아지는 경찰의 맹공도 세간의 비난도 견뎌냈다.

그리고 4개월 전, 마침내 새로운 삶을 얻었다.

심장박동이 격해지고 등에 땀이 배어났지만 사가미는 걸음을 멈추지 않았다. 이 다리를 계속 움직이면 어디라도 달려갈 수 있다. 입을 크게 벌리니 신선한 공기가 끊임없이 들어왔다. 그 사실이 기뻐 견딜 수 없었다.

나는 지금 자유다.

이름을 바꾸고 성형수술로 얼굴을 바꿨다. 새로운 터전을 마련해 생활 기반도 다졌다.

이 모든 것은 마음의 감옥에서 정성스레 쌓아 완성한 매력적인 계획을 위해서다.

지금, 그 계획을 하나둘 실행하고 있다.

머나먼 하늘에서 별들이 반짝였다.

예뻤다.

우시와카가 되어 자유롭게 베고 다닐 수 있는 세상은 더할 나위 없이 예뻤다.

제2장

허옇게 빛나는 칼을

끝까지 밀어 넣었다가 힘껏 빼낸다.

고통으로 일그러지는 얼굴을 보며

'더, 더'라고 생각했다.

1

　손에 느껴지는 무게가 낯설지 않았다.

　나는 손 위에 놓인 유골함을 내려다봤다. 얼마 전에 받은 히나의 것과 같은 묵직함이 느껴졌다. 성인 여성의 유골은 대략 이 정도 무게일까. 아니면 유골함에 담을 수 있는 양이 정해져 있을까.

　멍하니 생각하면서 유골함을 옆자리에 놓았다. 차창 너머로 높게 뜬 아침 햇살이 나와 뼛가루가 된 어머니를 눈부시게 비췄다. 앞으로 몇 시간 걸려 전철을 갈아타고 B 현에서 가이토시로 돌아가는 여정이었다.

　약 열흘 전, 어머니는 B 현 해안에서 신원불명 시신으로 발견됐다. 시신에 소지품은 없었고 인근에서 실종자 신고도 들어오지 않아 경찰은 DNA를 감정했다. 우리 가족은 아버지 사건 때 경찰에 DNA를 제공했기에 시신의 신원을 밝힐 수 있었다. 경찰의 연락을 받은 나는 급히 B 현으로 달려갔다.

장례는 치르지 않았다. B 현은 전혀 모르는 곳이었고 그곳에서 살던 어머니의 지인도 몰랐다. 경찰에 시신을 인수하러 가서 어머니의 거처에 있던 유품을 정리했을 뿐이다. 절차는 히나 때와 거의 같았다.

시신 인수 때 경찰에게 들은 설명으로 10년 동안 소식 한번 들을 수 없었던 어머니의 삶을 알게 됐다.

사건으로 아버지를 잃은 뒤 자식을 버리고 나미시에서 도망친 어머니는 2, 3년마다 지방을 전전했다고 한다. 어느 곳에서나 스낵바나 술집에서 일하며 생계를 유지했다. 아버지 사건이 터진 뒤 한 주간지가 어머니가 결혼 전에 호스티스로 일했다고 보도했는데 뜻밖에도 사실이었는지도 모른다.

그리고 1년쯤 전부터 B 현의 작은 항구도시 스낵바에서 일했다고 한다.

경찰이 알려준 어머니의 거처로 향하던 중 마침 그 스낵바를 발견했다. 오랜 세월 바닷바람으로 외벽이 거무스름해진 작은 가게였다. 주변에 쓰레기봉투가 방치되어 있고, 조명이 들어오는 입간판은 깨져서 전구가 들여다보였다. 밤이 되면 분위기가 바뀔지 모르지만 폐가 같아 보였다.

어머니가 살았다는 아파트도 상황은 비슷했다. 건물 바깥 계단은 완전히 짙은 갈색으로 녹슬어 발을 대기 겁이 날 정도였다. 원룸 실내는 물건으로 가득 차 있었다. 빈 택배 상자 등이 쌓여 있었는데 치우기 귀찮아서 방치한 듯했다. 청소도 하지 않아 빠진 머리카락이 눈에 띄었다. 염색을 반복한 듯 갈색 머리카락 끝이 여러 갈래로 갈라져 있었다. 어머니는 이곳에서 혼자 살았던 것 같다.

나는 온종일 방을 정리했다. 남겨진 물건 중에 우리 가족은 물론 타인과의 유대를 느낄 수 있는 물건은 전혀 보이지 않았다. 내가 그 방에 있는 동안 조문하러 찾아오는 사람도 없었다.

묵묵히 어머니의 인생을 정리하면서 확신했다.

생이별한 지 10년. 어머니의 인생 또한 행복하지 않았다.

나처럼, 히나처럼.

역시 우리 가족은 같은 운명의 별 아래 태어났다.

하지만 지금은 그 사실을 천진하게 기뻐할 수 없었다.

어머니의 유품 정리는 밤늦게까지 이어졌다. 그래서 B 현에서 하룻밤 머물고 다음 날 이른 아침에 떠났다. 어머니의 목숨이 다한 땅에서 도망치듯.

해안에 버려진 채 발견된 어머니의 사인은 익사가 아니었다. 복부를 찔러서 과다출혈로 사망한 점으로 미루어 경찰은 사건성이 있다고 판단했다. 어머니를 살해한 범인은 아직 밝혀지지 않았다.

히나와 거의 같은 상황이었다.

히나의 사건은 나와 무관하다고 생각했다. 히나 개인의 문제로 당한 일이라며 의심하지 않았다.

그러나 히나의 사망 후 불과 몇 개월 후 어머니가 같은 방식으로 사망했다면 두 사건이 연관 있다고 생각할 수밖에 없다.

그리고 10년 전 우리 가족은 아버지를 살인사건으로 잃었다. 그 사건의 범인이었던 사가미 쇼는 현재 행방불명이다.

예전에 나기사가 언뜻 말한 것처럼 이번에 일어난 사건도 사가미의 짓이라면. 사가미와 우리 가족 사이에 어떤 관계가 있어서 그 남자가 범행을 반복하는 것이라면. 고바야시 집안에서 유일하게 살아남은 내게도 앞으로 히나나 어머니와 같은 재앙이 닥칠 위험이 있었다.

눈앞이 캄캄해졌다.

아무리 불행이 계속되는 삶이라도 죽음까지 받아들일 수는 없다. 싫다. 상상만으로도 치가 떨렸다.

오한이 드는 몸을 추스르며 옆자리에 둔 유골함을 들어 가족의 뼛가루를 살포시 끌어안았다. 하지만 피가 통하는 온기는 없었다. 단지 무기물의 냉기만 전해졌을 뿐, 공포를 더욱 부추기기만 했다.

사가미에게 살해당한다니, 절대로 싫다.

도대체 사가미가 왜 나를 노리는지 모르겠다.

나뿐 아니라 우리 가족을.

우리 가족은 사가미와 아무런 관계도 없다. 아버지 사건이 터지면서 그가 체포되고서야 비로소 그의 존재를 알았을 정도다. 우리가 전혀 모르는 사이에 원한을 사기라도 한 것일까.

애초에 사가미는 '사람을 죽이고 싶었다'라는 이유로 아버지를 해쳤다고 한다. 살해 동기는 원한이 아니라 엽기적인 욕구였다. 그렇다면 다음 표적으로 우리 가족에 집착하는 이유를 모르겠다. 역시 사가미가 나를 노린다는 생각은 지나친 망상일까.

전철을 갈아타 점심 전에 역에 도착했다. 집에서 가장 가까운 역이 아니라 대학 입구 역이었다. 오늘은 오전 반차를 냈기에 오후에 출근해야 했다. 집안에 불행이 닥쳤다고 해도 파견직 신분으로 연달아 휴가를 내기 눈치 보였다.

역의 코인 로커에 짐을 맡기고 밖으로 나왔다. 대학으로 가는 이정표처럼 언덕길 가장자리를 장식한 가로수들 대부분 낙엽이 지고 있었다.

긴 언덕길을 내려가면서 습관적으로 신경이 점점 곤두섰다. 취재진이 또 학교 정문 근처에 진을 치고 있을지도 모른다는 생각이 들었기 때문이다.

그러나 실제로는 기우에 지나지 않았다. 정문은 평소처럼 조용했다. 나는 안도감에 어깨에 힘을 뺐다. 적어도 이제 언론에 겁먹을 필요는 없다고 봐도 무방했다.

세상을 떠들썩하게 했던 히나의 보험사기 의혹은 최근 며칠 사이에 급속도로 시들해졌다.

나기사의 강력한 권유처럼 내가 가네다와의 약속을 깨고 증언을 공개한 것은 아니었다. 세상의 관심이 저절로 바뀌었을 뿐이다.

계기는 내 어머니 고바야시 히로코의 죽음이었다.

경찰이 어머니 히로코의 살인사건을 발표하면서 피해자가 히나의 어머니라는 사실이 곧 세상에 알려졌다. 이어 주간 리얼이 과거 아버지 사건과 그 사건의 범인인 소년이 현재 행방불명이라는 사실을 보도했다.

졸지에 히나와 어머니 사건도 사가미가 벌인 짓 아니냐는 억측이 떠돌았다. 그렇다면 히나의 보험사기 의혹은 사건의 본론에서 벗어나게 된다.

또 보도 전후로 바람의 아이 육영재단이 히나의 기부 사실을 발표했다. 내가 요청한 것이 아니라 히나를 향한 비난을 보다 못한 재단 쪽에서 제안했다. 가네다와의 약속을 어기는 일은 아니기에 당연히 받아들였다.

그러자 발표 직후 히나의 의혹은 거의 해소됐다. 연인의 죽음으로 수령한 보험금과 같은 금액을 재단에 기부했다면 보험사기나 살인을 저지를 동기가 성립되지 않기 때문이다. 상황이 완전히 뒤바뀌어 이제는 히나와 우리 가족을 옹호하는 목소리가 나올 정도였다.

인터넷 세상은 아무 일도 없었다는 듯 하나의 의혹을 거론하지 않았다. 그에 따라 기자들도 더 이상 나를 취재할 필요가 없어진 듯했다. 지금 학교 정문은 점심을 먹은 학생들이 한가롭게 오갈 뿐이었다.

내 일상은 평온을 되찾은 듯 보였다. 사가미의 존재만 없었다면.

아니, 쓸데없이 벌벌 떨어도 소용없다.

나는 숨을 깊이 들이마셨다. 사가미가 내게 살의를 품었다는 증거는 어디에도 없다. 하나와 어머니 사건을 담당하는 경찰들에게도 그런 설명은 듣지 못했다. 아직 두 사람을 죽인 범인이 사가미인지 아닌지도 모른다. 걱정을 사서 하면서 내 삶에 집중하지 못하는 모습은 좋지 않다. 어쨌든 지금은 직장에서 업무에 집중하자.

정문 앞에서 낙엽을 쓰는 청소 담당 직원에게 인사하면서 교문을 지나 교무동으로 들어갔다. 우선 행정실 옆에 있는 신발장으로 가 내 이름이 적힌 칸을 열었다. 보통 그날 업무를 생각하느라 신발장 안을 보지 않고 손을 집어넣는데 오늘도 마찬가지였다.

그런데 손가락 끝에 느껴진 감촉은 평소 신던 실내화가 아니었다.

폭신폭신하면서 부드럽지만 차가운 감촉.

이상하다고 생각하면서 신발장을 들여다봤다.

그리고 그 직후, 눈앞에 있던 신발장이 갑자기 눈높이보다 높아졌다.

"고바야시 씨?"

귀에 익은 목소리에 고개를 돌렸다. 행정실에서 동료 가누마가 얼굴을 내밀었다.

"무슨 일이야?"

내게 물으며 다가왔다. 신발장뿐 아니라 가누마도 키가 훌쩍 커 보였다.

그제야 비로소 내가 그 자리에 주저앉았다는 사실을 깨달았다. 소리도 질렀던 듯하다. 가누마는 그 소리를 듣고 나온 것이다.

"속이 안 좋아······."

말을 걸던 가누마도 이상한 상황을 눈치챘다.

"응?"

문이 열린 채 방치된 내 신발장에서 튀어나온 막대기 두 개를 이상한 듯 쳐다봤다. 그것의 정체를 모르는 눈치였다. 하지만 나는 흘긋 보기만 해도 알았다.

색, 형태, 의미하게 풍기는 냄새로.

그때 신발장 문이 열리면서 균형이 깨졌는지 내용물이 데굴데굴 바닥으로 굴러떨어졌다.

"으악!"

반사적으로 흠칫 물러난 가누마가 마침내 그것의 정체를 알아차린 듯했다.

"이게 무슨……."

그의 입에서 새어 나온 소리가 들렸다.

신발장에 죽은 닭 한 마리가 꾸역꾸역 넣어져 있던 것이다.

바닥에 떨어진 닭은 목이 이상한 방향으로 꺾여 있었다. 한번 비틀었을까. 빨간 볏과 텅 빈 눈이 나를 향했다. 나는 넋이 나가 움직일 수 없었다.

"누가 이런 걸……."

머리 위에서 가누마의 신음이 들렸다. 그의 의문에 나는 답을 확신했다.

사가미.

그 남자의 짓이라고밖에 생각할 수 없었다.

다음 목표물로 나를 노리는 것이다. 불쌍한 닭은 분명 경고 표시로 이용됐으리라.

그런데 이해가 가지 않았다.

사가미는 어떻게 적확하게 나를 집어서 괴롭힐 수 있을까. 동물 사체라도 다른 새였다면 불쾌할 뿐 무섭지는 않았을 것이다. 그런데 어떻게 내 약점이 닭인 줄 알았을까? 그것은 지극히 개인적인 일인데.

사가미는 왜 아무 관계도 없는 우리 가족을 노릴까. 그가 처음 아버지를 노린 이유는 그저 살인 욕구가 솟구치는 와중에 우연히 시야에 들어온 상대이기 때문일 텐데, 라고. 하지만 착각이었을지 모른다. 그에게는 처음부터 특정한 목적이 있었던 것 아닐까. 기억하지 못할 뿐, 그 남자와 우리 가족은 어딘가에서 연결되었을지도 모른다.

덜덜 떨리며 맞부딪치는 어금니에 꽉 힘을 주며 필사적으로 과거의 기억을 더듬었다.

혹시 내가 그와 만난 적이 있던가?

언젠가, 어디선가.

●

중학생이 된 사가미는 고뇌했다.

어머니에게 직접 손을 쓴 지 5년이라는 세월이 흘렀다.

우시와카를 향한 열망은 갈수록 높아지기만 했으나 좋은 방법이 떠오르지 않았다. 다음에는 어머니처럼 의미 없이 죽이고 싶지 않았다. 그러나 그러지 않으려면 어떻게 해야 할지 알 수 없었다.

우시와카에 가까워질 수 있을까 싶어서 일단 검도를 시작해 봤지만 시시해서 견딜 수 없었다. 검술이 는다고 해도 결국 방어구를 찬 상대에게 죽도를 휘두르는 놀이에 불과했다. 진검으로 생살을 베지 않으면 재미도 의미도 없었다.

이상은 멀고, 흘러가는 일상에서 재미를 느낄 수 없던 사가미는 울적해졌다. 사는 것이 귀찮을 지경이었다. 매일 어두운 얼굴로 집과 학교를 오가기만 했다.

그러던 중 그 소녀를 만났다.

바다가 보이는 집에 사는 그 소녀를.

2

평소보다 이른 아침 시간에 나와서인지 학교 정문에 아직 학생들은 보이지 않았다.

흐린 하늘 아래서 빗자루를 든 청소 담당 직원과 수위가 한가롭게 서서 이야기를 나누고 있었다.

나는 무의식적으로 어깨에 멘 가방끈을 꽉 움켜쥐고 슬금슬금 정문으로 다가갔다.

괜찮아, 괜찮아.

두 사람 모두 이름은 모르지만 나이가 맞지 않는다. 청소 담당 직원은 아저씨라고 해도 좋은 나이고 수위는 아무리 젊게 봐도 40대, 아버지 연배였다. 그러니 그럴 리 없다.

작게 인사하자 두 사람은 대화를 끊고 상냥하게 화답했다. 하지만 나는 차마 미소로 화답하지 못했다. 이 자리에 있는 이들이 다가 아니었다.

교문을 지나자 뒤에서 다가오는 발소리가 들렸다. 가슴이 철렁 내려앉았지만 이내 나를 앞질러가는 뒷모습이 보이자 긴장이 풀렸다. 긴 갈색 머리를 흩날리며 스틸레토 힐을 또각거리며 걸어가는 모습을 보니 여학생이 분명했다. 즉 성별이 다르다.

그런 생각을 하며 걷다 보니 교무동에 도착할 즈음에는 이미 지쳐버렸다. 하지만 오늘이야말로 업무에 집중해야 한다.

어제는 일을 거의 제대로 못 했다.

신발장에 닭의 사체가 넣어져 있었다는 사실에 몹시 충격을 받았기 때문이다.

사고가 멈춰버린 나 대신 가누마가 신발장을 정리했다. 그는 이 사태를 행정실장에게 보고하고 경찰에도 신고해야 한다고 권했다. 그러나 거절했다. 오히려 비밀로 해달라고 부탁했다. 사가미가 무서웠다. 이번 일은 괴롭힘보다는 이미 협박의 범위였다. 하지만 더 소란스러워지면 곤란하다는 생각이 들었다. 직장에까지 영향을 미치면 다음번 고용 계약에 차질이 생긴다. 하긴 이미 늦었지만.

게다가 피해를 호소한다고 해도 누구를 믿을 수 있을까?

어제 하룻밤 동안 사가미와 나, 또는 사가미와 우리 가족과의 접점을 진지하게 고민했지만 역시 짚이는 바는 없었다.

다만 분명한 점은 현재 사가미가 나에게 몹시 가까이 다가왔다는 사실이다. 사가미는 내 직장 신발장을 안다. 어느 정도 내

생활을 파악하고 있다는 의미다. 사실 내 바로 옆에서 똬리를 틀고 늘 살해 기회를 엿보고 있는 것 아닐까.

마음만 먹으면 이름뿐 아니라 얼굴까지 성형 등으로 바꿀 수 있다. 바꾸지 않더라도 마스크 착용이 당연한 시대여서 사람 얼굴을 알아보기 어렵다. 나도 모르는 사이에 이미 사가미와 접촉했는지도 모른다.

그렇게 생각하니 모든 사람의 존재 자체가 섬뜩했다.

내 눈에 비치는 누군가가 정체를 감춘 사가미 아닐까?

경찰조차 믿을 수 없었다. 가족 사건이 터질 때마다 수사관이 몇 명이나 나를 찾아왔다. 그중 사가미가 섞여 있어도 이상하지 않았다.

"안녕하세요."

소곤대다시피 인사하고 행정실로 들어갔다.

행정실장은 이미 자리에 앉아 있었다. 그는 아닐 것이다. 얼굴도 이름도 모르는 악마를 가려내는 판단 근거는 성별과 나이와 경력이었다. 소년원을 갓 출소한 사가미는 당연히 남자고 현재 20대 중반일 터다. 행정실장은 남자지만 중년으로 이 직장에서 오래 근무했다. 또 기혼자라고 들었다. 안전한 사람이라고 판단했다.

유심히 둘러보니 행정실에 젊은 남자는 적었다. 가누마는 나와 같은 또래지만 기혼자이므로 같은 공간에서 일하는 사람 중

사가미일 가능성은 작아 보였다.

그렇다면 남은 후보군은 개인적으로 관련 있는 인물이다.

가장 먼저 떠오른 사람은 나기사였다. 히나 사건 이후에 만나 매일같이 연락을 주고받을 때도 있었다. 게다가 사가미와 나이가 비슷했다. 본인을 경제학부 4학년이라고 소개했지만 그의 학생증을 확인한 적은 없다.

내게 그 후 클럽 봉사자를 권한 기리미야도 그렇다. 그는 자신을 농학 연구과에 재학 중인 대학원생이라고 소개했다.

고등학교와 달리 대학은 일반인도 자유롭게 드나들 수 있는 곳이다. 20대 초반 정도까지는 누구라도 대학생 행세를 할 수 있다. 게다가 사가미가 소년원 출신이라도 고등학교 졸업 인정을 받았다면 대학에 입학할 수 있다.

나는 책상 컴퓨터를 부팅하면서 시간을 확인했다. 업무 시작까지 아직 시간이 있다. 아무렇지 않은 척 재학생 데이터베이스를 켰다. 업무상 그 정보에 접근할 수 있었기에 검색창에 처음에는 나기사의 이름을 입력했다.

화면에 나기사의 주소 등이 표시됐다. 틀림없이 이 대학 학생 같았다. 그의 입학 연도를 확인했다. 4년 전이었다.

곧이어 기리미야를 검색했다. 그의 입학 연도는 5년 전이었다.

나도 모르게 숨을 내뱉었다. 두 사람 모두 사가미가 아니다. 그 남자는 몇 달 전까지 소년원에 있었으니 대학 4학년생이나 대학원생 행세를 할 수 없었다.

그러면 사가미는 나와 면식이 없는 사람일까?

주로 내가 응대하는 행정실 접수 카운터에는 매일같이 많은 남학생이 찾아온다. 그 사람 중에 숨어 있을까? 그 역시도 소름 끼치지만 가까운 사람을 의심하지 않아도 된다는 사실에 마음은 아주 조금 편했다.

거기까지 생각하다가 기리미야는 몰라도 나기사를 아직도 가까운 존재라고 느끼는 스스로가 부끄러웠다.

나기사를 마지막으로 만난 것은 제보자 가네다를 만난 밤이었다. 이런저런 일이 연이어 벌어진 밤이었다. 가네다의 증언으로 히나의 결백을 밝혔고, 히나가 보험금을 어떻게 사용했는지도 알게 됐다. 곧이어 경찰의 연락으로 어머니의 죽음을 알았다.

이후 나기사의 연락은 뚝 끊겼다.

아직도 화가 났을까?

간신히 히나의 의혹을 풀 증언을 얻었는데 내가 공개를 거부해서.

아니면 단순히 히나 사건 자체에 흥미를 잃었을까?

진상은 이미 밝혀진 데다 우리가 공개할 것도 없이 세상에 퍼져 버렸으니.

은근히 걱정하면서 연락이 없는 것을 서운히 여기는 자신을 깨달았다. 나기사와 함께 움직이면서 나도 조금은 학생이 된 것만 같았고 마린 같은 풋풋한 기분을 느낀 것이다.

착각도 유분수지.

뺨이 확 달아올라 스스로 경계했다.

도대체 무슨 생각을 했을까. 내가 상대와 어떠한 관계를 맺고 있다고? 상대에게 마스크를 벗고 얼굴을 그대로 보인 적도 없으면서. 설마 내가 남들과 같아질 수 있다고 생각한 걸까.

"실례합니다."

목소리가 들려 고개를 들었다. 카운터에 덩치가 큰 남자가 서 있었다.

"네, 네."

멍하니 쳐다보던 나보다 가누마가 먼저 일어났다. 어느덧 업무 시간이었다.

안 돼.

나는 황급히 데이터베이스를 닫았다. 일에 집중해야지. 지금 이곳에서 고용해 주는 것만으로도 감지덕지다. 머리를 흔들어 잡념을 떨쳤다.

"죄송합니다, 제가 응대하겠습니다."

서둘러 말하며 카운터로 달려가려고 했다. 그러다가 책상에서 서류를 떨어뜨렸다. 몇십 장이나 되는 졸업생 취업처 목록이 발밑에 흩어졌다. 조심성 없는 자신을 가볍게 저주하며 바닥으로 몸을 숙였다.

그 순간, 나는 얼어붙었다.

사가미는 다니던 중학교에서 집으로 돌아가던 길에 바다가 보이는 그 집을 발견했다.

우시와카가 될 수 없어 욕구불만이 커지면서 삶의 의미를 찾지 못하는 나날을 보내던 때였다.

어쩐 일인지 사가미는 그 낡은 건물이 궁금했다. 1층은 자영업 점포, 2층은 그 가족이 생활하는 거주 공간인 듯했다. 자전거를 세우고 바라보는데 안에서 초등학교 고학년 정도로 보이는 소녀가 나왔다. 혼자서 즐거운 듯 가늘고 긴 팔다리를 흔들며 나왔다.

그 모습을 본 순간 귓속이 웅웅 울리는 기분이었다. 눈을 뗄 수 없었다.

소녀는 멍하니 서 있는 사가미를 눈치채지 못하고 1층 점포로 들어갔다. 그 가게를 혼자 이용할 나이도 아니니 가게 주인의 가족이리라.

이후 사가미는 하굣길에 그 건물 앞에서 걸음을 멈추고 소녀의 모습을 찾았다. 발견할 때도 발견하지 못할 때도 있었다. 먼발치에서라도 봤을 때는 괜스레 기뻤다. 이유는 모르겠지만 마음이 들떴다.

이 기분은 무엇일까?

그 무렵 사가미의 머릿속은 둘로 나뉘어 있었다.

우시와카와 그 소녀.

두 가지 모두 심오하고 영원히 풀 수 없을 것 같은, 그러면서도 놓을 수 없는 문제였다.

마침내 소녀도 사가미의 시선을 눈치챘다. 소녀는 겁내지 않고 사가미에게 다가왔다. 송아지처럼 크고 온순한 눈이었다. 소녀는 사가미에게 누구인지, 왜 이쪽을 보고 있는지 물었다. 따지는 것이 아니라 순수하게 궁금한 투였다.

네게 관심이 있다고는 부끄러워서 말할 수 없었다. 그래서 소녀의 부모가 운영하는 가업에 관심이 있다고 대답했다.

사가미의 대답을 들은 소녀는 기뻐했다. 소녀는 가업과 아버지를 매우 자랑스러워했다. 그리고 사가미에게 아버지가 일할 때 모습을 말했다. 그때의 옆모습은 칼을 날렵하게 휘두르는 우시와카만큼이나 예뻤다.

사가미는 소녀를 만나러 매번 바다가 보이는 집 앞을 지났다.

집이 있는 2층 창문에서 사가미를 발견하면 소녀는 반드시 밖으로 나와 줬다. 그리고 매번 열심히 아버지의 일에 대해 말했다. 사가미도 소녀의 이야기를 경청했다. 처음에는 소녀의 옆모습만 홀린 듯 바라봤지만 점점 그 얼굴이 말하는 내용까지 머리에 스며들었다. 소녀의 지식은 깊었고 말하는 방식도 뛰어났다. 계속 듣고 싶었지만 밤이 되면 계속 밖에서 이야기를 나눌 수 없었다. 사가미는 어쩔 수 없이 걸음을 뗐고, 그 순간부터 다음에 소녀를 만날 날을 손꼽아 기다렸다.

가끔은 건물 앞에서 소녀를 발견해도 혼자가 아니라 자매끼리 놀고 있을 때도 있었다. 그럴 때면 사가미는 몹시 실망해 말을 걸지 않고 떠났다.

사가미는 소녀가 좋았다. 소녀와 단둘이 있고 싶었다.

이 느낌은 무엇일까.

상상은 해 봤지만 줄곧 확신이 서지 않았다.

그러던 어느 날이었다.

여느 때처럼 찾아가면 항상 웃던 소녀가 울상이었다. 그리고 그 매끄러운 뺨에 굵은 눈물이 흘렀다.

사가미는 가슴이 갈래갈래 찢어지는 것 같았다. 무슨 일이냐고 묻는 목소리가 떨렸다.

소녀는 아무것도 아니라며 새빨간 얼굴로 대답했다. 강한 척하는 것이 분명했다. 전후 모습으로 보아 아무래도 아버지에게 꾸중을 들은 듯했다. 이유는 모르지만 그 아버지에게 손찌검당한 것 같았다.

그래서 울고 있었다.

자꾸만 눈가를 문지르는 소녀를 앞에 두고 사가미는 분명히 자각했다.

소녀의 눈물은 보고 싶지 않아. 그러려면 내가 뭐라도 해야한다.

스스로 생각해도 의외였다. 그것은 분명 사랑이라고 불리는 감정이었기 때문이다.

자신의 사고방식이 일반인과 크게 다르다는 사실은 오래전부터 알았다. 우시와카를 동경하는 사람을 본 적이 없다. 그러나 속에서는 우시와카야말로 절대적인 가치관이며 그것이 그 무엇보다 우선이라고 생각했다. 온 인류가 소중하게 여기는 사랑조차도. 그래서 오로지 우시와카처럼 사람을 베고 싶다는 생각만으로 친어머니를 주저 없이 살해할 수 있었다. 당연하게도 자신은 누군가를 사랑하지 않으리라 생각했다.

그러나 사춘기를 맞은 사가미는 깨달았다.

마음속에 소녀와 우시와카가 공존한다는 사실을.

소녀를 향한 사랑도, 우시와카를 향한 열정도 자신에게 꼭 필요한 것이었다.

사가미는 소녀를 사랑했고, 진심으로 그녀의 행복을 바랐다.

그래서 지극히 합리적인 살해 방법을 생각해 냈다. 다름 아닌 소녀의 말속에서.

어둠이 깔리고 바람이 강하게 부는 듯했다.

사가미는 유리창 너머로 흔들리는 나무를 올려다봤다. 나뭇잎이 스치는 요란한 소리가 신기한 선율로 노래하는 것처럼 들렸다.

소년 시절에 세운 계획을 마침내 실행했다.

그때의 소녀가 깨달음을 줬다.

완전히 우시와카가 되려면 반드시 누군가를 죽여야 한다. 그러나 그 표적이 어머니 때처럼 자의적이어서는 안 된다. 의미 있게 죽여야 했다.

고바야시 교지의 죽음 후 시간이 상당히 비고 말았지만 그에게는 이른바 해체 노트가 있었다. 노트 자체는 경찰에게 압수당했지만 살해 정황을 상세히 기록한 내용은 머릿속에 똑똑히 넣어 뒀다.

사가미는 계획을 세워 고바야시 히나를 죽이고 그녀의 어머니인 고바야시 히로코를 살해했다.

칼을 휘두를 때마다 실감이 났다.

자신은 옳게 죽이고 있다.

죽이는 데 의미가 있다.

생각이 형체를 띠었다.

3

얇은 미닫이문과 창틀이 덜컥덜컥 소리를 냈다.

건물 밖에서 차갑고 건조한 밤바람이 부는 듯했다.

그와 달리 큰 방은 몇 년째 환기하지 않은 방처럼 공기가 미적지근하고 정체되어 있었다.

"와아앙!"

그 공기를 가르고 날카로운 울음소리가 울렸다.

나는 한숨을 꾹꾹 눌러 삼켰다.

큰 방에는 아이가 다섯 있었는데 그중 한 명인 아직 어린 유즈가 큰 소리로 울었다. 그런 유즈를 날씬한 뒷모습의 어른이 달래고 있었다. 마린이다. 그 후 클럽 봉사자로서는 훌륭한 대처지만 내게서 돌린 등은 내 존재 자체를 거부하는 분위기를 뿜어냈다.

'이제 그만 집으로 돌아가고 싶다.'

속으로 몰래 푸념했다. 사실은 그럴 생각이기도 했다.

오늘 아침 나는 행정실에서 어떤 사실을 알았다. 사가미의 그림자를 명백하게 느꼈다. 그 자리에 있는 것만으로 온몸에 소름이 돋아서 어찌할 바를 몰랐다.

하지만 죽을힘을 다해 평정을 가장한 채 업무를 이어갔다. 눈치채지 못한 척 신변의 안전을 지키려는 자구책이었다. 그렇게 업무가 끝나자마자 한시라도 지체하지 않고 퇴근해 집으로 돌아가기로 했다. 안전한 집으로 몸을 피한 뒤 경찰에 신고하자. 오늘 밤은 그 후 클럽 봉사를 하러 나가야 하지만 그것도 거절하자고 생각했다.

그런데 못 간다는 연락을 하기 전에 기리미야가 먼저 메시지를 보내왔다. 급한 일이 생겨서 그 후 클럽에 못 가게 됐다는 내용이었다. 본래 세 명 이상의 봉사자가 아이들을 돌봐야 하지만 도무지 대타를 구할 수 없다고 했다. 그래서 미안하지만 오늘 밤은 학생 봉사자와 둘이 아이들을 돌봐달라고 부탁했다. 저녁 식사는 이미 만들어 놨으니 귀중품 관리 등 평소 기리미야가 하던 일은 학생 봉사자와 함께 처리해 달라고. 또 자신이 시간 안에 돌아오지 않으면 문단속까지 부탁한다고 했다.

오늘 밤만은 내키지 않는 부탁이었다. 그러나 정말 미안하다는 문장에 승낙하고 말았다.

애초에 오늘 밤은 내가 봉사를 하기로 한 날이었다. 일손이 부족하다는 이야기를 듣고서도 쉬고 싶다는 말을 할 수 없었다. 게다가 갑자기 일정을 변경하면 사가미에게 의심받을지도 모르니 어쩔 수 없었다.

다른 사람의 부탁을 거절하지 못하는 스스로에게 짜증 나지만 자기합리화하며 정시에 퇴근했다. 교무동을 나와 건물 뒤쪽으로 돌아 연습림으로 들어가 원래 농학부 연구실로 쓰였던 그후 클럽 건물로 향했다.

건물 미닫이문에 손을 댔을 때 기리미야의 부탁을 경솔하게 받아들인 내 판단을 몹시 후회했다. 건물 안에서 마린의 목소리가 들렸기 때문이다. 학생 봉사자는 마린이었던 것이다. 오늘 밤은 그녀와 단둘이서 아이들을 돌봐야 했다.

큰 방에서 아이들과 놀아주던 마린은 내가 들어가도 돌아보는 시늉도 하지 않았다. 마치 내가 보이지 않는 사람처럼 아이들에게만 미소를 보냈고 내가 작은 소리로 인사해도 못 들은 척했다. 사전에 기리미야에게 오늘 밤 사정을 들었겠지만 새삼 내게 설명할 마음 따위 없어 보였다. 이제 그 후 클럽에 익숙해졌으니 알아서 하라는 말인가.

"저녁 식사 준비하고 올게요."

더 이상 그 자리에 있을 수 없어 주방으로 자리를 피했다. 과거에는 나를 비웃은 동급생, 지금은 나기사의 여자친구인 마린은 내가 여간 마음에 들지 않는 모양이다. 앞으로 몇 시간이나 더 마린과 시간을 보내야 하는데.

주방으로 가 가스레인지에 불을 켠 뒤 큰 냄비 속 음식이 눌어붙지 않도록 국자로 휘저었다. 저녁 식사 메뉴는 비프스튜인 듯했다. 싫어하는 닭고기 냄새가 나지 않는 것만이 오늘 밤 유일한 위안이었다.

홀로 국자를 휘젓는데 머릿속에 다시 그 얼굴이 떠올랐다. 오늘 아침부터 계속 그 생각뿐이었다.

그 남자.

그는 본성을 속이고 있다. 가스레인지의 불꽃과 냄비에서 피어오르는 훈김으로 좁은 주방이 따뜻해졌지만 소름이 가시지 않았다.

저녁 식사 시간에 나는 주로 배식과 뒷정리를 담당하고 마린은 아이들을 돌보며 평소처럼 마쳤다. 그런데 봉사자 사이에서 느껴지는 긴장이 자연스럽게 아이들에게도 전염된 듯하다. 눈에 띄는 싸움이나 말다툼이 벌어지지는 않았지만 식사가 끝난 뒤 큰 방 분위기가 묘하게 어색했다.

특히 어린 아이는 더 예민한지 오늘 밤 유즈는 기분이 나빴다. 사소한 일로 몇 번이나 훌쩍거리며 칭얼대더니 급기야 큰 소리로 울기 시작했다.

유즈와 사이가 좋은 마린이 달랬지만 도무지 울음을 그치지 않았다. 나도 종이접기로 판다를 만들어 내밀었지만 전혀 효과가 없었다. 새빨개진 눈으로 두 팔을 휘두르는 유즈에게 나가떨어졌다.

"와아앙, 엉엉."

가슴 아플 정도로 자지러지게 우는 소리가 큰 방을 가득 채웠다.

어느새 다른 아이들도 놀이와 숙제를 멈추고 막막한 얼굴로 쳐다봤다. 그 후 클럽 운영자로 아이를 잘 다루는 기리미야는 아직 돌아올 기미가 없었다. 게다가 오늘은 평소에 도움이 되던 히로도 없었다. 아무도 분위기를 수습하지 못했다.

이 얼마나 짜증 나는 밤인가.

나는 일을 팽개치고 돌아가고 싶었지만 그럴 수도 없었다. 일단 어떻게든 유즈를 진정시켜야 했다.

큰 방을 둘러보니 구석에 커다란 토끼 인형이 있었다. 기증받은 물건인지 보풀이 생겨 지저분했지만 여자아이의 마음을 달래는 데 도움이 되지 않을까. 나는 인형 목덜미를 잡고 들어 올렸다.

그 순간 손가락 끝이 따끔했다.

시선을 내려 살폈더니 인형에 뾰족한 것이 1센티미터 정도 튀어나와 있었다.

손가락으로 집어서 꺼내니 유리 조각이었다. 인형 속에 박혀 있던 듯하다. 아이가 가지고 노는 장난감에 이런 위험한 것이 섞여 있다니. 유리 조각은 끝이 날카롭고 작은 칼날처럼 생겼다.

도대체 누가?

그 생각이 들자마자 가슴이 철렁 내려앉았다.

사가미의 짓일까?

생각해 보면 내가 처음 그 후 클럽을 방문했을 때도 음식에 이물질이 섞여 있었다. 아이들과 함께 버터 치킨 카레를 먹던 마린이 음식에 도자기 조각 같은 것이 들어 있었다고 했다. 조리하던 중에 들어갈 리 없던 물건이다.

사가미는 그때부터 이미 가까이서 나를 압박하고 있던 것 아닐까.

날카로운 도자기 조각은 나를 위협하기 위해 큰 냄비에 넣은 것이다. 그러나 나는 그 후 클럽에서 식사하지 않으므로 목적을 달성하지 못했다. 그래서 이번에는 비품에 유리 조각을 섞은 것 아닐까.

"유즈, 미오 씨가 인형을 가지고 왔어."

아이의 목소리에 경직된 몸이 풀렸다.

"그래. 이거 봐, 귀엽지?"

유즈에게 말하면서 유리 조각을 얼른 바지 주머니에 넣었다. 어른의 사정에 아이들을 끌어들일 수는 없었다.

"자, 이 토끼랑 놀자."

인형을 건넸지만 유즈는 계속 울었다. 마스크가 눈물로 흠뻑 젖었다.

달칵.

소리와 함께 머리 위를 밝히던 빛이 꺼지고 큰 방은 캄캄해졌다.

불을 끈 마린은 성큼성큼 복도를 걸어갔다. 남겨진 나도 뒤따라갔다.

간신히 그 후 클럽을 마무리했다.

기본적으로 저녁 9시까지 운영하지만 한 아이의 보호자가 늦는 바람에 이미 10시가 넘었다. 기리미야도 결국 오지 않았다. 이제 둘이서 문단속을 하고 집으로 돌아가야 한다.

마린과 나는 말없이 휴게실로 들어가 금고에서 각자 귀중품을 꺼낸 뒤 코트를 입고 가방을 어깨에 메고 밖으로 나왔다. 건물을 둘러싼 어두운 연습림이 바람에 술렁였다. 주위에 조명은 없고 그저 먼 하늘에 뜬 달이 약간 하얀 빛을 뿌릴 뿐이었다. 검은 나무들 사이로 보이는 학부동 창문에도 불빛이 거의 보이지 않았다.

현관을 잠그는 사람은 마린이었다. 오래된 자물쇠라서 열쇠 구멍에 열쇠를 꽂아 돌리는 데 애를 먹었다.

마지막까지 나를 거의 보지 않던 마린의 뒤통수를 바라보며 역시 헤어지기 전에 말을 거는 편이 낫겠다는 생각이 들었다.

마린을 미워하거나 부러워한 적은 있다. 그러나 지금은 그런 기분을 거의 느끼지 않았다. 태도를 보면 결코 친하게 지내고 싶은 상대는 아니었지만.

"우미노 마린 씨."

내가 이름을 부른 것과 거의 동시에 마린이 문을 잠갔다.

그녀는 내 목소리를 완전히 무시하고 부츠 힐을 빙그르르 돌려 내게서 등을 돌리고 먼저 돌아가려고 했다. 전에도 같은 식으로 행동했던 기억이 떠올랐다.

"저기, 잠깐만."

도망치지 못하도록 마린의 팔을 잡은 순간이었다.

"하지 마!"

새된 목소리로 소리를 질러 깜짝 놀랐다. 그렇게 세게 잡을 생각은 아니었는데.

"미안해요."

사과하며 손을 놓는데 가냘픈 목소리가 들렸다.

"……줘."

"응?"

나는 달빛에 의지해 마린의 얼굴을 봤다. 치켜 올라간 눈썹을 보고 나를 노려보는 눈을 상상했는데 실제로는 그 눈썹도 눈가도 금방이라도 울음을 터뜨릴 것처럼 일그러져 있었다.

"용서해 줘. 제발 날 죽이지 마."

무슨 말을 하는지 이해할 수 없었다. 마린은 나를 싫어하고 무시했던 것 아닌가?

뭐라고 대답해야 할지 몰라 잠자코 있었다.

"네가 한 짓이잖아."

마린이 겁에 질려 흔들리는 눈으로 말했다.

"전에 저녁 먹을 때 카레에 식기 조각 넣은 거."

"내가 했다고?"

"아까도 봤어. 네가 토끼 인형 안에 몰래 유리 조각을 넣으려고 하는 걸."

아니다. 내가 넣은 것이 아니다. 나는 오히려 인형에 꽂혀 있던 이물질을 꺼냈을 뿐이다.

"다 나한테 복수하려고 그런 거잖아!"

변명할 틈도 주지 않고 말을 쏟아냈다.

"내가 널 비웃었으니까. 중학교 때 내가 애들이랑 네 치열을 놀렸잖아. 그리고 올해, 네가 대학 행정실에 왔을 때부터 또 같은 짓을 했고. 친구와 남자친구를 데리고 가서 너를 비웃었지. 넌 그거 때문에 계속 앙심을 품은 거지?"

"잠깐, 마린……."

"미안해."

마린이 고개를 숙였다.

"정말 미안해. 그렇게 악의는 없었어. 그러니까 용서해 줘. 제발 죽이지 마."

나는 말없이 그녀의 정수리를 내려봤다. 늘어진 앞머리가 잘게 떨렸다.

마린이 그 후 클럽에서 나를 계속 무시한 이유는 그만큼 나를 싫어하기 때문이라고 생각했다. 하지만 사실은 똑바로 쳐다볼 수 없을 정도로 내가 무서웠기 때문이었다. 살해당할 것이라는 것은 상당히 지나친 생각이었지만. 게다가 마린은 완전히 오해하고 있다.

뭐라고 말해야 할지 난감해하자 마린은 겁에 질린 채 쭈뼛쭈뼛 고개를 들고 내 모습을 살피면서 뒷걸음질 치기 시작했다. 당장이라도 틈을 보아 도망칠 것 같았다.

이대로 헤어지면 안 된다고 생각했을 때 바람에 목소리가 실려 왔다.

"마린."

뒤돌아보니 연습림에 사람이 있었다.

"나기사!"

마린이 튕겨 나가다시피 뛰기 시작했다.

"잠시만!"

손을 뻗었지만 이미 늦었다. 마린의 등에 살짝 닿았을 뿐이었다. 그녀는 금방 나를 벗어나 나기사에게 매달리듯 달려들었다.

그런데 그때, 나기사가 오른손을 들어 마린의 뺨을 힘껏 후려쳤다.

나는 작게 비명을 질렀다.

마린의 몸은 나뭇잎처럼 허공을 날아 땅바닥으로 내동댕쳐졌다.

발밑에 쓰러진 마린을 내려다보며 나기사가 작게 중얼거렸다.

"쫄지 말라고."

그 목소리에 반응하듯 마린이 움직였다. 땅바닥을 짚고 느릿느릿 고개를 들었다. 어두컴컴한 밤이었지만 나기사에게 맞은 충격으로 마스크가 벗겨지고 왼쪽 뺨이 붉어진 모습이 보였다. 그래도 여전히 남자친구를 올려다보는 눈빛은 무구했다.

"나기사?"

자신에게 무슨 일이 일어났는지 아직 잘 모르는 눈치였다. 나는 신음했다.

"아니야. 그 사람은 나기사 조타로가 아니야."

마린은 어리둥절한 모습으로 눈을 깜빡였다.

오늘 아침, 업무를 시작하자마자 덩치 큰 남자가 행정실 접수처를 찾아왔는데 처음 보는 얼굴이었다. 2년 남짓 휴학했다가 복학 신청을 하러 온 남자였다. 가누마가 그 학생을 상대했다.

그런데 바닥에 떨어진 서류를 주우면서 그들의 대화를 우연히 듣던 나는 자신의 이름을 나기사 조타로라고 말하는 남자의 목소리에 귀를 의심했다. 그는 2년 휴학하고 해외로 유학을 다녀왔으며 이번에 귀국했다고 설명했다. 나는 몰래 다시 한번 재학생 데이터베이스에 접속해 나기사의 정보를 검색했다. 아까는 놓쳤지만 확실히 '휴학 중' 칸에 표시되어 있었다.

그러면 지금까지 나기사라는 이름으로 학교를 활보하고 학생인 마린과 사귀며, 자칭 저널리스트 지망생으로 내게 접근한 남자는 누구일까?

그가 나를 응시했다. 빛이 꺼진 그 눈동자에 목덜미에 식은 땀이 흘러내렸다.

그가 나기사가 아니라는 사실을 안 뒤 떠오른 기억이 있다.

둘이서 지쿠야 바의 사장, 도모리의 주변을 조사할 때 일이다.

히나의 전 남자친구인 도모리에게 접근을 시도한 후 우리는 낯선 남자들에게 습격당했다. 당시에는 도모리의 오른팔인 가네다가 꾸민 짓이라고 생각했지만 실제로는 도모리가 내린 지시였다.

나기사는 혼자서 남자들과 맞섰다. 몸싸움이 벌어지는 와중에 땅바닥에 떨어지는 칼을 보고 나는 소름이 돋았다. 그러나 나기사는 전혀 겁먹지 않았다. 이후 "상대가 죽일 마음이 없다는 것을 알았다. 그저 협박만 하려던 것이다"라고 말했다.

그런데 협박만 할 생각이었다면 왜 남자들은 처음부터 칼을 흘리지 않았을까.

칼을 먼저 보이는 편이 갑자기 주먹질하는 것보다 덜 힘들면서 협박 효과는 더 뛰어났을 텐데. 그런데 실제로는 난투극을 벌이다가 도중에 칼이 등장했다. 상대를 다치게 할 마음이 없었다면 상당히 무모한 방식이었다. 그 접근전에서 칼을 휘둘렀다면 최악의 상황에는 사망자가 발생할 수도 있었다. 남자들은 그렇게까지 생각이 깊지 않은 것일까.

나는 그것이 아니라고 생각했다. 그 칼은 나기사가 가지고 있던 물건이 아닐까 추측했다. 맨손으로 겁이나 주려는 남자들에게 나기사는 칼을 꺼내 들었다. 상황을 적당히 모면할 생각이 없던 것이다. 오히려 무사해서 다행인 쪽은 습격자들이 아니었을까.

우리 머리 위에서 잡목림의 가지와 잎들이 으르렁거렸다.

남자는 지금, 마린을 사이에 두고 나와 마주 보고 서 있었다.

왜 학생인 척했을까?

왜 평소에 칼을 들고 다니는 걸까?

나는 쉰 목소리로 물었다.

"당신, 누구예요?"

대답은 반쯤 알고 있었지만 직접 확인하지 않고는 배길 수 없었다.

"……마린 잘못이야."

내 질문에는 대답하지 않고 혼잣말처럼 중얼거렸다.

4

"마린 탓이야."

나기사는 같은 말만 반복했다.

자신의 이름이 나오자 땅바닥에 주저앉아 있던 마린이 눈썹을 치켜세웠다. 무슨 뜻인지 이해하지 못하는 모습이었다.

"이 녀석."

나기사가 기르는 강아지나 고양이를 내려다보는 눈빛으로 마린을 흘긋 쳐다보며 말을 이었다.

"처음에는 바보 취급했어. 너 말이야."

이제는 나를 똑바로 응시했다.

"중학교 때 같은 반이었던 이 빠진 못난이가 대학 행정실에서 일한다고 나한테 말했을 정도거든. 그래서 너를 구경하러 둘이 같이 행정실에 가서 재미있어했지. 그런데 고바야시 히나 때문에 시끄러워지면서 마린이 변했어. 오직 너만 무서워했거든."

몹시 우울한 말투였다.

"고바야시 미오는 사실 그 흉악한 사가미 사건의 피해자 가족이었고 최근에는 동생까지 살해당했다고 한다. 심지어 그 여동생마저 보험 살인을 계획했다는 의혹이 있다. 동생이 범죄자라면 언니인 고바야시 미오도 비슷한 인간일지 모른다. 자기는 무시무시한 사람을 괴롭히고 말았다, 어떡하지? 마린은 얼굴이 새파래져서는 그렇게 말했어. 내가 아무리 괜찮다고 달래도 안심하지 못했지. 내 앞에서는 말하지 않았지만 태도만 봐도 알았어."

조금 전 마린이 내 보복을 두려워한다는 사실은 알았다. 내게 "용서해 줘. 제발 죽이지 마"라며 빌었다. 몹시 겁을 먹은 듯하다고 생각했는데 히나의 사건이나 의혹 때문에 지레 부풀려 생각한 탓인 것 같았다.

"그런데 그런 심리라니 참 이상하잖아?"

나기사의 물음에 나는 고개를 끄덕이려고 했다. 마린의 공포는 오해에서 비롯된 감정이니까. 하지만 그러기도 전에 나기사가 말을 이었다.

"마린이 가장 무서워해야 하는 건 나여야 하는데, 이상하잖아. 남자친구로서도 남자로서도."

고개를 갸우뚱하면서 당연하다는 듯 말했다.

"뭐라고?"

"무서워한다는 건 존경한다는 뜻이야. 마린이 진심으로 두려워해야 할 사람은 나뿐이란 말이야. 그런데 엉뚱한 쪽에 자꾸 신경을 쓰잖아. 마린을 정신 차리게 해서 내가 가장 존경할 만한 존재라는 걸 똑똑히 깨닫게 해야지."

말이 나오지 않았다.

"그런데 교정 방법이 문제였어. 마린이 널 무서워하는 정도가 심상치 않았거든. 이거야 원, 내가 조금 혼내주는 걸로는 어림도 없겠다 싶었지. 그래서 평소와 다른 방법을 썼어."

'평소와'라니, 무슨 뜻일까.

나는 상상하지 않으려고 애썼다.

"넌 분명 무서워할 가치가 없는 인간이야. 직장에서 일하는 모습만 봐도 다 알걸? 넌 맨날 닭장 안에 갇혀 사람에게 잡아먹히기만 기다리는 닭처럼 벌벌 떨고 있으니까. 그런데도 마린이 널 무서워하는 이유는 네 동생 고바야시 히나의 의혹 때문이야. 그러니 그 의혹만 풀면 마린의 오해도 풀린다는 뜻이지. 마침 너도 동생의 억울함을 증명하려고 했으니까 너와 협력하는 식으로 진행한 거야. 내가 도움이 됐지?"

얼마간 득의양양하게 떠드는 소리를 듣다가 물었다.

"……무슨 수를 썼어요?"

기분 나쁜 예감이 들었다.

"내가 못 찾은 가와키타와 도모리의 정보를 쉽게 찾아왔잖아요. 어떻게 한 거예요?"

이 남자는 신분을 위장했다. 그러므로 취업을 앞둔 경제학부 학생이 아니다. 소꿉친구를 잃고 저널리스트가 되겠다는 뜻을 품었다는 이야기도 거짓이겠지. 취재와 조사 노하우 따위 아무것도 없을 터다.

"뭐 몸으로 때우는 거지."

나기사가 어깨를 으쓱였다.

"주간 리얼의 미토라는 여자는 강단이 없던데. 으름장을 좀 놓았더니 생각보다 쉽게 술술 불더라고. A 씨라고 불린 가와키타의 개인정보나 도모리의 본가 주소나."

그러고 보니 최근 미토를 보지 못했다는 사실을 이제야 깨달았다.

히나의 의혹이 불거진 직후 미토는 진을 치다시피 했었다. 주간 리얼에서 나를 전담 취재하는 기자 같았다. 그런데 어느 시점부터 나타나지 않았다. 주간 리얼의 다른 기자와는 마주쳤으나 미토는 아니었다.

미토와 마지막으로 만난 곳은 지쿠야 바 본사 앞이었다. 평소처럼 취재랍시고 나를 압박해서 곤란했는데 나기사가 쫓아냈다. 아마 그때 미토와 그 사이에 연결고리가 생겼을 것이다.

생각해 보면 그가 미토를 물리친 방식 또한 비열했다. 그 점이 신경 쓰였지만 그에게 의지하고 말았다.

심지어 그가 부탁하는 대로 미토의 명함을 보여주기까지 했다. 명함에는 미토의 이름과 소속, 연락처 등이 적혀 있었다.

나기사는 정보를 끌어내려고 그것을 이용해 미토를 협박했다는 말인가. 성가신 존재이기는 했어도 순수한 눈으로 진실을 찾던 그 여자를 다시는 일할 수 없을 정도로.

"하지만 전부 미토가 알려준 건 아니야. 그 멍청한 여자가 도모리의 교우관계도 만족스럽게 파악하지 못했거든. 그래서 도모리의 본가에 가서 놈의 졸업앨범과 졸업생 명단을 빌려올 수밖에 없었지. 그건 좀 귀찮았어."

지쿠야에 조사하러 갔을 때 도모리의 본가가 빈집털이 피해를 입었다고 들었다. 그 범인이 도모리의 졸업앨범과 명단을 빼내려고 침입한 나기사였나 보다.

"음, 그런 내 노력의 결과로 고바야시 히나가 보험 살인을 저지르지 않았다는 걸 밝혀냈지. 그런데 네가 가네다와의 약속을 지키려고 사실을 공개하지 않겠다고 했을 때는 솔직히 빡쳤어. 네 동생이 결백하다는 사실이 세상에 알려지지 않으면 의미가 없으니까. 그래야 마린이 안심하지. 그래서 어떤 수를 쓰든 공개할 생각이었는데 그전에 여론이 바뀐 거야. 네 어머니가 살해당한 사건과 살인범 사가미 쇼가 행방불명된 일과 재단에 기부한 이야기 같은 게 타이밍 좋게 알려졌지. 덕분에 별다른 증거

없이도 고바야시 히나의 결백이 밝혀진 셈이 됐어. 네 동생은 전혀 무서운 존재가 아니었어. 역시 너희는 그냥 불쌍한 피해자 가족이었고."

나기사는 숨도 쉬지 않고 고저 없는 목소리로 계속 말했다.

"내 목적은 다 이뤘어. 이제 나는 마린에게 최고의 사람이 될 거야. 세상에 퍼진 사실을 보여주면서 마린이 알아듣도록 다정하게 타일렀어. 고바야시 미오는 두려워하지 않아도 되는 인간이라고. 내가 잘 설명해 줬어, 그치 마린?"

동의를 구하는 연인의 물음에 마린은 그저 눈만 부릅뜨고 있을 뿐이었다. 지금까지 나기사의 본성을 전혀 눈치채지 못한 듯했다. 당연한 일이다. 여자친구가 자신을 온전히 두려워하기를 바라는 사고방식을 어떻게 이해할 수 있을까.

마린이 가엾다는 생각이 저절로 들었다. 지극히 평범한 대학 생활을 즐기고 있었을 텐데 이런 이상한 사람을 좋아하게 되다니. 당연하지만 나 외에도 불행한 사람은 또 있었다.

아니, 남의 일로 치부할 때가 아니었다.

"그런데."

한층 낮아진 나기사의 목소리에 마린도 나도 흠칫 놀랐다.

"마린은 받아들이지 않았어. 역시 네가 너무 무섭다면서."

나기사의 손가락이 나를 가리켰다. 마치 가슴을 직접 찔린 기분이었다.

"고바야시 미오는 죄가 없다는 걸 알아. 하지만 피해자라고는 해도 애초에 범죄에 연루된 적 있는 인간이라는 것 자체가 문제라고. 게다가 이번 한 번이 다가 아니야. 아버지와 동생, 어머니까지 살해당했어. 그건 보통 일이 아니라고. 그래서 못 받아들이겠어. 이제 그 후 클럽 봉사도 나가고 싶지 않아. 거기서 고바야시 미오의 얼굴만 봐도 무서워 죽겠어, 라더군."

정곡을 찌르는 말에 가슴이 쓰렸지만 맞는 말일지도 모른다고 생각했다. 이 나라에서 평생 범죄 피해를 입는 사람은 압도적으로 소수파다. 대다수 사람은 그런 사람을 뭔가 불길하다고 느낄 것이다. 다수에게 소외당하는 것도 고통받는 쪽에게는 익숙한 일이다.

"여자친구에게 그런 말을 들은 내 기분이 어떨지 상상이 가? 나는 남자친구로서 형편없는 놈이 된 거라고."

살면서 겪은 쓰라린 경험을 떠올리는 나를 나기사의 말이 가로막았다.

말 그대로 어깨를 떨군 나기사는 힘이 쭉 빠져 보였다. 늘어진 몸이 그의 등 뒤로 보이는 나무 한 그루에 목을 맨 것처럼 보였다. 나는 이해하지 못할 논리지만 남자는 마음의 상처를 받은 것 같았다.

"그러니까 말이야."

나기사는 몸을 흔들거리며 앞으로 발을 내디뎠다. 단 한 걸음이지만 그의 모습이 단숨에 커진 것처럼 느껴졌다.

"이제는 널 죽일 수밖에 없어."

순간 무슨 말을 들었는지 이해하지 못했다.

"내가 아무리 네 가면을 벗겨내도 마린이 무서워하니까. 내가 너보다 더 대단하다는 걸 직접 보여줄 수밖에 없지 않겠어? 그러면 마린도 나를 존경하겠지."

얼굴을 든 나기사의 오른손에 어느새 칼이 들려 있었다. 희미한 달빛만으로도 끝이 날카롭게 빛났다. 저것은 지난번 난투극에서 보았던 칼일까. 아니면 새로 준비한 물건일까.

"처음에는 널 곤죽을 만들어서 동영상을 찍으려고 했는데 말이야. 그걸 보여주면 마린도 내 가치를 이해할 거 아냐. 그런데 네가 제법 똑똑하더라고. 물렁물렁해 보이는데 실은 고분고분한 스타일은 아니잖아? 어설프게 손을 댔다가 실패하고 싶지 않았지. 게다가 너는 내가 이 대학 학생이 아니라는 사실도 알아. 나기사 조타로가 귀국해서 행정실을 방문한 모양이던데."

다시 식은땀이 흘렀다. 내가 나기사의 사칭을 눈치챘다는 사실까지 알고 있었구나. 사실을 알았을 때 모르는 척하지 말고 경찰에 바로 신고할걸.

"마린이 꽤 예뻐서 물러날 시기를 잘못 계산했어. 평소에는 사라질 타이밍을 잘 잡는데."

어둠 속에서 투덜대는 이 남자가 이렇게 타인의 인생을 멋대로 훔친 것은 몇 번째일까.

"교직원인 네가 상사에게 찌르면 나는 끝이야. 마린과의 관계뿐 아니라 여기 대학 생활도 끝나고 쫓팔리겠지. 그러니까 역시 너를 죽일 수밖에 없겠더라고. 아, 정말 귀찮게."

나기사는 나른하게 어깨를 돌리고는 내게 칼을 겨누었다. 그의 두 눈은 칼끝보다 더 매서웠다.

"잘 봐둬, 마린."

그 자리에 마린을 남겨 놓고 낙엽을 자박자박 밟으며 내게 다가왔다.

나는 비명을 지르려고 했다. 하지만 들이마신 밤공기가 묵직한 덩어리가 되어 목구멍에 걸려 숨을 쉴 수조차 없었다.

몸도 움직이지 않았다. 나기사의 사고를 이해할 수 없어 도망칠 타이밍을 놓친 데다 뚜렷하게 전해지는 살의가 온몸을 칭칭 옭아맸다.

나기사가 점점 커졌다.

반대로 내 몸은 점점 움츠러들었다.

과거 여러 번 본 붉은 피를 이번에는 내 몸에서 보게 되는 걸까.

"이봐!"

옆에서 남자 목소리가 날아들었다.

"당신 뭐 하는 거야!"

목소리의 주인은 누구일까?

몸이 움직이지 않아서 고개를 돌려 확인할 수 없었다. 그러나 남자가 금방 시야에 들어왔다. 내 옆까지 달려온 것이다.

기리미야였다.

취직 활동이라도 하는지 처음 보는 정장 차림이었다.

기리미야는 마치 나를 보호하듯 나기사와 내 사이를 가로막고 섰다. 그의 어깨가 들썩였다. 볼일이 끝나는 대로 그 후 클럽으로 오겠다더니 멀리서 우리를 발견하고 한달음에 달려온 것 같았다.

"비켜! 칼 내려놔."

나기사가 나직한 목소리로 위협하며 냉정하게 대응했다.

"당신 지금 무슨 짓 하는지 알아?"

"모르는 건 너겠지."

나기사는 제삼자와는 말을 섞지 않겠다는 분위기를 풍기며 앞으로 걸었다.

"난 그 여자한테 볼일이 있어."

칼을 들고 우리에게 달려들었다.

기리미야는 물러서지 않았다. 내 방패 역할을 하듯 두 팔을 벌렸다.

그 등이 나기사와 부딪힌 충격으로 흔들렸다.

나도 모르게 앗 하고 소리를 냈다.

그러나 그 소리는 유리를 깨부수는 것처럼 무시무시한 비명
에 지워졌다.

기리미야가 땅바닥에 무릎을 꿇었다.

그 너머로 나기사가 움직임을 멈춘 모습이 보였다. 비명이
난 방향을 향해 비스듬히 그 뒤를 살폈다.

그곳에 주저앉아 있는 사람은 마린이었다. 마린이 있는 위치
에서는 나기사가 칼을 들고 기리미야에게 덤벼드는 장면이 분
명하게 보였으리라. 비명을 멈춘 뒤에도 하얀 얼굴이 녹아내려
뭉개진 촛농처럼 일그러져 있었다.

"마린?"

나기사가 이름을 부르자 마린의 얼굴은 한층 더 일그러져 거
의 눈을 까뒤집은 상태가 됐다.

"이제 알았어!?"

나기사가 흥분한 목소리로 소리쳤다.

"드디어 나를 조금 알겠지!"

그 옆모습은 환희로 번쩍였다. 이렇게 생기 넘치는 그의 얼
굴은 처음 봤다.

나기사의 말에 마린은 망가진 인형처럼 사시나무 떨듯 몸을
떨었다. 그의 말대로 타인에게 상처 주는 것도 마다하지 않는
남자친구의 본성을 똑똑히 체감한 모습이었다.

"⋯⋯시."

마린이 갑자기 일어났다.

"싫어!"

한마디 외치더니 연습림 속으로 뛰어갔다. 급기야 나기사를
보는 것조차 견딜 수 없는 듯했다.

그러자 나기사도 우리를 내버려 두고 방향을 돌려 뛰어갔다.

"기다려!"

한껏 신이 나서 마린을 쫓아갔다.

"제대로 잘 봐둬, 나는 굉장한 남자니까. 나를 앞으로 잘 봐둬
……."

점점 멀어지는 그의 목소리에는 걷잡을 수 없는 웃음이 배어
나왔다. 마린은 그를 무시한 채 연습림으로 사라졌다. 곧이어
연인의 뒤를 쫓는 나기사의 모습도 보이지 않았다.

나와 기리미야만 그 자리에 남았다.

5

나기사가 모습을 감추자 마침내 가위에서 풀려났다.

"괘, 괜찮아요?"

황급히 기리미야에게 말을 걸었다. 나를 지키려고 몸을 던진 그는 나기사가 휘두른 칼에 찔렸다. 나는 기리미야의 뒤에 있었기 때문에 정확한 상황은 보지 못했지만 가슴 부근을 찔린 상태였다.

"네."

기리미야가 대답하며 자리에서 일어서려 하자 내가 말렸다.

"움직이지 마요."

어둠이 짙게 깔려 출혈을 확인할 수 없어 상처가 얼마나 깊은지 알 수 없었다.

"가만히 있어요. 구급차 부를게요."

어깨에 멘 가방을 내려놓고 휴대폰을 찾았다.

"신고하지 말아요."

기리미야가 내 손을 저지했다. 나를 그를 쳐다봤다. 이미 일어서 있었다.

"상처는요?"

"평소에는 바지 주머니에 넣고 다니는데요."

기리미야가 한 손을 품에 넣었다.

"오늘은 정장을 입는 바람에 우연히 여기에 넣어 뒀거든요."

입고 있는 재킷 안주머니에서 휴대폰을 꺼냈다. 화면에는 거미줄 같은 금이 가 있었다.

"이게 어떻게 된 거예요?"

"마침 칼이 이걸 찔렀어요. 덕분에 목숨을 건졌네요."

품속의 휴대폰이 우연히 갑옷 역할을 해준 듯하다. 나는 안심했다.

"다치지는 않았나 보네요."

"상처 하나 없어요."

기리미야가 미소 지었다.

"다행이다……."

"미안해요. 내가 그 후 클럽을 고바야시 씨와 우미노 씨에게만 맡긴 날 하필……."

"아뇨."

기리미야가 고개를 숙이기에 나는 손을 흔들었다. 나기사 사건은 그와 상관없다. 내 문제였다. 기리미야가 오지 않았으면 나는 분명 그 남자의 칼에 찔렸을 터다. 새삼 소름이 돋았다.

"고바야시 씨와 우미노 씨에게 폐가 되지 않도록 오늘 밤 안에 해결하려고 했는데 역효과가 났네요."

기리미야의 말에 나는 고개를 갸웃했다. 무슨 말일까.

"가정방문을 다녀왔어요. 히로의 집을 방문해 히로와 히로 아버지와 셋이 이야기를 나눴어요."

확실히 히로는 오늘 밤 그 후 클럽에 오지 않았다. 다른 아이들을 잘 돌보고 분위기를 띄우는 역할도 해서 도움이 되는 존재인데.

"전에 말했듯 그 후 클럽은 요즘 일손이 부족해서 곤란하죠. 학생 봉사자들이 자꾸 그만두거든요. 그런데 그만두는 봉사자가 모두 여성이라는 걸 깨달았어요. 애초에 학생 봉사자는 대부분 여성이었기에 일손이 부족해졌던 거예요. 저는 남자라서 그동안 잘 몰랐는데 조사해 보니 여성 봉사자들이 그 후 클럽에서 괴롭힘 같은 것을 당했다는 걸 알았죠."

"괴롭힘이요?"

"네. 음식에 도자기 조각이 들어 있거나 현관에 놓아둔 신발이 젖어 있다고 하더라고요. 그런데 누구 짓인지 모르겠다고. 그런 테러를 당한 여성들은 아이들을 의심하기에는 마음이 불편하고 다른 봉사자에게 상담하자니 그 상대가 범인일지도 모른다는 생각이 들었죠. 그래서 이도 저도 싫어져서 아무 말 없이 그만두어 버린 거예요. 오늘에서야 그 사실을 알게 됐어요. 누가 그 후 클럽에서 그런 짓을 했는지도."

"혹시 히로였어요?"

당장은 믿기지 않았지만 이야기의 흐름을 생각하면 그렇게 추론할 수밖에 없었다. 아니나 다를까 기리미야는 긍정했다.

"예전에 내가 그 후 클럽을 이용하는 아이들은 가정환경이 복잡한 경우가 많다고 말한 적 있죠?"

기억난다. 내 일만으로도 벅차서 반쯤 흘려들었지만.

"히로네는 편부가정이에요. 여러 가지 사정으로 어머니가 집을 나갔는데 히로는 버림받았다고 생각하는 것 같아요. 그 영향으로 어머니를, 심지어 여자를 미워하게 됐다더라고요. 히로가 일상에서 접하는 성인 여자라고 하면 학교 선생님이나 그 후 클럽 봉사자들이었죠. 그래서 여성 봉사자를 노리고 계속 괴롭힌 것 같아요. 그리고 여자아이들만 만질 것 같은 장난감에도 장치해 놓은 것 같더군요. 예를 들어 인형 속에 날카로운 유리 조각을 숨겨놓는다거나 하는."

그 의젓한 히로군이.

기억 속 히로는 항상 부드러운 미소를 짓고 있었다.

그 아이가 이물질을 넣은 장본인이었다니.

내 얼굴이 여전히 지우지 못한 의심이 남아 있었나 보다.

"히로 본인이 증언했어요."

기리미야가 강조했다.

"오늘 내가 가정방문을 가자 모든 걸 자백했어요. 고바야시 씨 직장 신발장에 닭 사체를 넣은 일도."

"네?"

"고바야시 씨는 히로에게 닭고기를 못 먹는다고 말한 적 있다면서요."

언제인지 떠올랐다. 봉사 첫날이었다. 버터 치킨 카레를 함께 먹자고 권하던 히로에게 거절하면서 이유를 설명했다.

"얼마 전에 우연히 히로의 학교에서 키우던 닭이 죽었대요. 그래서 고바야시 씨를 괴롭힐 생각을 했나 봐요. 방과 후에 닭 사체를 몰래 훔쳐 행정실까지 가져다 놨대요."

"그래요?"

그 일은 사가미의 협박이 아니었던 것인가.

"기분 나쁘게 해서 미안해요. 날을 다시 잡아서 고바야시 씨에게 제대로 사과하라고 보낼게요. 나도 미처 눈치채지 못해서 정말 미안해요."

"기리미야 씨가 사과할 일은······."

"당신은 그런 사람이죠."

기리미야가 숨을 크게 내쉬었다.

"내가 히로에게 들은 이야기 중에 신발장에 닭 사체를 넣은 일이 가장 심했어요. 누구 소행인지도 모르는 테러를 당하면서 그 후 클럽에 나오는 것은 상당히 부담스러웠을 겁니다. 그런데도 지금까지 불평 한마디 없이 계속 봉사하러 와 줬어요. 저절로 고개가 숙여져요."

딱히 큰 뜻이 있어서 봉사하러 간 것은 아니다. 그만둘 생각을 못 한 이유는 그동안 나를 괴롭히던 범인이 그 후 클럽 관계자라고 생각 못 했기 때문이다.

그러나 기리미야는 내게 변명할 틈도 주지 않았다.

"나는 그 후 클럽에 협조해 주는 당신의 부담을 최대한 덜어주고 싶어서 오늘 밤에 히로의 집을 방문하기로 했어요. 그런데 설마 그 사이에 그런 이상한 남자가 올 줄이야. 밤늦게까지 문을 여는 그 후 클럽을 여성 봉사자에게만 맡기면 안 됐어요."

"……."

"그래도 늦지 않아서 다행이에요. 어떻게든 당신을 지킬 수 있었으니까."

기리미야는 눈을 가늘게 떴다.

"이제야 겨우 지켰어."

쏴아아아.

나무들을 흔든 밤바람이 피부에 들러붙었다.

기리미야의 말에 위화감을 느꼈다.

"……겨우?"

중얼거리는 내 말에 기리미야가 지극히 자연스럽게 고개를 끄덕였다.

"쭉 당신이 보고 싶었어."

나는 마스크로 반쯤 가려진 남자의 얼굴을 올려다봤다. 그리고 온화한 목소리로 던진 말의 의미를 생각했다. 이윽고 새로운 가능성이 머릿속에 서서히 퍼졌다.

나는 본성을 속인 나기사를 사가미라고 의심했다. 나를 죽이려고 한다고.

실제로 내가 두려워한 대로 나기사는 칼을 겨누었다. 하지만 그 동기는 여자친구인 마린에게 존경받고 싶다는 마음이었다. 게다가 나를 공격하다 말고 마린을 쫓아 어디론가 사라져 버렸다. 지금 와서 보면 나기사를 사가미라고 생각하기 어려웠다.

그러니까 나는 아직 사가미가 누구인지 알아내지 못한 것이다.

발끝부터 온몸이 차갑게 식었다.

설마.

기리미야가 느릿하게 말을 이었다.

"눈치 못 챘죠? 나는 오래전부터 당신을 알았어요."

교직원과 대학원생으로 만나기 전에 내가 그를 만난 적이 있다는 말인가.

"나미."

혼란스러워하는 나를 앞에 두고 기리미야는 힌트를 주듯 독특한 감회에 젖어 내 고향의 지명을 입에 올렸다. 아버지가 살해당하는 날까지 내 어린 시절을 보낸 바다가 있는 마을.

"나도 거기 출신이에요. 어렸을 때 중학교 통학길에 통나무 집 양식점이 있었죠."

그럴 나미밖에 없었다.

나를 어릴 적부터 알고 있었나. 그 사실을 숨기고 내게 접근해 유상 자원봉사를 권했다. 마치 정기적으로 내게 접근할 기회를 만드는 사람처럼.

"그 가게가 나는 궁금하고 신경 쓰였어요. 아니, 정말 신경 쓰였던 존재는……."

나는 갑자기 귀를 막고 싶어졌다. 이제 그의 정체는 분명했다.

하지만 아직 믿기지 않았다.

조금씩 비밀을 공개하듯 말하는 기리미야를 나는 입을 벌린 채 바라봤다. 그에게는 조금 전 나기사에게 온몸으로 발산하던 살기는 느껴지지 않았다. 사가미는 마지막 범행 대상으로 나를 노리던 것 아니었나.

거기까지 생각하고는 화들짝 놀랐다.

왜 사가미가 우리 가족을 모두 죽이리라고 멋대로 생각했을까.

사실 그가 그럴 마음이 없었다면. 지금까지 무언가 목적이 있어서 범행을 거듭했다면. 그 동기가 세상 사람들의 말처럼 단순히 미쳐서가 아니라 일정한 합리성을 지니지 않았을까.

왜 내가 마지막으로 살해당하리라 생각했을까?

사가미는 내 부모님과 동생을 살해했다. 그러나 나를 해친 적은 없다. 사가미의 짓이라고 의심했던 그 사건은 히로가 저지른 일이었다.

사가미는 처음부터 나를 죽일 생각이 없었던 것 아닌가.

이유가 무엇일까?

짚이는 바는 있었다.

게다가 그 무렵 사건이 일어나기 얼마 전부터 때때로 나를 바라보는 시선을 느끼지 않았던가. 하지만 기분 탓이라고 생각했다. 그래서 지금껏 잊고 있었다.

나는 큰 착각을 하고 있었는지도 모른다.

그때, 기리미야와 눈이 마주쳤다. 그가 고개를 끄덕이듯 눈을 깜빡였다.

"그때 나는 당신을 구하고 싶었어요. 당신의 눈물을 보고 싶지 않았어요. 그래서 신분을 숨기고 다가갔죠. 하지만 나도 어린아이여서 서툰 바람에……."

그의 목소리를 들으며 나는 기억을 끄집어냈다.

●

열 살이었던 내 일상은 잔잔하게 흘러갔다.

아버지는 여전히 나를 유달리 예뻐하셨다. 그래서 단 한 번 아버지에게 뺨을 맞은 충격은 곧 희미해졌다. 집을 뛰쳐나와 펑펑 울었던 기억조차 거의 사라졌다.

아버지의 사랑을 확신하고 상황이 안정되자 내 정신은 다시 렌에게 향했다.

역시 나는 그를 좋아했다.

마음에 걸려 개운치 않은 점도 있었다. 렌은 왜 나미중학교에 다니는 사실을 내게 숨기는 것일까. 등굣길에 사이좋게 대화하던 여학생과는 어떤 사이일까.

두 가지 의문 모두 답을 모르겠다. 왠지 캐묻기 두려웠다. 그래서 렌을 향한 마음은 계속 부풀어 오르기만 했다.

공백이 있어도 렌은 반드시 내 앞에 나타났다.

해 질 녘에 훌쩍 찾아와 나를 찾듯 우리 가게 앞에 자전거를 세웠다. 그 사실이 내 마음을 지탱했다. 관심 없는 상대라면 만나러 오지도 않을 테니까.

그리고 렌이 왔을 때는 가족이 있는 가게에서 보이지 않는 위치까지 자리를 옮겨 대화하는 습관이 생겼다. 렌은 요리사 지망생 같았다. 그렇다면 사실 계속 가게 쪽을 보고 싶지 않을까.

내 기대가 조금씩 깊어졌다. 렌도 나와 같은 마음을 품지 않았을까? 하지만 당연히 확신은 서지 않은 채 그와 얼굴을 맞대고도 피상적인 대화를 이어갔다. 그것만으로도 나는 충분히 즐거웠다.

먼저 발을 들여놓은 사람은 그였다.

그날 우리는 평소보다 더 길게 이야기를 나눴다. 렌이 가게 대표 메뉴인 치킨 레몬 소테를 만드는 법을 자세히 듣고 싶어 했기 때문이다. 치킨 레몬 소테는 아버지를 사랑하는 내게는 자랑거리지만 정보를 유출하면 장사에 지장이 생기니 사실대로 말할 수 없는 이야기였다. 렌의 많은 질문에 대답할 말을 고르는 바람에 대화가 길어졌다.

정신을 차리고 보니 일몰에 가까웠다. 머리 위로 우거진 나무 그림자가 밤의 색을 띠어 서로의 얼굴이 잘 보이지 않을 정도였다.

너무 오래 있었다고 생각했다. 슬슬 돌아가지 않으면 아버지가 걱정하신다.

"이만 가자."

내가 발길을 돌리는 순간,

"잠깐만."

렌이 불러세웠다.

"왜?"

"묻고 싶은 말이 있어."

딱딱한 어조였다. 그날 렌은 대체로 어딘가 이상했다. 어쩐지 초조해 보였다. 나랑 이야기를 나누던 중에도 계속 잡초를 잡아 뜯었다.

무슨 일일까? 나는 가슴이 철렁 내려앉았다. '고백'이라는 단어가 머리를 스쳤다.

설마 내게 마음을 전하려고 하나?

상대의 긴장이 전해지면서 나도 등을 곧게 폈다. 친구에게 경험담을 들은 적은 있지만 내가 고백을 받는 것은 처음이었다. 렌을 향해 돌아섰다.

"뭔데?"

작은 소리로 다시 물었다.

"예전부터 궁금한 게 있어."

조심스럽게 말문을 열었다. 렌의 입에서 나올 다음 말을 상상했다. 내가 자신을 어떻게 생각하는지 확인하고 싶은 걸까? 아니면 우선 내 이름부터 물으려는 생각일까?

이렇게 여러 번 얼굴을 마주했어도 우리는 서로의 이름을 몰랐다. 잠깐씩 만나는 사이여서 서로 자기소개할 기회가 없었기 때문이다.

렌이라는 이름은 내가 마음속으로 멋대로 붙인 호칭이었다. 그의 얼굴이 내가 좋아하는 남자 아이돌과 닮아서 같은 이름을 붙였다. 상대도 내 이름을 모를 터다. 서로의 이름을 부르지 않아도 대화할 수 있었기에 어쩌다 보니 그대로 지내게 됐다. 새삼스레 묻기도 부끄러웠다.

그러나 고백이라면 이야기는 달라진다. 첫 남자친구가 될 사람의 이름이니 알고 싶었고 나도 그에게 이름을 불리며 고백받고 싶었다.

나는 두근거리는 마음으로 다음 말을 기다렸다.

그는 숨을 크게 들이마시더니 입을 열었다.

"네 자매 말이야."

잘못 들은 줄 알았다. 내가 아니라…….

"자매?"

"응. 처음에는 너와 착각해서 너희 가족이 세 식구인 줄 알았거든. 그런데 아니더라고. 네게 언니나 여동생이 있지?"

예상과는 전혀 다른 말에 금방 머리가 돌아가지 않았다.

"이 시간에 항상 너희 부모님 가게에서 일하던데. 넌 가게를 돕거나 노는데 네 자매만 통나무집 뒤 닭장에 있더라고."

더듬더듬 늘어놓는 말이 시간차를 두고 머리에 스며들었다.

혹시. 설마.

"전부터 그 여자아이가 신경 쓰여서. 그래서…….."

우리 집을 찾아왔다는 말인가.

"저기, 너 말이야."

그가 내게 얼굴을 들이밀었다. 끝까지 내 이름은 묻지 않았다.

"너희 집에서 벌어지는 일을 솔직히 말해줄 수 있어? 그 아이를 구하고 싶거든."

'뭐야, 그랬던 거야?'

순식간에 마음이 식었다.

진지한 표정으로 떠드는 그를 바라봤다.

멍청한 사람.

이어서 우리 집 쪽을 쳐다봤다. 가게에서 저녁 영업이 막 시작된 통나무집은 따스한 빛을 밝히고 있지만 그 뒤쪽 오두막까지는 닿지 않았다. 전기도 들어오지 않는 닭장은 그 뒤에 있는 산과 분간이 되지 않았다.

시선을 다시 그에게 돌렸다. 나를 좋아하는 눈치기에 좋아해 줬더니 나를 보고 있던 것이 아니었다. 내 자매에게 더 관심이 간다고 한다.

눈이 삔 것 아닌가? 비슷하게 생겨도 내가 더 예쁜데.

단연코 언니 미오보다 내가 더.

6

밤의 나무들이 산소를 빨아들이면서 주위 공기가 점점 희박해지는 것 같았다.

기리미야의 미소를 마주하며 나는 기억을 끄집어냈다.

쌍둥이 여동생 히나의 노트를 읽었을 때 기억을.

유품을 정리하러 그녀의 집에 갔을 때 침대 옆에 노트 몇 권이 남아 있었다. 그곳에는 히나의 가장 행복했던 시절의 시시콜콜한 이야기가 적혀 있었다.

히나가 특별히 부지런히 글을 쓰는 이미지는 아니었기에 의외였다. 꾹꾹 눌러쓴 글씨에서 이 글을 써야만 했다는 기백이 배어 있었다. 히나는 과거를 그리워함으로써 괴로운 현재에 대한 위안으로 삼은듯했다. 사가미가 아버지를 살해한 사건만 일어나지 않았다면 그 행복은 영원히 계속됐을 테니.

아버지는 히나를 무척 사랑했다.

히나와 아버지는 마음이 잘 통했다. 우리는 쌍둥이라서 외모는 같았지만 성격은 달랐다.

아버지는 특히 히나를 예뻐했다.

히나의 회고록은 그런 아버지와의 추억이 대부분이었다. 첫사랑을 적은 부분조차 아버지의 그림자가 어른거렸다. 반면 어머니와 나에 대한 내용은 거의 없었다.

그렇다고 해서 아버지가 나를 싫어한 것은 결코 아니었다. 아버지의 말투는 언제나 다정했다. 과거에는 히나와 함께 아버지가 있는 주방에 자주 들어가곤 했다.

그 무렵에는 가게 상황이 좋지 않아 아버지는 시간 여유가 있었다. 신작 치킨 레몬 소테의 매출이 주춤해 개선을 거듭하던 중이었다. 우리는 아버지의 연구를 도왔다.

"10년 전의 당신을 압니다."

기리미야는 조용히 말했다.

히나의 추억이 단편적으로 실린 회고록은 쓰라린 첫사랑의 전말이 암시된 부분에서 갑자기 끝났다. 첫사랑 상대가 언니인 내게 관심이 있었다는 사실은 기분 좋은 기억이 아니기 때문이겠지.

또 시간 순서로 볼 때 아마 첫사랑에게 실연당한 후 아버지가 살해되는 사건이 일어났을 것이다. 당시 가게가 번창하는 모습이 적혀 있기 때문이다. 치킨 레몬 소테는 개발 약 반년이 지나서야 입소문을 탔다. 그로부터 반년 뒤에 사건이 발생했다. 확신할 수는 없지만 계절 등으로 짐작건대 히나는 사건 직전에 실연당하지 않았을까. 즉 이후 렌과 어떻게 됐는지 쓰면 자연히 사건에 대해서도 언급해야 한다. 그것은 피하고 싶었으리라. 그 사건은 히나의 행복한 시절의 종말을 의미했으니까. 노트에는 여느 아이들이 겪을 법한 소소한 일상만 남겨 두고 싶었을 것이다.

그 정도 생각만 했을 뿐 나는 히나의 노트를 끝까지 읽고도 특별히 관심을 두지 않았다. 물론 렌이라고 불린 소년의 존재도.

하지만 간과했다. 당시 렌이라는 소년은 히나가 아니라 내게 관심이 있었다고 한다. 히나는 그것을 사랑이라고 해석했던 모양이지만 일단 그것은 있을 수 없는 일이었다.

"내가 직접 봤어요."

기리미야의 고요한 시선이 내리꽂혔다.

"처음에는 인기 많은 양식점에 관심이 있었어요. 통나무집도 멋있었고. 그래서 하굣길에 들렀죠. 물론 혼자 외식할 수 있는 나이는 아니었으니 가게 안을 들여다보려는 생각뿐이었어요. 하지만 가게 앞에서 창문을 들여다보면 예의가 없잖아요. 혼날 수도 있겠다는 생각도 들었고. 그래서 가게 뒤쪽으로 돌아가 봤죠."

그의 말에 기억이 떠올랐다. 통나무집 가게 입구와 적갈색

나무로 만들어진 벽이 눈에 선했다.

"가게는 아직 저녁 영업 전이었고 손님은 없어 보였어요. 맛있는 냄새가 풍겨서 주방 입구까지 갔을 때 건물 뒤에 가려진 오두막을 발견했죠."

정면 창문에서 바다가 보이는 통나무집은 산을 등지고 세워졌다. 그 오두막은 건물 뒤편과 산의 비탈면 사이에 끼다시피 있었다. 가게를 찾는 손님들의 눈에는 잘 띄지 않는 위치였다.

"다가가 보니 냄새와 닭 울음소리가 나서 닭장이구나 알았어요. 그런데 아무 생각 없이 틈새를 들여다봤다가 깜짝 놀랐어요. 어둑어둑한 공간에서 초등학생쯤 되는 여자아이가 혼자 닭목을 비틀고 있었거든요."

닭 십여 마리가 갇힌 좁은 오두막 안 풍경이 되살아났다.

"울면서 저항하는 닭을 표정 하나 바꾸지 않은 채 눌러 죽인 뒤 그 닭을 해체하더군요. 피를 뽑고 날개를 뜯고 뼈를 부러뜨리고 살을 발라서. 오두막은 순식간에 닭 피 냄새가 진동했고 여자아이의 손은 새빨갛게 물들었어요. 그래도 그 아이는 여전히 무표정했죠. 내가 지켜보는 줄도 모른 채 차례차례 닭을 손질하더군요."

"……."

"엄청난 장면을 목격했다 싶었어요. 그 행위가 익숙해 보여서 오히려 안쓰러웠죠. 자세한 사정은 모르지만 그 아이가 얼마

나 마음의 상처를 입었을까 생각하면 마음이 아파서 괴로웠어
요."

　나도 모르게 눈을 감았다. 열 살 때 느낀 감정이 몹시 생생했다.

　내가 어렸을 적 그릴 나미의 사정은 어려웠다.

　아버지는 고뇌했다. 할아버지로부터 물려받은 앞치마와 가
게를 망가뜨릴까 봐. 수익을 내려고 애써 신메뉴를 개발해 치킨
레몬 소테를 내놓았지만 효과는 미미했다. 아버지 자신도 그 음
식에 썩 만족스럽지 않은 부분이 있었다.

　나와 히나는 아버지에게 힘을 주고 싶어서 가게 주방에 자주
찾아갔다. 메뉴를 준비하는 아버지에게 뭔가 도울 일이 없는지
물었다.

　"그럼 도움을 좀 받아 볼까?"

　아버지는 생긋 웃는 얼굴로 우리를 번갈아 쳐다보며 말했다.

　처음에는 접시 같은 물건을 내놓는 간단한 일을 도왔다. 그
일이 능숙해지자 서서히 조리 보조를 맡게 됐다.

　그런데 히나는 처음부터 줄곧 레몬을 짜는 일을 맡았다. 서
툴렀기 때문이다. 히나는 자신이 서툴다는 자각이 없는 데다 치
킨 레몬 소테의 맛을 좌우하는 중요한 역할이라는 아버지의 말
에 순수하게 레몬 짜기에 매진했다.

　한편 나는 얼마 지나지 않아 식칼을 들게 됐다. 생선을 바르
거나 채소 껍질을 벗기면 무척 칭찬받았다. 히나보다 솜씨가 좋

다는 생각에 나도 내심 득의양양했다.

닭고기를 잘라보라는 말이 나왔을 때는 지극히 자연스러운 흐름 같았다.

그러나 어느새 그 작업은 기묘한 방향으로 흘렀다.

정신을 차리고 보니 아버지와 둘이 통나무집 뒤편 오두막에 있었다.

그곳은 돌아가신 할아버지가 지은 닭장으로 나와 히나는 출입이 금지된 곳이었다. 썩어가는 나무 벽이 음산하고 밖에서 나는 동물 냄새도 꺼려져서 가까이 갈 엄두도 나지 않았다. 그러나 아버지의 재촉에 처음 발을 들여놓았을 때 어둑어둑한 공간에 닭 대여섯 마리가 보였다. 통통한 몸통을 흔들며 뒤뚱뒤뚱 돌아다녔다. 냄새는 나지만 의외로 귀엽다고 생각했다.

그 순간, 아버지가 한 마리를 안아 올렸다. 울면서 푸드덕거리는 닭을 짓누르고 목을 비틀었다. 그리고 식칼을 들어 목을 친 뒤 피를 뽑고 날개를 잡아 뜯고 차례차례 손질했다.

나는 숨도 쉬지 못했다. 오두막의 닭을 가게 식자재로 사용한다는 사실은 알았지만 그 의미를 그다지 깊게 생각해 본 적은 없었던 것이다. 닭에서 그렇게 많은 피가 나오는 줄도 몰랐다.

이윽고 아버지가 나를 쳐다봤다. 아버지 얼굴을 똑바로 쳐다볼 수 없었다. 고개를 숙이고 있는데 목소리가 떨어졌다.

"자, 해 보렴."

결코 명령이 아니었다. 아버지의 목소리는 다정했다.

나는 개중에 비교적 둔해 보이는 닭에게 손을 뻗었다.

처음으로 닭 해체를 끝냈을 때 아버지는 내 솜씨를 칭찬했다. 하지만 피 냄새와 끈적거리는 손의 감촉으로 머리가 가득해 칭찬이 귀에 들어오지 않았다.

아버지는 닭 두 마리를 통째로 들고 주방으로 돌아와 치킨 레몬 소테로 만들어 시식했다. 히나도 아버지와 함께 먹었지만 나는 도저히 목구멍으로 넘길 수 없었다. 내 마음은 아직 닭장에 있었다.

아버지는 진지한 얼굴로 두 가지 닭고기를 비교해 가며 먹었다. 그리고 무언가 감지한 듯했다.

이후 치킨 레몬 소테에 사용할 닭은 내가 잡게 됐다.

아버지는 영업 준비 시간이 되면 내 어깨를 가볍게 두드리며 말했다.

"세 접시분 부탁한다."

나는 말없이 닭장으로 갔다.

할당된 닭고기가 준비되면 주방으로 가져갔다. 아버지는 그곳에서 다른 요리를 만들고 있었다. 가끔 레몬을 짜는 히나의 모습도 보였지만 그 아이는 대체로 놀러 나갈 때가 많았다.

내가 닭고기를 건네면 아버지는 고맙다고 말했다. 그렇게 차츰 당연한 듯 내 일이 되면서 처음처럼 호들갑을 떨면서 칭찬하지는 않았지만 반드시 고맙다는 인사는 해줬다.

아버지는 왜 내게 닭 잡는 일을 맡기는지 설명하지 않았다. 다만 추측할 수는 있었다. 아버지는 자신과 딸이 각각 잡은 닭을 먹고 비교한 뒤 닭을 누가 잡느냐에 따라 치킨 레몬 소테의 완성도가 달라진다는 사실을 깨달은 듯했다. 아마 신기하게도 내가 잡은 닭이 더 맛있던 모양이다.

아버지의 요리사로서 미각이 옳았을까. 아니면 경영난에 시달리던 아버지가 징크스에 사로잡혔던 것일까. 모르겠다.

하지만 현실은 내가 닭을 잡기 시작한 후부터 그릴 나미의 치킨 레몬 소테는 입소문이 나기 시작했다.

가게의 재정이 좋아질 전망이 보였다. 집안 살림도 나아질 기미가 보이기 시작했다. 그래서 어머니도 히나도 내가 아버지의 부탁으로 닭을 잡는 일에 대해 아무 말도 하지 않았다. 못 본 척했다.

가게는 탄력을 받아 번창했고 휴일에는 줄을 설 정도가 됐다. 대부분 손님이 주목한 것은 그 대표 메뉴였다. 그렇게 되자 닭장에서 착실하게 닭을 키우다가는 수요가 공급을 따라가지 못할 지경이 됐다. 그래서 업체에서 식용 닭 십여 마리를 정기적으로 공급받게 됐다. 비좁은 오두막은 더 이상 닭들이 걸을 수조차 없을 정도로 꽉 찼다. 그저 한 자리에서 고개를 위아래로 흔들며 꼬꼬댁 울뿐이었다.

나는 매일 그 안으로 들어갔다.

결코 억지로 떠맡은 일은 아니었다. 아버지에게 부탁받았을 뿐이다. 아버지는 늘 내게 다정하게 말했다.

그래서 했다.

지옥이었다.

학교에서 돌아오면 홀로 닭장에 들어갔다. 죽음의 격통으로 버둥거리는 몸을 찢고 짓눌렀다. 하루가 다르게 팔리는 닭이 늘었다. 닭 울음소리와 푸드덕거리며 저항하는 느낌, 피 냄새와 끈적거리는 감촉이 오감에 달라붙어 눈물도 나지 않았다.

그런데도 흔들리는 마음을 도저히 주체할 수 없을 때가 있었다.

오두막 안에서 닭과 눈이 마주쳤을 때였다.

절대 보지 않으려고 했는데 하필 목을 비트는 순간 눈이 마주치고 말았다. 눈꺼풀이 없는 닭은 나를 응시한 채 숨이 끊어졌다.

나는 품에 안은 뜨뜻한 사체를 내던지고 오두막을 뛰쳐나왔다. 아직 아버지가 주문한 수를 채우지 못했지만 한계였다.

왜 나만 이런 일을 해야 하지?

주방으로 달려갔다. 그때 언뜻 가게 앞이 보였다. 벌써 손님한 팀이 입구 앞에 서 있었다. 저녁 영업 개시를 기다리는 손님이었다.

주방에는 아버지 혼자였다. 식칼을 내려놓고 돌아본 아버지는 엉망이 된 내 얼굴과 모습을 보고는 놀랐다. 이유를 묻기에 나는 처음으로 속마음을 털어놓았다.

싫다고. 더는 닭장에 들어가기 싫다고 울면서 애원했다.

그 순간 닭이 들어온 줄 알았다. 조금 전 멱을 딴 닭이 입안으로 날아 들어왔다.

안면에 충격을 받고 입에서 피가 난다는 사실을 깨달았을 때 나는 이미 냉장고 옆에 쓰러져 굴렀다. 아버지가 느닷없이 주먹으로 후려치는 바람에 쓰러진 것이다.

왜지?

혼란스러웠다. 지금까지 부모님이 손찌검한 적은 한 번도 없었다.

후려친 아버지가 움찔한 표정을 지었다. 상황을 모면하려 얼버무리며 손을 내밀려고 했다.

하지만 나는 아버지의 심연을 들여다본 기분이 들었다.

몸을 틀어 아버지에게서 도망쳐 주방을 나왔다. 그리고 터덜터덜 닭장으로 돌아갔다. 달리 돌아갈 곳이 없었다. 가게에는 아버지가 있다. 가게 밖에는 손님이 있다. 나는 어떻게든 닭을 계속 죽여야 한다. 눈물과 코피가 멈추지 않는 와중에 계속 작업했다. 마지막으로 오두막에 흩어진 닭털을 빗자루로 쓸어모으며 또 내일이 오겠구나 생각했다.

바로 그 밤의 일이었다.

"당신이 가여워서 견딜 수 없었어요."

기억을 깨고 기리미야의 목소리가 파고들었다.

"당신을 구하고 싶었어요."

그래서 아버지를 죽였구나.

나는 멍하니 그를 바라봤다. 나를 바라보는 그 눈빛은 내 마음을 따뜻하게 어루만지려는 듯 부드러웠다.

아버지를 죽인 혐의로 체포된 사가미는 조사에서 "쓰레기 같은 인간을 죽였다"라고 진술했다. 통나무집과 닭장을 들여다본 그는 히나에게서 우리 집안 사정을 알아내고 그렇게 판단했던 것일까. 그릴 나미의 요리사가 없어지면 내가 닭을 잡을 필요가 없어지니까.

"하지만 당신을 구하고 싶다고 생각하면서도 서툴렀어요. 결국 도중에 당신을 잃고 말았어요."

아마 아버지를 살해하고 얼마 지나지 않아 경찰에 꼬리가 잡힌 이야기를 하는 듯했다. 체포된 그는 소년원에 들어가 우리 집에서 물리적으로 멀어지게 됐다.

"어디에 있든, 몇 년이 지나든 나는 당신을 잊을 수 없었죠. 늘 마음에 걸렸어요. 그래서 이 대학에서 우연히 당신 같아 보이는 사람을 발견했을 때는 거의 숨이 멎을 뻔했어요."

기리미야의 눈꼬리가 부드럽게 곡선을 그렸다.

"처음에는 당신이 그 소녀인지 확신하지 못했어요. 교직원인 당신의 성밖에 몰랐고 얼굴도 제대로 볼 수 없었으니까요. 마스크를 절대 벗지 않을 테니까."

'그건⋯⋯.'

나는 무의식중에 마스크를 쓴 입가에 손을 댔다. 마스크를 벗지 않는 이유는 못난 치열 때문이었다.

10년 전 아버지에게 얼굴을 얻어맞은 후 앞니 두 개가 모두 흔들렸다. 나는 되도록 입을 다물고 그 사실을 아무에게도 알리지 않으려고 했다. 치아 상태가 이상해졌다는 것을 들키면 자상한 아버지가 자신을 때린 사실이 탄로 날 테니까.

그리고 숨길 것도 없이 주변 사람들이 눈치채지도 못했다. 내가 맞은 바로 그날, 아버지가 살해당했기 때문이다.

아버지는 내가 잡은 닭으로 주문받은 치킨 레몬 소테를 내놓고 영업이 끝난 뒤 가게 문을 닫았다. 이후 평소처럼 산책을 나갔다가 사가미에게 살해당했다. 그는 통나무집을 감시하다가 그곳에서 나온 아버지를 미행했을 것이다. 어쩌면 당일 나와 아버지의 대화를 목격했는지도 모른다. 내가 방 침대에서 몰래 치통을 참는 동안 아버지는 목숨을 잃었다.

다음 날 사건이 드러나며 큰 소란이 일었다. 그 난리통에 내 앞니를 신경 쓰는 사람은 없었다.

며칠 지나자 통증은 가라앉았지만 앞니는 여전히 흔들렸다. 나는 되도록 어금니로 음식을 씹으려고 안간힘을 썼다. 하지만 몇 달 뒤 한계가 찾아왔고 급기야 오른쪽 앞니가 쏙 빠지고 말았다. 어머니는 이미 실종됐고 히나와 떨어져 외할머니에게 맡겨진 뒤였다. 그 때문에 사건이 벌어진 날 밤과 관련성을 의심하는 사람은 없었다.

다만 나와 아버지의 마지막 비밀은 내 외모를 크게 바꾸어 놓았다. 히나와 쏙 빼닮았던 내 얼굴은 앞니가 한 개 빠지면서 몹시 볼품없어졌다. 인색한 할머니는 그 사실을 눈치채고도 치과에 가라고 하지 않았고 나도 치과에 가겠다고 말하지 못했다.

학교 아이들은 맹해 보이는 내 얼굴을 조롱했다. 중학교 시절 마린의 인상이 강하게 남은 이유는 그 아이가 나를 대놓고 비웃은 탓일 뿐, 많은 사람이 뒤에서 조롱했다.

취직하고 첫 월급을 받자마자 단 한 번 치과 진료를 받은 적이 있다. 저렴한 것이라도 좋으니 의치를 끼우면 그나마 낫지 않을까 생각해서였다.

하지만 이미 늦었다. 이제는 빠진 치아 하나만 채운다고 끝날 문제가 아니었다. 한 개뿐이지만 앞니를 잃은 탓에 전체적인 치열이 균형을 잃고 무너진 것이다. 전부 치료하려면 보통 차한 대 값에 해당하는 돈이 필요하다는 진단을 받고 아연해 포기했다.

내 치열은 평생 이렇게 정해졌다. 못난 입가를 드러내고 싶지 않아서 최근에는 어지간한 일이 아닌 한 사람들 앞에서 마스크를 벗지 않았다.

"하지만 마스크를 쓰고 있어도 역시 당신이 그 소녀가 틀림없다고 확신했어요."

기리미야의 말에 손톱 끝에서부터 기어오르는 떨림을 느꼈다.

"당신은 그때와 다름없는 표정으로 일하고 있었으니까. 행복해 보이지 않았어요. 그래서 나는 이번에야말로, 라고 생각했죠."

그래서 이번에는 히나와 어머니를 찾아내 죽였나? 아버지 때문에 고통받는 나를 돕지 않은 어머니와 동생 또한 그에게는 아버지와 같은 죄인이었던 셈이다. 일가를 몰살함으로써 나를 구할 수 있다고 생각했으리라.

"나는 당신의 웃는 얼굴을 보고 싶어서……."

"그만 해요."

더는 참을 수 없던 내가 기리미야의 말을 잘랐다.

매서운 말투에 그가 숨을 삼켰다.

"그래서 내가 기뻐할 줄 알았어요?"

아버지가 죽으면서 내 삶은 완전히 바뀌었다.

그것은 분명 좋은 의미기도 했다.

그때 안도했던 기억이 난다. 아버지가 죽어서 어머니와 동생이 나와 같은 처지가 됐으니까.

그전까지는 우리 가족 중 괴로운 눈빛을 한 사람은 오직 나뿐이었다.

나는 오두막 닭장에서 홀로 끝없이 닭을 잡았다. 그곳에서 채 10미터도 떨어지지 않은 통나무집에서 나머지 세 가족은 함께 즐거워 보였다. 같은 쌍둥이지만 히나는 아버지를 돕거나 놀러 다니면서 자유로웠다. 닭의 멱이나 따는 내가 비참해 견딜 수 없었다.

집안의 그 불합리한 균형이 사건으로 무너졌다.

아버지는 살해당하고 어머니는 실종됐다. 내 처지는 고독해졌다. 하지만 마음만은 외롭지 않았다.

내게는 나만큼이나 불행한 히나가 있었으니까.

같은 운명의 별 아래 태어난 히나가 있었으니까.

부모님이 없어서, 가난해도, 치열이 못나도 그 통나무집에서 지내던 시절보다는 훨씬 나았다.

동류만 있으면.

그 사건으로 구원받은 것은 사실이었다.

하지만 그렇다고 내가 고마워하리라 생각하는 걸까.

그가 저지른 사건이니 그 덕분일지도 모른다. 그렇다고 해도 감사할 리 없지 않은가.

그는 어디까지나 고통을 주는 쪽에서 아버지를 살해하고 우리 가족을 절벽으로 떠미는 형태로 나를 구원했다. 설령 우리 집안의 실상을 알고 나를 염려하는 마음에서 아버지를 표적으로 삼았다고 해도 그것은 그의 이기심일 뿐이다. 고통받는 운명의 별 아래 태어난 우리를 고통을 주는 곳에서 내려다보는 자의 이기심. 도저히 받아들일 수 없었다.

나는 사가미를 절대로 용서하지 않겠다.

"고바야시 씨?"

기리미야는 내 말을 이해하지 못한 모습이었다. 살짝 눈살을 찌푸렸다.

그제야 비로소 남자가 내 손을 누르고 있다는 사실을 깨달았다. 가방에서 휴대폰을 꺼내려던 나를 아무렇지 않게 손으로 제압한 것이다.

"만지지 마!"

손을 뿌리치고 가방을 던졌다. 치솟는 분노로 온몸이 펄펄 끓었다.

하지만 가방이 남자의 얼굴에 명중하자 자신이 끔찍한 살인마와 대치하고 있다는 사실을 자각했다. 이 남자는 이미 사람을 여러 명 죽인 인물이다. 게다가 그는…….

"잠시만요, 고바야시 씨!"

가방을 맞아 통증을 느끼는 기색도 없이 손을 뻗었다.

소름이 돋아서 도망쳤다.

싫다.

비록 나를 죽일 마음이 없다고 해도 이 남자와 같은 장소에 있고 싶지도 않았다.

"기다려요!"

보이지 않는 등 뒤에서 목소리가 따라붙었다. 내 걸음은 저절로 연습림을 빠져나와 교무동 뒤편을 돌았다. 평소에 그 후클럽에서 집으로 돌아갈 때 이용하는 길이었다.

달리면서 도움을 청하려고 했다. 하지만 심야 교내는 인적이 끊긴 상태였다. 교무동 쪽으로 시선을 돌렸다. 그 후 클럽에서 집으로 돌아갈 때면 1층 행정실 창문에 켜진 불빛이 자주 보였는데 오늘은 캄캄했다. 오늘 밤은 가누마도 야근을 하지 않나보다. 경찰에 신고하려고 해도 휴대폰이 든 가방을 기리미야에게 던져 버렸다. 성급한 판단을 후회하기에는 이미 늦었다.

일단 학교를 벗어나는 수밖에 없었다. 역 근처에 가면 사람이 있겠지.

정문을 향해 뛰었다. 교무동 뒤에서 앞으로 달려 나왔을 때 멀리서 쫓아오는 기리미야가 보였다. 그는 건물을 돌아 나온 듯했다. 지름길을 이용한 나보다 걸음이 빠른 것 같았다.

'나를 발견하면 금방 따라잡을 거야. 다시 교무동 뒤로 물러나서 왔던 길을 서둘러 되돌아가 후문으로 탈출해야겠다.'

나는 방향을 바꿔 달렸다. 그런데 곧 벽에 부딪혀 엉덩방아를 찧었다. 허리와 손바닥을 질질 끄니 땅바닥의 흙이 파이면서 시큼한 향기가 코를 찔렀다. 올려다보니 가늘고 구불구불한 그림자가 솟아 있었다. 벽이 아니라 레몬 나무였다. 기리미야와 처음 만난 자리에 있던 나무가 길을 방해한 것이다.

"으……."

나도 모르게 소리가 새어 나왔다. 지금처럼 레몬 나무가 섬 뜩하게 느껴진 적은 없었다.

하지만 나무에 부딪친 충격으로 오히려 냉정한 판단력을 되찾았다.

레몬 나무 너머에는 짙은 어둠이 가득했다. 이곳에서 후문까지는 거리가 상당히 먼 데다 조금 전 빠져나온 연습림을 지나야 한다. 그리고 그 검은 숲은 아까 마린을 쫓는 나기사를 집어삼켰다는 사실이 떠올랐다. 사가미만큼은 아니지만 나기사 역시 정상이 아니다. 자신이 강하다는 것을 연인에게 보여주고 싶다는 어처구니없는 이유로 내게 살의를 품었다. 아직 숲속을 어슬 렁거릴 가능성이 충분했고 마주치기라도 하면 위험했다. 역시 정문으로 돌파할 수밖에 없다.

그렇지만 정문을 나가도 바로 앞에 역이 있지는 않았다. 이름이 대학 입구 역이지만 교문에서 완만한 언덕길을 끝없이 올라야 닿을 수 있다. 걸어서 20분은 걸리는 거리였다. 달리면 시간을 반으로 줄일 수 있겠지만 그동안 외길에서 도움을 청하기는 어려울 것이다. 주변에는 건물이 거의 없었기 때문이다. 역에 도착할 때까지 기리미야에게 따라잡히고 말 터다.

어디로 가야 할까.

울음이 터질 것 같을 때 떠올랐다.

나는 자리에서 일어나 흙을 털었다. 건물 뒤에 숨어 조심스럽게 살폈다. 뜻밖에도 기리미야의 모습은 보이지 않았다. 주변을 둘러보면서 종종걸음으로 걸었다. 기리미야는 일찌감치 연습림에서부터 나를 잃어버린 듯했다. 그래서 내가 어디로 도망갔는지 몰라 일단 교무동 앞 큰길로 나온 모양이다.

이 절호의 기회를 놓치면 안 된다. 나는 무릎을 구부리고 두다리에 힘을 실었다. 기리미야가 내 쪽에서 등을 돌릴 때를 가늠해 살며시 건물 뒤에서 나왔다. 포장된 길이 아닌 가로수길을 지났다. 운 좋게도 마침 가로수를 심은 흙바닥이 발소리를 지워줬다. 이대로 정문까지 가기만 하면…….

하지만 몇 초 후, 왜인지 기분 나쁜 기운이 등에 달라붙었다. 힐끗 돌아보니 기리미야의 그림자가 점점 커졌다. 기분 탓으로 치부하고 싶지만 분명히 나를 향해 달려오고 있었다.

들켰다.

심지어 내 이름을 부르고 있었다.

나는 나무 사이에 숨기를 포기하고 달렸다. 어쨌든 조금이라도 거리를 벌리고 싶어서 길로 나와 아스팔트를 박찼다.

정문까지 얼마 남지 않았다.

숨을 헐떡이며 모퉁이를 돌았다.

보였다.

석조 정문은 어둠에 잠겨 희미했지만 그 앞에 자그마한 불빛이 켜져 있었다.

수위실이다.

수위가 그곳에서 불침번을 서고 있을 터다. 역까지 가지 않아도 도움을 청할 사람이 있다는 사실을 방금 생각해 냈다.

나는 자그마한 창문에 노란빛이 가득 찬 그곳을 향해 전력으로 달렸다.

"저기요!"

창문에 매달렸다.

예상대로 수위실 창구에 초로의 수위가 있었다. 의자에 앉아 태평하게 개인 물건 같아 보이는 핸드밀로 원두를 갈고 있었다.

"경찰에 신고 좀 해주세요!"

"네?"

"110번. 빨리요!"

거세게 다그쳤다. 하지만 창문 너머로 보이는 반응은 멀뚱멀뚱했다. 낯익은 수위는 내가 대학 직원인 줄은 알지만 현재 상황을 당장 이해하지 못하는 모습이었다.

"무슨 일 있습니까?"

아직도 의자에 앉은 채로 물었다.

큰일 났다.

초조해서 목덜미가 찌릿찌릿했다. 곧 기리미야가 모퉁이를 돌아 나타난다. 그러면 경찰에 신고하지 못하도록 방해하겠지.

나는 창문을 벗어나 그 옆에 있는 수위실 문손잡이를 잡았다. 다행히 활짝 열렸다. 순찰을 돌 때 일일이 문단속하기 귀찮아서 잠그지 않은 듯하다. 주저 없이 들어가 손을 뒤로 돌려 문을 닫았다.

수위실은 창구가 있는 약 한 평짜리 방이었다. 수위가 의자를 빙글 돌려 놀란 얼굴로 나를 올려다봤다.

"잠깐, 당신⋯⋯."

"쫓기고 있어요."

수위에게 짧게 설명한 뒤 안쪽 문을 당겼다. 그랬더니 어두운 방이 이어졌다. 휴게실 같았다. 깊이 생각할 겨를도 선택의 여지도 없었다.

"저 좀 숨겨주세요. 부탁드려요."

대답을 기다리지 않고 수위 앞에서 문을 닫았다. 안심할 수 있게 문을 잠그고 싶었지만 잠금장치 같은 것은 달려 있지 않았다.

"저기, 도대체 무슨 일입니까?"

문 너머에서 수위가 당황한 목소리로 물었다. 문손잡이를 잡은 것 같았는데 그 순간,

"실례합니다."

창문 쪽에서 쩌렁쩌렁한 목소리가 들렸다.

나는 움찔했다. 기리미야의 목소리였다. 벌써 나를 따라잡

왔다니.

밖에서 목소리가 들리자 수위는 일단 내가 누군지 조사하기를 포기한 듯했다.

"네, 갑니다."

창구로 향하는 기색이 느껴졌다.

제발.

나는 수위를 향해 소리 없이 애원했다.

기리미야를 무사히 따돌리기를.

기리미야에게서 조금이라도 거리를 두려고 슬금슬금 문에서 멀어졌다. 불도 켜지 않고 어둠 속에서 대충 실내를 둘러봤다. 창구가 있는 공간보다는 넓지만 그래봤자 두 평 남짓한 방이었다. 수위가 선잠을 자는 곳일까? 유선전화는 보이지 않았다. 손님 대응 때문에 내선 겸용 전화기는 창구에 놓여 있던 것이 생각났다. 경찰에 신고하려면 기리미야가 창구를 떠날 때까지 기다릴 수밖에 없겠다.

이 방에는 창문이나 뒷문도 없었다. 이곳에서 숨죽이고 기다릴 수밖에 없어 보였다. 나는 두 팔을 꽉 눌렀다. 가만히 소리만 내지 않으면 내가 이곳에 숨어 있다는 사실을 기리미야가 눈치채지 못할 것이다. 수위가 잘만 둘러대 주면.

창구 쪽에서 두 사람의 목소리가 희미하게 들렸다. 내용까지는 모르겠지만 내 소재를 묻는 기리미야에게 수위가 시치미를 떼며 대응하고 있으리라. 두 사람의 대화가 생각보다 길어지는 점이 마음에 걸렸다. 설마 의심받고 있을까?

그 순간 수위실 문을 여닫는 소리가 났다.

"이런."

"악!"

거친 발소리와 여러 물건이 떨어지는 소리.

쉰 목소리.

쿵 하고 무거운 물건이 떨어지는 소리.

'도대체 무슨 일이지.'

나는 방 안쪽으로 뒷걸음질 쳤다. 수위의 태도를 수상히 여긴 기리미야가 수위실 안으로 쳐들어왔나? 그를 저지하려는 수위가 내는 소리 같았다. 마지막에 들린 묵직한 소리가 수위가 쓰러지면서 난 소리라면 이 휴게실이 발각되는 것은 시간 문제였다.

'어떻게 하지?'

뒤로 물러나던 등이 이내 벽에 부딪치고 말았다. 도망갈 곳이 없다. 기리미야와 마주해야 한다. 뭔가 나를 지킬 만한 물건이 없을까 몸을 뒤지는데 방금 닫은 문이 벌컥 열렸다.

수위실 창구 불빛이 한꺼번에 방안으로 쏟아졌다.

무언가 기이하게 번뜩인 순간 눈이 부셨다.

긴 물고기의 배 같은 것이 방을 향해 쑥 들어와 있었다. 그것의 정체를 알아차린 순간 그 자리에 주저앉을 뻔했다. 나를 잡으러 온 남자의 그림자는 칼을 들고 있었다. 일본도일까? 방 문에서도 나를 꼬챙이에 꿰듯 찌를 수 있은 만큼 긴 검이었다.

어느 틈에 준비했을까. 저런 것을 피해 달아날 수 있을 리 없다. 내 목구멍에서 신음이 새어 나왔다.

"기리미야 쓰……."

도중에 말문이 막혔다.

역광 때문에 잘 보이지 않던 모습이 점점 뚜렷해졌다. 내 앞에 선 남자는 정장이 아니라 남색 제복을 입고 있었다.

불현듯 몇 분 전 광경이 머릿속을 스쳤다. 느긋하게 원두를 갈던 남자는 콧노래를 흥얼거리고 있었다.

우시와카 우시와카.

7

내 숨소리만 귓속에 웅웅 울렸다.

눈이 이상해졌나 의심했다.

왜 수위가 내게 칼을 들이밀지?

자세히 보니 수위의 뒤로 정장 차림 남자가 누워 있었다. 창구 쪽에 기리미야가 쓰러져 있는 듯했다. 얻어맞아서 기절했는지 꿈쩍도 하지 않았다.

새로운 생각이 고개를 들었다.

기리미야를 사가미라고 생각한 것은 자신의 착각이었을까.

그가 나미시 출신이고 내 어릴 적 모습을 알고 있다는 말은 사실일 것이다. 가게 때문에 억지로 식용 닭을 처리하는 나를 구하고 싶었다는 말도.

하지만 중학생이었던 기리미야 혼자서는 벅찬 문제였다. 내 동생 히나에게 접근해 사정을 알아봐도 방법이 없었다. 그는 그것을 서툴렀다고 표현한 것 아닐까? 그러다가 아버지 살해 사건이 일어나 우리 가족은 뿔뿔이 흩어졌다. 나는 할머니에게 맡겨져 나미시를 떠났기 때문에 기리미야는 닭장 소녀를 잃게 됐다.

기리미야가 나를 잊지 못했다는 말도 이해가 간다. 썩어가는 오두막 안에서 내가 닭 목을 비트는 광경이, 몹시 강렬한 그 장면이 그의 눈에 낙인을 찍듯 새겨졌으리라. 그에게 나는 세상에 존재하는 학대받는 아이의 상징이었던 셈이다.

그리고 그런 아이들을 구하고 싶다는 말이 빈말이 아님을 기리미야가 현재 대학에서 자원봉사 동아리를 운영한다는 점에서 알 수 있다. 그 후 클럽에서는 직장에서 일하는 학부모를 둔 아이의 방과 후 돌봄을 지원하고 있고, 아동을 맡아 줄 뿐 아니라 소행에 문제가 있는 아이의 가정도 방문하고 있다.

그러던 중 교내에서 교직원으로 일하는 나를 우연히 발견했다.

점심시간에 교무동 뒤에서 마주친 뒤 한동안 그는 내게 인사만 했다. 내가 그 닭장 소녀라는 확신이 서지 않아서였다. 그리고 살해당한 하나의 보험사기 의혹이 불거졌을 때 말을 걸었다.

그때 나는 기리미야가 아직 세상에서 떠드는 의혹을 몰라서 내게 자원봉사를 권유했다고 생각했다. 그러나 실제로는 그 반대 아니었을까. 기리미야는 의혹 보도를 보고 내가 하나의 언니라는 사실을 알았기 때문에 말을 건 것이다. 괴로운 어린 시절을 보낸 내 현재 상황을 알고 싶었겠지. 또 내가 그런 배경에서 자랐기에 그 후 클럽 봉사자에 적임이라고 판단했으리라.

그것이 전부였던 것 아닐까.

나를 구하고 싶다고 생각했지만 이상한 의미가 있어서는 아니었다. 그런 명목으로 아버지와 히나와 어머니를 죽인 것도 아니다.

왜냐하면 기리미야는 내게 아무런 범행도 시사하지 않았다. 나를 구하고 싶었다, 지키고 싶었다는 말만 했다. 그런데 나 혼자 지레짐작한 것 아닐까.

도망가는 나를 쫓아온 이유는 단순히 나를 걱정해서였을지도 모른다. 나기사에게 공격당한 직후였으니까.

그렇다면 사가미는 다른 인물인 셈이다.

하지만.

정신을 차린 나는 바닥에 쓰러진 기리미야에게서 눈앞으로 시선을 돌렸다.

일본도를 겨눈 상대는 생긋 웃듯 눈을 가늘게 뜨며 말했다.

"오랜만이야."

매일 교문에서 인사를 나눌 때와는 확연히 다른 말투였다.

이 수위가 사가미라는 말인가.

그는 아무리 젊게 봐도 20대로는 보이지 않았다. 40대 후반에서 50대 정도로 짐작됐다. 현재 행방이 묘연한 사가미 쇼와는 나이가 맞지 않는다.

"누구, 세요?"

잔뜩 쉰 목소리가 흘러나왔다.

"하긴, 넌 잘 모르지? 사실 예전에 한 번 만났는데."

설마, 만났다니. 일본도로 위협을 당한 기억은 없는데.

"벌써 10년은 지났구나. 유리창 너머라고는 하지만 네 얼굴을 봤단다."

수위와 눈이 마주쳤다.

그 눈빛에 기시감을 느끼고는 저도 모르게 앗 소리를 냈다.

10년 전, 아버지가 살해되고 사가미가 체포된 지 2주 정도 지났을 때였다. 집으로 손님이 찾아왔다. 어머니는 문전박대를 했지만 나는 창문으로 그 모습을 훔쳐봤다.

그는······.

서서히 기억을 떠올리는 나를 바라보며 남자는 조금 익살스러운 어조로 자신을 소개했다.

"나는 사가미 이쓰오라고 해요."

사가미 쇼의 아버지였다.

●

철이 들기 전후로 사가미 이쓰오의 머릿속에는 우시와카가 있는 광경이 새겨졌다.

우시와카가 되고 싶어서 친어머니를 죽였지만 실패했다. 피만 냈을 뿐 깔끔하게 베지 못했다. 또 다른 인간을 베도 결과는 같으리라. 이제 어떻게 해야 할지 막막했다.

그런데 운명적인 만남이 찾아왔다.

중학생 때 한 소녀를 알게 됐다. 나중에 생각하면 사가미는 첫눈에 반한 것이었다.

바닷가에 있는 소녀의 집은 접골원을 했다. 소녀는 접골사 아버지를 진심으로 존경했다.

사가미는 접골에 관심은 없었지만 소녀와 이야기를 나누고 싶어 그녀의 가업에 대해 여러 가지 물었다.

소녀는 아버지에게 배운 접골술 지식을 가르쳐 줬다. 그중 한마디에 뜻밖에도 사가미의 마음이 흔들렸다.

"부모와 자식은 골격이 비슷하대."

그 말인즉슨 인체의 뼈대는 유전되는 경향이 있어서 비록 뚱뚱하던 말랐던 외형적인 체격이 달라도 부모 자식의 골격은 비슷한 경우가 많다고 했다.

아무렇지 않게 풀어놓던 소녀의 말에 사가미의 머리가 번뜩였다. 몇 초 동안 눈앞이 하얘질 정도였다.

'그렇구나.'

그는 속으로 생각했다. 무작위로 사람을 벨 것이 아니라 특정 가족을 정해 차례로 사냥하면 된다.

처음에는 능숙하게 베지 못할 것이다. 어머니 때처럼. 그러나 그 경험이 밑거름이 된다. 다음 표적은 골격이 비슷한 가족이니까. 뼈와 뼈 사이를 분명히 확인하고 깨끗하게 잘라낼 수 있을 것이다. 그리고 그다음에는 더 잘할 것이다. 연습을 거듭하면서 그 가족의 마지막 남은 한 사람은 그동안 상상해온 대로 아주 멋지게 베어버리리라.

나도 우시와카가 될 수 있다.

머릿속에서 번쩍이는 생각에 사가미는 펄쩍펄쩍 뛰고 싶었다. 옆에 있던 소녀가 이상한 표정을 지어서 무릎을 꾹 누르며 참았지만 머릿속에 온통 우시와카의 선율이 울려 퍼졌다. 참으로 합리적인 생각이다. 지금 당장이라도 실행하고 싶었다.

하지만 실제로 행동에 옮기기란 쉽지 않았다.

표적으로 삼을 가족을 정해 경찰에 잡히지 않도록 한 명씩 죽인다. 상당히 뛰어난 계획과 기술이 필요했고 자투리 시간에 할 수 있는 일도 아니었다. 잘못해서 체포되면 절대로 안 됐다. 소년원이나 교도소에 수감 되면 더는 우시와카가 되는 꿈을 펼칠 수 없기 때문이다.

무엇보다 사가미에게는 그 소녀가 있었다.

그의 안에서 소녀에 대한 사랑은 우시와카를 향한 열정과 양립했다. 아니, 아주 조금은 우시와카를 능가했다. 만약 자신이 사람을 죽이면 소녀가 슬퍼하겠지. 그런 상상이 사가미의 은밀

한 열정을 억누르고 있었다. 그는 우시와카를 추구하기보다 소녀 옆에 있기를 선택했다. 몇 년이나.

소녀를 향한 사가미의 마음은 샘물처럼 솟아나다가 세월이 흐르며 성숙해졌다. 소녀도 그의 마음에 화답했다. 두 사람은 나미에서 성장해 사회인이 된 후 결혼했다.

가정을 꾸리자 사가미가 우시와카가 되는 꿈을 좇을 가능성은 한층 더 희박해졌다. 아내가 된 소녀를 미소 짓게 할 가정을 유지하려면 착실하게 일해야 했다. 접골원 겸 가정집이었던 집에서 자란 그녀는 오랫동안 일한 아버지를 존경하면서도 자영업자의 금전적인 어려움도 잘 알았다. 그런 아내를 걱정시켜서는 안 되기 때문에 대기업 정규직 직원이 되어 안정된 살림을 꾸려갈 수 있도록 애썼다.

아내가 임신하고 외아들 쇼가 태어나자 점점 바빠졌다. 사가미는 직장에서 과도한 업무를 해내면서 육아도 소홀히 하지 않았다. 아들도 사랑스러웠지만 그의 원동력은 언제나 아내였다. 결혼하고 엄마가 되어도 변하지 않는 그녀가 사랑스러워 견딜 수 없었다.

그 결과 사가미는 우시와카를 향한 마음에서 점점 멀어졌다. 하루하루 너무 바쁘게 흘러가서 도저히 장대한 살인 계획을 세울 틈이 없었다.

그런 상황은 아내를 갑자기 교통사고로 잃은 뒤에도 변함없었다.

청천벽력 같은 소식을 들은 사가미가 병원으로 달려갔을 때 아내는 아직 숨이 붙어 있었다.

"쇼를 부탁해."

아내는 남편에게 마지막 말을 남기고 눈을 감았다.

그 후 가장 사랑하는 사람의 유언을 실행하는 것이 사가미의 인생이 됐다. 일하고 집을 청소하고, 음식을 만들고 학부모회 활동에도 참여하면서 남자 혼자서 필사적으로 쇼를 키웠다. 아내가 바라던 일이니까.

결코 우시와카를 잊은 것은 아니었다.

일가족 참살의 꿈은 미완의 훌륭한 예술품처럼 멀지만 그의 마음속에 줄곧 남아 있었다. 신변이 안정되면 언젠가는, 하고 생각했다. 쇼의 아버지라는 신분은 평생 이어지기 때문에 그 '언젠가'가 올지는 분명하지 않았지만.

그런데 사가미의 소망이 더욱더 멀어지는 사태가 발생했다.

그보다 아들 쇼가 먼저 사람을 죽이고 말았다.

중학생으로 자란 자신의 아이에게 그런 성향이 있을 줄을 꿈에도 몰랐다. 사가미는 느닷없이 집으로 들이닥친 경찰에게 듣고 처음 알았다.

몇 년 전부터 살인 욕구를 느끼던 쇼는 같은 시내에 사는 면식 없는 남성을 칼로 살해했다고 했다. 이후 가택수색 때 쇼의 방에서 살해 상황을 상세히 담은 노트도 발견됐다.

평소 얌전했던 쇼가 벌인 끔찍한 사건에 놀랐지만 내심 이해했다. 다름 아닌 자신의 아들이니 그런 사고방식으로 자랐어도 이상하지 않았다.

경찰에 체포된 쇼가 '쓰레기 같은 인간을 죽였다'라고 진술한 의미도 사가미는 이해했다. 피해자 고바야시 교지라는 남성은 양식점을 운영했는데, 항상 선대로부터 물려받은 앞치마를 했다고 한다. 그의 생전 사진을 봤는데 오래된 앞치마는 몹시 더러웠다.

아들은 깨끗한 것을 좋아했다. 어차피 누군가를 죽일 셈이었다면 더러운 것을 제거한다는 생각도 했을 것이다. 우시와카를 동경하는 사가미에게는 딱히 신경 쓰이지 않는 점이지만 결과적으로 살인이 목표인 점은 자신이나 쇼나 같았다. 가르치지도 않았는데 역시 아버지와 아들이구나 하고 묘하게 감탄했다.

그렇다고 쇼를 이해하는 티를 내는 것은 사회적으로 용납되지 않았다. 사가미는 뭔가 명쾌하지 않은 감정을 가슴에 안고 세상을 따를 수밖에 없었다. 아내가 유언을 남긴 이상 죄를 지은 쇼를 지켜야 했다. 아들이 앞뒤 생각하지 않고 사람을 죽인 것은 자신이 아이를 잘못 키웠다는 뜻이리라.

사가미는 무조건 주변에 고개를 죽였다. 변호사와 상의하고 피해자 유족의 집에 사죄하러 가는 등 소년 범죄 가해자의 아버지로서 최대한 상식적으로 행동했다. 그래도 당연히 세간의 비난이 수그러들지 않자 직장을 그만두고 외가 쪽에 양자로 들어가는 형태로 성을 바꿨다. 쇼의 사회 복귀를 뒷바라지하려면 새로운 생활 기반도 마련해야 했다. 그사이에도 쇼를 면회 가야 했고 재판도 참석해야 했고, 도저히 개인의 꿈을 추구할 처지가 아니었다.

그러나 고바야시 교지가 살해당한 지 10년 후, 그 사건을 일으킨 당시 쇼 덕분에 마침내 사가미의 꿈은 현실성을 띠기 시작했다.

8

사가미 쇼의 아버지가 어째서…….

나는 어리둥절한 눈으로 앞을 가로막고 선 남자를 바라볼 수밖에 없었다. 일본도의 끝은 분명히 나를 가리키고 있었다.

왜 내가 이 남자의 표적이 되어야 하지?

사가미보다 더 이해되지 않았다. 피해자 유족으로서도 직장에서 인사를 나눈 직원으로서도 그의 원한을 살 만한 행동을 한 기억은 없다. 맹세할 수 있었다.

아니, 그런 것이 아닌가.

문득 그런 생각이 머리를 스쳤다. 어떻게 보면 이것은 당연한 귀결일 수도 있겠다.

10년 전 우리 집에 사죄하러 온 그는 고개를 깊이 숙였다. 내 아버지를 죽인 소년의 아버지로서 당연한 태도라고 생각했다.

그런데 왜 나는 가해자 가족이 반드시 죄의식에 시달린다고 생각했을까. 죄를 저지른 가족이 정당했다고 믿을 가능성은 생각하지 못했다.

우리 가족은 고통받는 운명의 별 아래 태어났다. 왜 그런지 모르겠지만 그렇게 됐다.

그러면 고통을 주는 운명의 별 아래 태어난 자들도 같은 가족 울타리 안에 속한 것 아닐까.

가해자의 부모가 가해자 기질이 있다고 해도 조금도 이상하지 않다.

그것은 유전일까, 운명일까.

알 수 없었다.

"네 동생 때는 깜짝 놀랐지 뭐야."

사가미의 아버지가 말했다. 마치 잡담을 나누는 사람처럼.

"넉 달 전에 나 혼자 사는 집에 고바야시 히나 씨가 갑자기 찾아왔어. 물론 내가 쇼의 아버지라는 걸 알고, 할 말이 있다고 했어. 남의 눈도 있으니 일단 집에 들였는데 느닷없이 휴대폰으로 사진을 보여주더라고. 쇼의 시신을 찍은 사진이었지."

"네!?"

도대체 무슨 소리인지 모르겠다. 사가미 쇼는 현재 행방불명 아니었나.

"약 반년 전에 출소한 쇼는 건설회사에 취직해 기숙 생활을 하며 일했어. 아들과는 떨어져 살았지만 가끔 연락은 주고받았지. 그런데 일주일쯤 전에 보낸 메시지에 답장이 없었던 기억이 떠오른 거야. 출소 후 그 아이는 안정되어 보여서 걱정하지 않았는데 말이야. 말썽부릴 일도 없을 거라고. 그런데 히나 씨가 가지고 있던 사진 속 시신의 얼굴은 분명 쇼였어. 자기가 죽였다고 하더군."

설마. 그 히나가.

마지막으로 동생을 만났을 때가 떠올랐다. 히나는 꺼림칙하고 걱정스러운 어조로 사가미의 출소 소식을 알렸다. 그때 이미 속으로 결심했던 것일까. 혼자서 사가미를 죽이겠다고. 믿을 수 없었다.

"자기가 죽였다고 직접 말했어. 시신은 아무리 찾아도 소용없을 거다, 절대 떠오르지 않을 곳에 수장시켰다고. 소년법의 보호를 받은 사가미 쇼에게 내가 똑같이 되갚아 줬다고."

거짓말이다.

내 동생이 그런 사람일 리 없다.

소리치고 싶었지만 입이 뜻대로 움직이지 않았다.

"그 아가씨가 히죽히죽 웃으면서 놀라서 말도 안 나오던 나를 쳐다봤지. 복수한 거야. 자기 아버지를 죽인 쇼를 용서할 수 없었을 뿐 아니라 그 가족에게까지 복수하고 싶었겠지. 쇼의 아버지인 내게 터무니없이 가족을 빼앗긴 사람의 기분을 맛보게 하고 싶었을 거야."

마침내 목에 걸려 있던 외침이 그대로 얼어붙었다.

다정했던 히나. 도모리와 가와키타처럼 바닥까지 추락한 연인을 진지하게 격려해 준 히나. 성공한 도모리에게 버려져도 원망하지 않고 가와키타를 먼저 보내고도 그 보험금을 전액 기부한 히나.

그리고 살해당한 아버지를 누구보다 사랑했던 사람도 히나였다.

나와 다르게 아버지의 사랑을 듬뿍 받은 히나에게는 닭 잡는 일을 시키지 않았다. 주방의 아버지 옆에서 레몬을 짜기만 하면 됐다. 인생에서 가장 평온하고 충만한 시간이었으리라. 사건만 터지지 않았다면 최고의 나날은 끝나지 않았다. 지금의 빈곤도 외로움도 없었다. 그렇게 생각한 히나는 참을 수 없었는지 모른다. 사가미 쇼를 향한 원한은 나보다 몇 배는 더 뿌리 깊었던 것이다.

오랜 원한은 상대를 겨눈 날카로운 살의가 됐다. 그래도 보통은 실행에 옮기지 못한다. 무작정 죽이고 금방 경찰에 체포되어 버리면 멍청한 짓이기 때문이다. 효과적인 증거 인멸 방법도 있겠지만 문외한은 모르는 영역이다. 다만 히나에게는 어떤 지식이 있지 않았을까.

히나의 보험금 사기 의혹을 조사하던 중 제보를 준 가네다의 증언이 떠올랐다. 과거 지쿠야 바는 거액의 경영자금을 들고 달아난 직원 사건이 있었고, 경영자 도모리는 죽기 살기로 그 직원을 찾아내 결국 처음 잃은 금액보다 더 많은 자금을 회수했다.

도모리가 구체적으로 어떻게 했는지 굳이 묻지 않았다. 위기를 극복하고 사업을 크게 키운 이야기의 전말에서 역겨운 냄새를 맡았기 때문이다.

가령 도모리가 자금을 가로챈 직원을 은밀하게 처리하지는 않았을까? 그를 살해하고 장기를 팔아서 자금을 회수하면서 필요 없어진 시신을 들키지 않도록 처리했다면.

그리고 그 사실을 히나가 알고 있었던 것 아닐까. 당시 히나는 도모리와 사귀는 사이였으니 남자친구에게 이야기를 들었을 가능성도 충분했다.

히나는 도모리의 방식으로 자신이 증오하는 사가미 쇼에게 응징한 것이다. 세상에서 실종됐다고 떠드는 남자는 이미 넉 달 전에 살해당했다.

새삼 히나의 행위를 상상하며 숨을 죽이는데 사가미 아버지의 목소리가 머리로 떨어졌다.

"갑자기 아들의 시신을 본 내 심정을 알겠어? 아내가 마지막으로 남긴 말을 지키려고 나름대로 아들을 소중히 키웠어. 죄를 짓든 성인이 되든 평생 책임질 생각이었지. 그런데 쇼가 갑자기 죽고 만 거야. 그 사실을 알았을 때 내 심정이 어땠겠어?"

대답하지 못했지만 상대도 내 대답을 원하지 않을 것이다.

그는 계속해서 말을 쏟아냈다.

"이제 자유라고 생각했지."

"……."

"죽은 아내가 쇼를 부탁한다고 해서 열심히 노력했어. 하지만 그 쇼가 없어졌잖아. 이제는 아들을 돌보려고 애쓸 필요가 없어. 나는 굴레에서 벗어났고 이제 자유야. 뭘 해도 상관없다고. 마음껏 우시와카가 될 수 있어."

사가미의 아버지는 과장된 몸짓으로 일본도를 고쳐 잡았다.

"나도 모르게 히나 씨 앞에서 춤을 추고 싶어졌단 말이지. 극단적인 이야기지만 그 자리에서 당장 그녀를 베도 상관없었어. 아니, 그러면 안 되지. 우시와카가 되려면 꼼꼼하게 계획을 세워서 사람을 골라 베어야 하잖아……, 라는 마음에 생각을 고쳤지."

도통 무슨 소리인지 모르겠다. 다만 거침없이 말하는 사가미의 아버지는 실제 나이보다 훨씬 젊어 보였다. 반짝반짝 빛나는 그 눈빛 속에 소년의 영혼이 갇혀 있는 듯했다.

"생각해 보면 고바야시 히나 씨의 아버지는 쇼가 죽였잖아? 그렇다면 차라리 고바야시 가족을 연구하면 어떨까 싶었지. 그 집안사람들을 베어가며 골격을 익히고 또 익히는 거지."

마스크를 쓴 그가 입가에 미소 짓고 있다는 사실을 알 수 있었다.

"고바야시 집안의 가족 구성은 이미 알았어. 예전에 쇼가 일으킨 사건을 사죄하려고 유족을 조사했으니까. 부모와 딸 둘, 이렇게 네 식구였지. 그중 아버지는 이미 죽었지만 다행히 쇼가 노트를 남겼어. 세상 사람들이 말하는 해체노트 말이야. 경찰이 압수하기 전에 내가 먼저 읽었거든. 내용을 머릿속에 똑똑히 넣어두었지. 그 아이가 네 아버지를 베었을 때 모습이 실로 상세히 기록되어 있어. 생각해 보면 그건 한 인간의 골격을 들여다볼 수 있는 귀중한 데이터였지. 그 덕분에 고바야시 가족의 기본 골격은 아는 셈이야. 남은 가족은 세 명이나 있으니 한 명씩 베어가면 우시와카 수행에 안성맞춤이잖아. 마음을 정한 나는 히나 씨에게 달려들어 붙잡았지. 도망가지 못하도록 묶어놨다가 집에 보관하던 칼을 가져와 벴어."

히나는 위험을 감수하고 사가미의 아버지를 찾아갔으리라. 그렇다고는 해도 갑자기 공격당했을 때 얼마나 무서웠을까.

"머릿속으로 아무리 계산해도 역시 처음에는 잘 안 되더라고. 손맛도 안 좋고. 그래도 유익한 공부가 됐지. 히나 씨 골격은 아버지와 몇 가지 달랐어. 부모에게 유전된다고 해도 성별이나 나이에 따라 차이가 있는 것 같아. 게다가 아직 연습할 사람이 남았잖아. 다음은 네 어머니였지."

사가미의 아버지는 일본도에서 왼손을 떼고 셈을 하듯 손가락을 접었다.

"히나 씨를 벤 후 나는 남의 호적을 사고 얼굴을 성형해 다른 사람이 됐어. 이제 사가미 쇼의 아버지의 행적도 아무도 찾을 수 없게 됐지. 쇼도 일단 겉으로는 행방불명 상태니. 히나 씨가 쇼의 시신을 처리해 준 덕분에 수고를 덜었어. 만반의 준비를 갖추고 칼도 간 뒤 이번에는 그 어머니를 찾아내 벴지. 이제야 조율을 완성한 기분이었어. 어머니의 뼈 구조를 알아두면 손해는 아니잖아. 아이의 골격은 아버지와 어머니에게서 모두 물려받으니까. 그리고 때가 오기를 기다렸어."

무슨 때를 기다렸다는 말인가.

도저히 가만히 듣고 있을 수 없었다.

지금 우리 가족 중 남은 사람은 나뿐이었다.

"그래."

내 마음을 읽은 듯 사가미의 아버지가 고개를 끄덕였다.

"고바야시 미오 씨, 너를 벨 날을 기다렸어. 나는 고바야시 가족의 부모와 쌍둥이 여동생을 벴어. 그 집안의 골격은 다 연구한 셈이지. 그 집대성을 널 시원시원하게 베는 데 활용하겠다고 마음먹었어. 너의 직장을 알아보고 그곳의 수위로 취직했지. 매일 네게 인사하며 상황을 살폈지만 좀처럼 우시와카 찬스는 찾아오지 않았어. 히나 씨의 의혹이나 내가 일으킨 사건 때문에 주위가 시끄러웠으니까. 어떻게 할까 손을 놓고 있는데 너희가 먼저 뛰어 들어온 거 아니겠어? 이렇게 고마울 데가 있나."

그는 뒤에 쓰러져 있는 기리미야를 흘긋 돌아봤다.

"너를 처리한 뒤에 저 남자도 베서 자살로 위장하지 뭐. 요즘 시대에는 뒤떨어지지만 동반 자살한 셈 치면 되니까. 너희 둘 잘 어울려."

곧바로 나를 돌아봤다.

"자, 시작할까? 이번에야말로 반드시 우시와카처럼 할 수 있을 거야."

그가 왼손을 일본도 자루에 얹고 가늠하듯 눈을 가늘게 떴다.

나는 그 자리에서 한 발짝도 움직일 수 없었다.

사가미의 아버지가 무슨 말을 하는지 절반도 이해할 수 없었다. 다만 상대가 자신을 죽이려 한다는 것만은 똑똑히 이해했다. 나는 아무 잘못 없는데.

몇 초 후면 이 남자는 나를 향해 칼을 휘두를 것이다. 피하려고 해도 이미 등 뒤로 차가운 벽이 느껴졌다. 아무리 생각해도 도망갈 구석은 없었다.

나를 벌레 잡듯 죽일 것이다.

눈시울이 순식간에 뜨거워졌다.

두 눈에 마그마 같은 방울이 차례로 흘러내렸다.

"안 울었으면 좋겠는데."

흥이 식은 듯 사가미의 아버지가 어깨를 조금 떨궜다.

"우시와카의 적은 질질 짜지 않는다고."

아니.

우는 것이 아니다.

슬픈 것도 괴로운 것도 아니다.

억울하다.

왜 나만 이런 일을 당해야 하는가.

왜 마지막까지 사가미 부자에게 고통받아야 하는가.

어째서 단 한 번이라도 저쪽 사람이 될 수 없는가.

깜짝 놀랐다. 나는 내 본심을 처음으로 깨달은 것이다.

줄곧 사가미를 증오하고 원망했다. 내키는 대로 쉽게 아버지를 죽이고 내 인생을 엉망진창으로 만든 그가 무섭고 이기적이라고 생각했다.

하지만 사실은 될 수만 있다면 나도 고통을 주는 쪽 사람이 되고 싶었다. 마음에 들지 않으면 상대를 물리치고 자신을 지킬 수 있는 사람을 동경했다. 나도 그처럼 살 수 있다면 편한 삶을 살 수 있었겠지. 10년 전, 그가 아버지를 죽이기 훨씬 전에 내가 똑같은 일을 할 수 있었다면 닭장에서의 지옥 같은 나날을 보내지 않았으리라는 생각도 들었다. 분명 그 외에도 억지로 참아야만 하는 상황에 처하는 일은 적었으리라. 구김살 없이 자랄 수 있었겠지.

사가미를 용서할 수 없었던 마음은 사실 숨 막힐 정도로 동경하는 감정의 이면이었던 것이다.

나는 그가 부러웠다.

예전부터. 무척이나.

하지만…….

뜨거운 물 같은 눈물이 장막처럼 눈앞을 가렸다. 나는 사가미가 있는 쪽으로는 갈 수 없다. 나는 고통받는 쪽 사람이니까. 같은 별 아래 태어난 부모님과 동생도 이미 살해당했다. 이 운명은 바뀌지 않는다.

그래서 지금, 분통하다.

"그렇게 굴면 분위기가 안 살잖아."

약자를 조롱하듯 높은 곳에서 던지는 목소리 같았다.

"적답게 좀 더 이렇게 슉 피해야지."

사가미가 나를 보고 웃었다.

'아니.'

나는 부옇게 번진 시야 속에서도 생각했다. 이것은 사가미 쇼의 목소리가 아니다. 사가미 아버지의 목소리다. 사가미 쇼는 이미 이 세상 사람이 아니니까.

쿵.

머릿속에 운석이 떨어진 기분이었다.

그래, 사가미 쇼는 내 동생이 죽였다. 심지어 사건이 발각되지 않도록 교묘한 방법으로.

번쩍 타오르는 운석이 내 뇌를 파고들었다.

아버지를 죽인 남자에게 복수하던 순간, 히나는 즐겁지 않았을까?

그때 동생의 마음속 목소리가 지금 내게 들려오는 듯했다.

허옇게 빛나는 칼을 끝까지 밀어 넣었다가 힘껏 빼낸다. 고통으로 일그러지는 얼굴을 보며 '더, 더'라고 생각했다.

그리고 그때의 히나는 지난 10여 년 동안 내가 본 적 없는 표정을 짓고 있지 않았을까.

뜨거운 눈물이 마르면서 시야가 조금씩 또렷해졌다.

히나를 나와 동류라고 생각했다. 정기적으로 얼굴을 마주하면서 서로의 불행을 끌어안았으니까.

하지만 히나는 그렇게 생각하지 않았는지도 모르겠다. 불우한 나날을 보내는 내게 장단을 맞춰준 것 아닐까. 히나는 힘들다는 이야기는 해도 끊기지 않는 남자친구 이야기는 거의 하지 않았다. 분명 이성에게 인기가 없는 나를 불쌍히 여겨 입을 다물었으리라. 분명 그랬을 것이다.

히나는 숙원을 이룬 뒤 얼마 지나지 않아 사가미의 아버지에게 살해당했다. 하지만 그것은 어디까지나 서로 싸운 결과지 처음부터 일방적으로 당한 것은 아니었다.

심장이 갑자기 거세게 뛰었다.

급격하게 목이 탔다.

아버지도 그렇다.

아버지는 소년 범죄의 불행한 피해자지만 살해당하기 전에는 내 마음을 계속해서 죽였다. 부모의 부탁을 거절하지 못하는 아이의 심리를 이용해 영리를 취하려고 닭을 잡고 해체하게 했다. 그야말로 고통을 주는 사람의 행위였다. 내게 구원의 손길을 내밀지 않은 어머니도 똑같은 부류다.

그리고 그 사납고 뻔뻔한 피는 내 몸에도 흐른다.

우리 가족은 같은 별 아래 태어났으니까.

어릴 적 닭을 잡으면서 괴로웠다. 그러나 닭장에서 자라던 무수한 닭 입장에서는 내가 착취자였다. 고통을 주는 자였다.

나는 눈가에 남아 있던 눈물을 닦았다.

"그래, 옳지."

고개를 든 내게 사가미의 아버지가 기쁜 목소리로 소리쳤다.

"우시와카의 적은 울지 않는다고. 저기 저 나뭇가지처럼 쓱 베이면 휙휙 떨어져 나갈 뿐이야."

일본도를 치켜들었다.

늘씬한 칼날이 예리한 빛을 번뜩였고 그것은 흩날리는 레몬즙 같아 보였다.

그릴 나미의 대표 메뉴가 떠올랐다.

치킨 레몬 소테.

그 음식을 위해 무고한 닭이 죽어간 것과 마찬가지로 수많은 레몬도 쥐어짜였다. 주방의 골판지 상자에 가득 차 있던 그것을 아버지와 히나와 내가 손에 쥐고 힘껏 비틀어 짰다. 레몬은 껍질째 으깨져 차례차례 무의미한 잔해로 변해갔다.

교무동 뒤편의 풍경도 떠올랐다. 그곳에는 레몬나무 한 그루가 있다. 가지에 아직 푸른 열매 여럿을 매달고.

누군가 그것을 따려고 손을 뻗어도 레몬은 무방비한 채로 가지에 매달려 있다. 처음부터 착취당할 운명이니까 가시가 뽑히고 독도 없는 상태 그대로 노출되어 있다.

고통받는 사람도 마찬가지다. 그러니 어이없게 당하고 만다.

하지만 레몬을 따는 손은 안다. 레몬 앞에서 아무것도 조심할 필요가 없다는 사실을. 오히려 욕심껏 먼저 움직이고 빼앗으면 된다는 사실을.

그리고 내 손으로도 레몬을 짤 수 있다.

그 사실을 깨달은 내 심장은 벌떡벌떡 뛰었고 온몸에 뜨거운 피가 퍼졌다. 뱃속에서 순식간에 힘이 솟았다.

일본도를 휘두르려고 크게 치켜든 사가미의 아버지가 가까이 다가왔다.

나는 주저하지 않았다.

일단 상체를 젖히고 기세를 올린 뒤 상대방에게 뛰어들었다. 그와 동시에 오른손을 주머니에 넣었다. 주머니에는 그 후 클럽 인형에서 제거한 유리 조각이 있었다. 그것을 움켜쥐고 소년처럼 반짝반짝 빛나는 눈을 찔렀다.

한심한 비명이 터져 나오면서 눈앞의 남색 제복이 펄쩍 뛰었다. 유리의 뾰족한 끝이 안구에 명중한 듯했다.

텅!

바닥 위에 긴 물체가 나뒹굴었다. 남자의 손에서 떨어진 일본도였다. 그 순간을 놓치지 않고 재빨리 주워들었다.

그러나 남자는 왼쪽 눈을 손으로 가리며 내게 덤벼들었다.

나는 냉정하게 칼을 휘둘렀다. 닭 해체라면 수도 없이 했다. 그 경험을 응용하면 될 뿐이었다.

푹, 푹.

칼끝이 살을 파고드는 감각도 얼굴에 튀는 피도 큰 닭의 것이라고 생각하면 아무렇지 않았다.

쿵.

얼마 지나지 않아 사가미의 아버지가 앞으로 고꾸라졌다. 그리고 일어날 기미는 보이지 않았다.

나는 거친 숨을 내쉬며 손에 든 일본도를 내렸다.

이겼다.

내가 이겼다.

갑자기 오그라든 듯 보이는 시신을 내려다보며 생각했다.

이 상황이라면 정당방위가 인정되리라. 온전히 인정받지 못해도 중죄는 면할 수 있다. 유죄판결이라도 집행유예가 내려질 것이다. 당당하게 밖을 돌아다닐 수 있으리라.

아버지, 히나, 어머니, 사가미, 그리고 사가미의 아버지. 이 다섯 사람의 죽음을 발판 삼아 내 과거와 죄에서 벗어나 자유로워질 것이다. 이제야 새로운, 진짜 내 인생을 걸어갈 수 있겠다.

고통받는 별 아래 태어난 내 앞길은 밝다.

가로막는 자는 사정없이 움켜쥐면 된다. 애초에 나는 사회에서 살아갈 능력이 있는 사람이다. 그러니 파견회사에서도 인기가 많은 대학으로 나를 파견했겠지.

입가로 손을 올려 줄곧 쓰고 있던 마스크를 벗었다. 마스크에 남자의 피가 끈적끈적 묻어 숨쉬기 어려웠다. 무엇보다 바깥 공기를 직접 마시고 싶었다.

마스크를 벗자 때마침 불어온 밤바람이 입술을 차갑게 식혔다. 입술 사이로 튀어나온 하나뿐인 앞니도 바람을 맞았다.

이 치열을 고치자.

그 생각이 번뜩 떠올랐다. 시간과 돈이 아무리 들어도 좋으니 이제 깨끗하게 고치자.

신선한 공기를 깊게 들이마시며 다짐했다.

끊이지 않는 반전의 힘으로
독자를 굴복시키는 최고의 서스펜스 소설

주인공은 지방 대학 직원 고바야시 미오. 보험설계사였던 동생 히나가 산속에서 칼에 찔린 시신으로 발견된 지 얼마 지나지 않아 과거에 보험금을 노린 살인을 저지른 것 아니냐는 보도가 나온다. 이 의혹으로 미오는 피해자 유족에서 졸지에 용의자의 언니가 된다. 동생의 결백을 증명하고 싶은 미오는 협력을 제안한 저널리스트 지망생 나기사 조타로와 함께 사건을 조사하기로 한다.

그런데 사실 미오가 살인사건의 피해자 유족인 된 것은 이번이 처음이 아니다. 10년 전 양식점을 운영하던 아버지를 살인사건으로 잃었다. 범인은 당시 십 대였던 소년 사가미 쇼. 최근 출소한 그가 이번 사건에도 관계된 것일까?

뜻밖의 사실이 차례차례 밝혀지며 끊이지 않는 반전의 힘으로 독자를 굴복시키는 구와가키 아유의 『레몬과 살인귀』. 제21회 '이 미스터리가 대단해!' 대상 문고 그랑프리 수상작이다. 출간 전에 응모 당시 제목이었던 『레몬과 손』을 변경했다.

최종심사위원으로 본 작품을 읽었을 때 우선 매끄러운 문장에 혀를 내둘렀다. 다 읽고 나서 저자가 이미 2021년에 제8회 삶의 소설 대상을 수상하면서 데뷔한 프로작가라는 사실을 알고는 납득했다. 작품 전반에 긴장감을 자아내는 필치, 복선을 배치하는 방법, 수수께끼와 진상을 조금씩 드러내는 완급조절, 상황을 전환하는 속도감, 회상 파트와 일기 등에서 시점 인물이나 문체에 변화를 준 호흡 조절 등 하나같이 뛰어나 독자의 흥미를 붙잡아 두는 기술이 노련하다.

특히 인상 깊었던 점은 미오라는 캐릭터를 구축한 것이었다. 어두운 과거를 품고 소극적으로 살아가는 여성이 세상을 떠난 여동생을 위해 동분서주하는 이야기……인 줄 알게 해 놓고 도중에 그녀의 비틀린 욕망을 드러내면서 독자를 흠칫 놀라게 하고 초반의 인상을 단번에 바꿔 버린다. 그렇기에 사건의 진상뿐 아니라, 미오가 진상을 알았을 때 어떻게 변화할까 하는 흥미도 자아낸다.

미오 주위에 다양한 인물을 적재적소에 배치한 점도 효과적이다. 범인이냐 아니냐를 떠나 이면에 무언가 있을 법한 분위기를 풍기는 인물이 많다. 미오를 웃음거리로 만든 마린 등 알기 쉽게 심술궂은 인물도 있지만 마린의 남자친구 나기사 조타로 등은 느닷없이 미오에게 협력을 제안하는데 무언가 꿍꿍이가 느껴지기도 한다. 히나와 과거에 사귀었던 도모리와 그의 죽마고우 가네다 역시 의심스럽다. 자매의 지난 날을 알 수 있는 과거 부분에 종종 등장하는 식당 앞에 서 있던 렌이라는 소년에게도 뭔가 비밀이 있어 보인다(내친김에 말하면 고인이므로 범인은 아니지만 딸에게 닭의 목을 비틀게 하는 아버지는 제정신이 아니라고 생각한다).

또 미오의 내면은 겉보기와 다르다는 점에서 착한 사람으로 보이는 인물도 사실 '이 사람도 뭔가 속내가 있지 않을까' 의심하게 된다. 직장에서의 모습과 돌봄교실 봉사 등 사건 조사와는 관계없어 보이는 미오의 일상도 실제로는 사건과 연관 있을 것 같은 예감을 주면서 누가 범인인지는 물론 무엇이 어디서 어떻게 접점이 있을지 독자로 하여금 계속 흥미를 느끼게 만든다. 그야말로 일급 서스펜스 소설이다.

이런 작품에서 독자를 조마조마하게 하고 놀라게 하려면 단순히 반전만 있어서는 안 된다. 반칙 같은 갑작스러운 반전은 오히려 흥미를 식게 한다. 그런 점에서 본 작품은 후반부의 경악을 실로 주도면밀하게 준비한다. 무엇보다 좀처럼 이해하기 어려운 욕망과 동기, 충동을 지닌 인물이 다수 등장하는데 그 인물과 요소들이 이야기의 흐름 속에서 만들어진 느낌, 즉 '억지로 갖다 붙여 어색한' 느낌이 없다는 점이 훌륭하다. '이야기의 전개를 위해 이런 인물을 만들었다'라기보다 '이런 인물이 있으면 어떤 일이 벌어질까'라는 시점으로 이야기를 쌓아간다. 상식으로는 이해하기 어려운 심리를 가진 인물이라도 본인 나름대로 구축한 원리에 따라 행동하므로 논리적이다.

사실 사람의 마음속 깊은 곳에는 불가해하고 이상한 욕망과 감정이 도사리고 있기에 처음에는 '이런 사람이 어디 있어' 싶다가도 작품을 읽는 동안 점점 '아니, 세상에는 이런 사람도 있을 법한데?'라고 생각하게 된다. 그만큼 치밀하게 캐릭터를 구축했다. 그렇기에 결말을 향해 질주하는 후반부의 엄청난 전개에도 설득력이 있다.

또 통쾌한 점은 고통받고 콤플렉스에 시달리며 살아온 여성이 점점 강인한 인간으로 변화한다는 점이리라. 성격이 비뚤어진 그녀에게 앞으로 어떤 미래가 기다리고 있을지는 모르지만 이렇게까지 껍데기를 깨고 나오다니 상쾌한 해방감마저 솟아오른다.

1987년에 태어난 저자 구와가키 아유는 교토부 교토시 출신으로 교토시에 거주하고 있다. 교토부립대학에서는 문학부 문학과에서 국문학 중국문학을 전공했고, 국문학(오오카 정담˙)과 중국문학(용도공안˙˙)을 비교 연구했다고 한다. 다만 본인이 말하기를 지금 기억하는 중국어는 '니하오' 정도라고 한다. 현재는 고등학교 교사로 국어를 가르친다.

본 작품에 대해서는 결말(범인의 정체)을 가장 먼저 떠올렸고, 그날 밤에 머릿속에 대략적인 줄거리를 만들었다고 한다.

"온갖 '위험한 사람'을 등장시켜 보려고 했습니다."

저자 본인의 말이다.

"저는 나기사가 마음에 들지만 그렇게 말하면 위험한 사람 취급을 받을 것 같아 아무에게도 말하지 않았습니다."

아무에게도 말하지 않았다는데 여기서 폭로하게 되어 저자에게 미안할 따름이다.

또 작중에서 자주 언급되는 '우시와카'는 모델이 있다고 한다. 집필 당시 시대소설에 빠져 있었던 저자의 말이다.

˙ 에도 중기, 명판관으로 칭송받던 오오카 다다스케의 이야기를 그린 책.
˙˙ 북송 때 명판관 포증의 재판 이야기를 기록한 책.

"'레몬과 살인귀'를 집필할 무렵에 쓰지도 가이의 '바람의 이치베' 시리즈를 읽었습니다. 주인공 이치베는 검술이 매우 뛰어난 사무라이인데 멋있다고 생각해서 멋대로 이미지를 차용했습니다. 이치베, 이치베……선율과 비슷하게 생각해 우시와카로 정했습니다. 쓰지도 작가님, 우리의 주인공 이치베로 기분 나쁜 망상을 해서 미안합니다."

저자는 초등학생 시절에 작가가 되고 싶어서 이야기를 쓰기 시작했다고 한다. 본격적으로 투고를 시작한 것은 대학교 졸업 후. 처음에는 특별히 장르를 정하지 않고 생각나는 대로 썼지만 서스펜스 작품으로 모 신인상 최종 심사에 올라서 이후 약 10년은 서스펜스물을 썼다. 그러다가 미스터리 장르에도 발을 걸칠 수 있는 작품들이 자연스럽게 조금씩 생겼다고 한다.

"방향성을 정한 뒤에야 제가 읽는 소설이 미스터리뿐이라는 사실을 깨달았어요. 미스터리를 좋아해서 오히려 무의식중에 피했던 걸까요……?"

참고로 좋아하는 작가는 아이바 히데오, 누쿠이 도쿠로, 야쿠마루 가쿠, 시모무라 아쓰시, 사사모토 료헤이. 또 십 대 말에 오쓰이치의 소설을 읽고 충격을 받았고 그때 받은 영향이 지금도 남아 있다고 한다.

2021년, 『달궈진 못』으로 제8회 삶의 소설 대상을 수상했고, 산교헨슈센터에서 출간됐다. 지방 도시 하스오카에서 일하는 지아키는 고향 이즈이루노로 귀성하던 중 후배 모카와 우연히 재회, 그녀가 스토커에 시달린다는 이야기를 듣는다. 그로부터 며칠 후, 모카는 칼에 찔린 시신으로 발견된다. 범인을 찾기로 결심한 지아키는 이즈이루노로 걸음을 옮겨 모카가 다니던 대학과 단골 찻집 등을 찾아다니며 스토커의 정체를 밝히려고 한다. 그 과정을 그리는 한편 상사의 갑질에 시달리면서 회사의 남자 선배를 좋아하는 안이라는 여성의 이야기를 삽입하면서 두 사람 이야기의 접점이 의외의 부분에서 드러난다. 이 작품에서도 등장인물들의 비뚤어진 동기와 감정이 서서히 드러나고, 지아키의 조사도 순탄하지 않은 데다 작품은 교묘한 복선으로 독자들을 압도한다.

다음으로 2022년에 출간된 『처음 만난 사람』. 이 작품은 권두의 '서장'에서 어떤 살인사건의 용의자(이름은 밝히지 않음)가 조사에서 완전 묵비를 고수하는 상황이 그려진 후 본편이 시작된다. 회사 선배를 동경해서 복장부터 말과 행동까지 완전히 똑같이 따라하게 되는 남성, 타인에게 상처를 주는 언동을 반복하면서도 본인은 자각하지 못하는 근거 없는 자신감을 가진 여자, 그녀에게 몇 번이나 고백하고 매달리듯 따르는 남자……. 이 작품도 성격이 비뚤어진 사람들이 속속 등장한다. 교묘한 구성으로 독자를 끌어들이고 역시 놀랄 만한 진상이 기다리고 있다.

이 『처음 만난 사람』을 출간한 해에 『레몬과 살인귀』로 문고 그랑프리를 수상했다. 과거에 '이 미스터리가 대단해!' 대상에 응모한 적이 있는 데다 '다음 작품이 기대된다'라는 심사평과 함께 1차 심사를 통과한 경험이 있으니 착실하게 실력을 갈고 닦은 문고 그랑프리 수상이라고 할 수 있겠다. 앞으로 목표는 '작가로 먹고살고 싶다'라고.

이 책을 포함해 상업 출간된 작품에는 모두 잔혹한 사건이나 정상이 아닌 등장인물의 심리가 담겨 있지만, 내가 세 작품을 읽고 느낀 인상은 아슬아슬한 선에서 품위를 유지한다는 것이다. 살인이나 폭력, 사이코패스를 그렸다 하더라도 집요할 정도로 그로테스크하게 묘사해 생리적 혐오감을 자극하려 하지 않는다. 물론 그로테스크한 묘사가 모두 나쁘다는 뜻은 아니지만 그런 방식에 의존하지 않아도 충분히 자극적인 이야기 세계를 구축할 수 있다는 점이 저자의 강점이기도 하다.

앞으로 구와가키 아유는 스릴과 반전이 담긴 소설을 찾는 독자들이 가장 먼저 신간을 읽고 싶어 하는 작가가 될 것이다.

다키이 아사요(작가)

2023년 3월

포식자와 피식자,
인간관계의 천적에 대하여

인간의 본성은 타고나는 것일까, 후천적으로 길러지는 것일까?

인류 역사에서 꾸준히 논의되어 온 화두입니다.

인간의 본성은 선한가, 악한가?

이 또한 고대부터 이어져 온 인간의 근본에 대한 진부한 논쟁이죠.

하지만 고전은 고전인 이유가 있습니다. 역시 아는 맛이 무서운 법이니까요. 구와가키 아유의 『레몬과 살인귀』는 이 식상하면서도 여전히 인류에게 흥미로운 소재를 긴장감 있게 풀어낸 서스펜스 소설입니다.

이야기는 주인공 고바야시 미오의 여동생 히나의 죽음과 의혹으로 시작됩니다.

미오는 과거 묻지 마 살인으로 아버지를 잃은 뒤 불우한 삶을 살아가는 여성입니다. 그런 미오에게 하나 남은 동생이 살해당하고, 설상가상으로 죽은 동생이 믿을 수 없는 의혹에 휩싸이면서 미오의 삶도 흔들리기 시작합니다. 그렇게 미오는 동생의 진실을 파헤치기 위해 움직입니다. 그러면서 미오에 주변에 등장하는 다양한 인물, 점차 드러나는 진실과 점점 미오를 압박하는 과거의 그림자, 그리고 미오의 심리 변화. 이 흥미로운 과정을 흡인력 있고 매끄러운 필치로 그려낸『레몬과 살인귀』는 인간의 본성에 다시금 흥미를 느끼게 하는 작품입니다.

이 작품은 미오의 내면을 통해 고통을 주는 자와 받는 자에 대해 언급합니다. 미오는 세상 사람은 그 두 부류로 나뉘며 태어날 때부터 그 운명을 타고나서 고통받는 자로 태어난 사람은 불가항력으로 당할 수밖에 없다고 생각합니다. 그리고 자신이 바로 고통받는 쪽이라며 체념하고 살아갑니다.

생태계 먹이 사슬의 섭리에 따라 자연히 둘로 나뉘는 포식자와 피식자.『레몬과 살인귀』는 이 포식자와 피식자 관계를 인간에 대입해 일상에 존재할지도 모르는 악마를 그려냈습니다.

'과연 이런 사람이 현실에 존재할까?' 싶다가도 요즘 현실에서 일어나는 사건을 보면 그렇게 비현실적이기만 하지 않은 등장인물이 여럿 등장합니다. '결국 인간은 모두 괴물일까?' 하는 생각이 들게 하는 장면도 곳곳에 등장하죠. 처음에는 극단적인 것 아닌가 싶다가도 혼란스럽고 비정상적인 일이 자주 일어나는, 제정신이 아닌 것 같다고 느끼는 요즘 우리 사회를 생각하면 오히려 현대 사회와 잘 어울리는 서스펜스 소설이라고 생각합니다.

이 작품에서 가장 인상 깊었던 부분은 역시 미오의 심리 변화입니다. 자신은 영원히 고통받는 쪽이라고 비관하던 미오가 여러 사건을 겪으며 자신의 속내를 깨닫고 엄니를 드러내는 과정을 그린 부분은 『레몬과 살인귀』의 백미입니다.

단순히 반전과 범인 찾기로만 끝나는 것이 아니라 작품 전체를 관통하는 미오의 불온한 과거, 불안정한 심리, 울분과 체념, 비뚤어지고 뒤틀린 감정을 유기적으로 연결하여 마침내 폭발하듯 변화하는 과정을 설득력 있고 임팩트 있게 그린 점이 매우 매력적이라고 느꼈습니다.

먹이 사슬은 먹고 먹히는 관계를 뜻합니다. 누구나 천적이 될 수 있죠. 미오의 변화는 결국 인간관계에서 절대적인 포식자도, 영원한 피식자도 없음을 의미하는 것 아닐까요?

저자 구와가키 아유는 인터뷰에서 앞으로도 놀랍고 소름 끼치는 이야기를 써가고 싶다고 했는데 다음에는 또 어떤 범상치 않은 등장인물들을 등장시켜 긴장감 넘치는 관계를 보여줄지 벌써 기대됩니다.

2023년 가을

문지원

레몬과 살인귀

1판 1쇄 인쇄 2023년 11월 8일   **1판 1쇄 발행** 2023년 11월 20일

지은이 구와가키 아유   **옮긴이** 문지원

편집인 민현주   **디자인** 알음알음   **제작** 송승욱   **발행인** 송호준
발행처 블루홀식스   **출판등록** 2016년 4월 5일   제 2016-000100호
주소 경기도 파주시 회동길 483-1   **전화** 031-955-9777   **팩스** 031-955-9779
이메일 blueholesix@naver.com

ISBN 979-11-93149-07-2 03830